HEDWIG
COURTHS-MAHLER

Lissa geht ins Glück

HEDWIG COURTHS MAHLER

Lissa geht ins Glück

WELTBILD VERLAG

Genehmigte Lizenzausgabe für
Weltbild Verlag GmbH, Augsburg 1996

Einbandgestaltung: Peter Engel, München
Umschlagfoto: Superbild, München
Gesamtherstellung: Presse-Druck Augsburg
Printed in Germany
ISBN 3-89604-185-1

I

Lissa Bernd richtete sich mit einem tiefen Atemzug auf, strich sich einige widerspenstige Löckchen aus der heißen Stirn und sah nach der Uhr. Gottlob, sie war zur rechten Zeit mit dem farbigen Entwurf zu einem Gobelin fertig geworden. Diese Skizze hatte sie in spätestens einer Stunde abzuliefern.

Diese Gobelinfirma hatte in den letzten Jahren ihren Betrieb völlig umgestellt, es wurden jetzt nur noch handgewebte Teppiche und Gobelins nach einer alten handwerklichen Art angefertigt, die man jahrhundertelang vergessen und nicht mehr gepflegt hatte.

Lissa Bernd war vor etwa acht Tagen mit einer gut gefüllten Skizzenmappe, die sie bei allen einschlägigen Firmen ohne nennenswerten Erfolg vorgelegt hatte, auch bei der Firma Luther & Sohn vorbeigekommen. Sie hatte eine Weile auf den Namen der Firma gesehen und die Bezeichnung »Teppiche und Gobelins« gelesen. Dann war sie tapfer hineingegangen, hatte das Glück gehabt, daß der Chef des Hauses gerade zehn Minuten Zeit für sie hatte, um ihre Skizzen und Entwürfe anzusehen. Es hatten sich weder welche für Gobelins noch für Teppiche darunter befunden, aber doch allerhand Entwürfe für die Textilbranche. Und der Chef hatte mit immer regerem Interesse diese Skizzen betrachtet. Was Lissa Bernd hier vorlegte, war echte Kunst. Kurzum, der Chef hatte gesagt, daß all diese Sachen nicht für ihn verwendbar seien, daß er es aber wagen zu dürfen glaube, der jungen Kunstgewerblerin vorläufig einmal zur Probe einen Auftrag zu geben. Es sei möglich, daß sie die rechte Art für das habe, was er bisher vergeblich gesucht hätte. Und er beschrieb ihr deutlich und klar, was er vorhabe, daß er Entwürfe zu Gobelins und

Teppichen in alten deutschen Stilen gebrauche und ob sie sich wohl darauf einstellen könne. Sie hörte ihm aufmerksam zu, bekam vor Aufregung und Freude rote Wangen und ging so verständnisvoll auf die Gedanken des alten Herrn ein, daß er sich immer mehr für sie zu interessieren begann.

Mit Feuereifer ging sie, in ihrer bescheidenen Behausung angelangt, an die Arbeit. Zuerst machte sie einen Entwurf zu einem Teppich, und dann war sie an die Aufgabe herangegangen, einen Gobelin zu entwerfen. Sie hatte dazu ein Motiv gewählt, das ihr gleich in den Sinn gekommen war, als der Chef der Firma Luther ihr beschrieben hatte, was er suche.

Diesen Entwurf hatte Lissa soeben vollendet und sah nun noch einmal kritisch darauf nieder. Wie immer war sie nur so lange von ihrer Arbeit begeistert, wie sie daran arbeitete. War sie fertig, kam die Unsicherheit, ob sie gelungen sei oder nicht, und meist sagte sie sich, daß sie weit hinter ihren Erwartungen zurückstehe. Auch heute war sie nicht zufrieden, aber sie hätte es sein können, denn diese Skizze war wunderbar zart und fein und so echt empfunden, daß sie sicher Herrn Luther zusagen würde.

Lissa hatte aber nun keine Zeit mehr, sich kritischen Betrachtungen hinzugeben, denn in einer guten Stunde wurde sie von Herrn Luther erwartet, um ihm die beiden Skizzen vorzulegen. Es hing so viel für sie davon ab, daß sie ihm zusagten, denn sie hatte in den letzten beiden Jahren, seit sie ihr Studium vollendet und ihren Vater verloren hatte, so wenig verdient, daß sie das wenige, was ihr der Vater hinterließ, fast verbraucht hatte. Wohl hatte ihr Vater eine gute Stellung als Prokurist einer altbekannten Firma und eine gute Einnahme gehabt, aber langes Siechtum der vor vier Jahren verstorbenen Mutter, Lissas Studium und andere nötige Ausgaben hatten es ihm unmöglich gemacht, große Ersparnisse zurückzulegen. So konnte er Lissa, als er nach einer bösen Grippe ganz unerwartet in seinen besten

Mannesjahren starb, nur einige tausend Mark und den bescheidenen, wenn auch gediegenen Hausrat hinterlassen. Lissa hatte sich dann bei einer alten Dame zwei kleine Zimmer gemietet, darin das Beste und Wertvollste dieses Hausrates untergebracht und das andere verkauft. Und da sie nun fast zwei Jahre vergeblich Verdienst gesucht hatte, war ihr kleines Vermögen sehr zusammengeschrumpft. Mit sorgenvollem Herzen hatte sie an die Zukunft gedacht, in der sie vielleicht nichts mehr zuzusetzen haben würde, und immer angstvoller nach einer Verdienstmöglichkeit gesucht. Nun war sie in einer großen heimlichen Aufregung, ob sie wohl endlich eine solche Verdienstmöglichkeit gefunden habe. Herr Luther hatte ihr Hoffnung gemacht, daß sie gut beschäftigt werden könne, wenn sie ihm das, was er suche, bringen werde.

Würde es das Richtige sein?

Sorgenvoll packte sie die zwei Skizzen sauber zwischen feste Pappen und steckte das Paketchen in ihre Aktenmappe.

Dann kleidete sie sich an. Noch war ihre Kleidung immer einwandfrei, und sie gehörte zu den Frauen, die auch in billigen Sachen gut und vornehm wirkten. So sah sie auch heute sehr gediegen aus, wenn ihr Anzug auch schlicht und einfach gehalten war. Schnell nahm sie die Aktenmappe zur Hand und verließ ihr Zimmer. Sie klopfte an dem kleinen Wohnzimmer der alten Dame, der die Wohnung gehörte. Auch diese bewohnte nur zwei Zimmer, die kleine Küche benützten die beiden Frauen gemeinsam.

Auf den Zuruf einer heiseren Stimme öffnete Lissa die Tür.

»Frau Wendhausen, ich gehe jetzt zur Firma Luther. Ach, wenn doch meine Entwürfe gefallen würden.«

Die alte Dame, die in einem schlichten grauen Kleid am Fenster saß und sehr leidend aussah, nickte ihr freundlich zu.

»Alles Gute, liebes Fräulein Lissa!«

Mehr sagt sie nicht, und ihre alten, erloschen blickenden Augen schienen hinzuzufügen: »Mach dir nicht zu viel Hoffnung, du armes Ding, es wird ja doch wieder nichts.«

Lissa aber hatte die Tür schon wieder zugemacht und war leichtfüßig die vier Treppen hinuntergeeilt. Sie wußte sehr wohl, daß auch Frau Wendhausen so wenig wie sie selbst an einen Erfolg glaubte, denn die alte Dame sah – wohl nach langen schlimmen Erfahrungen – immer sehr düster und hoffnungslos ins Leben. Und doch waren diese beiden einsamen Frauen froh, einander gefunden zu haben. Lissa hatte eine Stütze, einen gewissen Schutz an der alten Dame gefunden, und diese selbst war glücklich, eine so angenehme Mieterin in Lissa gefunden zu haben. So kamen sie immer gut miteinander aus, und nicht selten hatte Lissa die halbe Nacht am Bett der alten Dame gewacht, wenn deren Leiden einmal wieder die bösen Atembeschwerden hervorrief, die an Erstickungsanfällen grenzten.

Einen Arzt konnte sich Frau Wendhausen nicht leisten, hielt ihn auch für überflüssig, da er ihr doch nicht helfen könne, und Lissa wußte nun auch schon immer, was sie tun mußte, um der alten Frau zu helfen, so gut man ihr helfen konnte.

Lissa eilte nun ihrem Bestimmungsort zu. In einer der verkehrsreichsten Straßen wollte sie schnell noch vor einer Elektrischen, die eben an der Haltestelle wieder zur Weiterfahrt ansetzte, die Straße kreuzen. Dabei hatte sie nicht gesehen, daß jenseits der Elektrischen ein Radfahrer herbeikam. Sie sah ihn erst in dem Augenblick, als sie schon vor der anfahrenden Straßenbahn angelangt war, und zuckte nun erschrocken zurück, um dem Radfahrer auszuweichen. Dabei glitt sie auf irgendeiner Obstschale aus und fiel gerade vor der Elektrischen nieder. Aber im selben Augenblick wurde sie von zwei kräftigen Männerarmen emporgerissen und in Sicherheit gebracht. Sie hatte bei ihrem Fall krampfhaft ihre Aktenmappe festgehalten und verlor auch bei dem Schrecken über ihren Fall die Besinnung nicht. Irgendwie hatte sie sich sehr weh getan, aber sie spürte erleichtert sofort, daß sie keinen ernstlichen Schaden davongetragen haben konnte. Doch ebenso wußte sie nun auch, als die Elektrische an ihr vorüberwuchtete, daß sie unfehlbar überfahren worden wäre, hätten sie nicht eben die beiden starken Arme emporgehoben und zurückgerissen. Etwas benommen sah sie sich nach ihrem Retter um, der sie noch schützend in den Armen hielt und sie sorgsam und vorsichtig auf ihre Füße zu stellen versuchte.

»Wird es gehen, gnädiges Fräulein?« fragte er besorgt.

Sie zwang ein Lächeln in ihr Gesicht.

»O ja – mir scheint, es ist gut abgegangen, und – das danke ich nur Ihnen, mein Herr.«

Er lachte, daß sie seine kräftigen weißen Zähne sah.

»Es freut mich, daß ich zur rechten Zeit zur Stelle war. Nun versuchen Sie erst mal, ob sie einige Schritte gehen können, vielleicht bis zu dem Hausflur da drüben, denn wie gewöhnlich bei solchen Fällen sammeln sich die Neugierigen im Nu. Ich möchte Sie auch davor bewahren.«

Er zeigte auf die Haustür, und Lissa, der das Anstarren der neugierigen Menge sehr unangenehm war, nickte zustimmend und ließ sich, von dem Fremden gestützt, in den Hausflur führen. Dieser war so angelegt, daß sie durch eine vorspringende Ecke vor den Neugierigen geschützt waren. Lissa lehnte sich einen Augenblick an die Wand, indem sie sich aus den Armen ihres Retters befreite. Sie fühlte erlöst, daß sie sich nicht ernstlich verletzt hatte, nur war sie bei dem Fall so heftig aufgeschlagen, daß ihr die Seite, auf die sie gefallen war, weh tat. Das würde tüchtige blaue Flecken geben, dachte sie, froh, daß alles noch so gut abgelaufen war. Ihr Retter beschäftigte sich nun damit, ihr Kleid zu reinigen, und sie sah dankbar in sein Gesicht, als er sich wieder aufrichtete.

»Wie soll ich Ihnen danken, mein Herr? Ohne Ihr schnelles, tatkräftiges Zugreifen wäre ich wohl schlimm zugerichtet worden. Wahrscheinlich danke ich Ihnen mein Leben. Aber, bitte, glauben Sie nicht, daß ich leichtsinnig war beim Straßenübergang, ich war sehr in Eile, und der Radfahrer, der hinter der Elektrischen hervorkam, erschreckte mich. Ich hatte nur die Wahl, von ihm oder von der Elektrischen umgerissen zu werden, und in solchen Augenblicken hat man keine Zeit zu überlegen, was das beste sein würde.«

Er wollte ihr über ihre Erregung forthelfen und sagte lachend:

»Bei ruhiger Überlegung hätten Sie sicher den Radfahrer vorgezogen, aber es war doch ganz gut, daß Sie sich für die Elektrische entschieden, denn so konnte ich Sie gerade im letzten Augenblick noch erfassen und zurückreißen.«

Bei den letzten Worten hatte er ihr ohne Umstände, aber sorglich den Hut zurechtgerückt, der ihr zur Seite gerutscht war. Sie mußte ein wenig lächeln.

»Wie soll ich Ihnen nur danken?«

Dabei sahen sie einander erst einmal an und fanden beide, daß sie sich sehr wohl gefielen. Lissa stellte das mit einem leichten Erröten fest, zumal seine Augen ihr nur zu deutlich verrieten, daß sie ihm auch gefiel. Und nun dachte sie wieder an das Ziel, dem sie zugestrebt war.

Sie richtete sich deshalb rasch vollends empor.

»Jetzt muß ich mich aber eilen! Wie danke ich Ihnen nur?«

»Indem Sie mir gestatten, daß ich Sie noch ein kleines Stück begleite, falls Ihr kleiner Unfall doch noch eine Schwäche bei Ihnen hervorruft. Ich tue nicht gern etwas halb – möchte Sie ganz in Sicherheit wissen.«

»Oh, ich will Ihre sicher sehr kostbare Zeit nicht über Gebühr in Anspruch nehmen und fühle mich wirklich ganz gut, nur die Seite schmerzt ein wenig, auf die ich gefallen bin.«

»Meine Zeit ist augenblicklich nicht kostbar, und Sie dürfen mich nicht fortschicken, bis ich weiß, daß ich Sie beruhigt verlassen kann.«

Es lag eine so ruhige Selbstverständlichkeit in seinen

Worten, daß sie nicht widersprach, zumal sie es sehr angenehm empfand, noch ein Weilchen seinen Schutz genießen zu können.

Sie verließen nun den Hausflur. Er öffnete die Tür und stellte fest, daß die Neugierigen sich verlaufen hatten. Sie folgte ihm auf die Straße hinaus, und er schritt wie selbstverständlich an ihrer Seite dahin, ab und zu einen sorgenden Blick in ihr noch etwas blasses Gesicht werfend.

Auch Lissa sah zuweilen zu ihm auf und stellte nun bei sich fest, daß der Fremde fast einen Kopf größer war als sie, obwohl sie reichlich mittelgroß war. Es fiel ihr auf, daß er ein energisches Gesicht hatte, daß er braungebrannt war und daß seine stahlblauen Augen sehr ruhig und zielsicher blickten. Es lag auch Güte in diesen Augen, als er sie forschend betrachtet hatte. Er hielt sich stolz und aufrecht, bewegte sich gut und sicher und machte den Eindruck eines kraftvollen, zielbewußten Mannes etwa in der Mitte der Dreißig.

Seine Kleidung zeugte von gutem Geschmack, war weder zu elegant noch nachlässig, gerade recht für einen Mann in guter Lebensstellung.

Während Lissa das alles bei sich feststellte, hatte der Fremde sich auch über Lissas Vorzüge unterrichtet. Sie war unbedingt eine sehr hübsche junge Dame, hatte ein reizendes Lächeln und sehr schöne graue Augen, in denen eigentlich zu viel Ernst für ihre Jahre zum Ausdruck kam. Ihre Züge waren fein und reizvoll, ihre Gestalt jugendfrisch und von jener Schlankheit, die echt weiblich wirkt. Sie hatte eine klare reine Haut, die jetzt langsam wieder Farbe bekam, nun der Schreck über ihren Unfall überwunden war. Alles in allem war sie eine sehr anziehende Persönlichkeit und von einer angenehmen, selbstverständlichen Zurückhaltung, wie sie jede Dame haben sollte. Also auch er war sehr zufrieden mit der Betrachtung seiner jungen Begleiterin, deren Alter er auf Beginn der Zwanzig schätzte.

Eine Weile gingen sie schweigend nebeneinander her.

Dann fragte der Fremde besorgt, ob sie sich nun auch wieder ganz wohl fühle, und sie sagte mit einem reizenden Lächeln:

»Sie können mich nun wirklich unbesorgt mir selbst überlassen, mein Herr, ich bin wieder ganz munter, der Schreck ist überwunden. Anderen ernstlichen Schaden habe ich dank Ihres Eingreifens ganz sicher nicht von dem Unfall gehabt. Sie brauchen sich also wirklich nicht weiter zu bemühen.«

Er sah sie lächelnd an.

»Ich habe es mir doch als Dank ausbedungen, daß ich Sie bis zu Ihrem Ziel begleiten darf.«

»Mein Ziel führt mich aber immer weiter aus dem Mittelpunkt der Stadt hinaus.«

»Ich sagte Ihnen doch, daß meine Zeit augenblicklich ganz unbesetzt ist, und damit Sie mir glauben, will ich Ihnen mitteilen, daß ich gerade erst mit einem Dampfer angekommen bin, daß mein Gepäck unterwegs ist zu dem Hotel, in dem ich Zimmer bestellte, und daß ich nur zu dem Zweck, mich nach der langen Seereise ein wenig auszulaufen, durch die Straße bummelte, in der Sie von dem kleinen Unfall betroffen wurden. Ich habe gar nichts Wichtigeres vor, als mich davon zu überzeugen, daß Sie ungefährdet Ihr Ziel erreichen.«

Mit einem raschen Drehen ihres feinen Kopfes sah sie zu ihm auf.

»Ah – Sie kommen von Übersee?«

»Ja, von New York.«

»Aber Sie sind kein Amerikaner?«

»Ich bin der Sohn deutscher Eltern, bin aber seit meinen vierten Lebensjahr in Amerika, habe inzwischen Vater und Mutter verloren und – heiße Rudolf Sehring.«

Sie errötete ein wenig.

»Es war nicht Neugierde, daß ich fragte. Aber ich freue mich, daß ich nun weiß, wie mein Lebensretter heißt.«

»Und vielleicht darf ich nun auch Ihren Namen kennenlernen? Ich möchte doch gern wissen, wie die junge Dame heißt, der ich einen kleinen Dienst leisten konnte.«

»Einen sehr großen, Herr Sehring. Ich heiße Melissa Bernd; aber bitte, erschrecken Sie nicht vor diesem etwas außergewöhnlichen Vornamen – ich habe ihn längst in Lissa abgekürzt.«

Mit einem seltsamen Blick sah er sie an.

»Meine Mutter erzählte mir oft, daß meine Großmutter in ihrem Garten große Beete voll Melisse gezogen und daraus Melissengeist bereitet hätte, von dem meine Mutter in all ihren Kleidern und ihrer Wäsche einen seltsam erfrischenden Duft mit sich herumtrug. So weckt Ihr Name plötzlich wieder die Erinnerung an meine Mutter, die schon seit fünf Jahren verstorben ist. Und mir scheint, der Name paßt wundervoll zu Ihnen. Es geht etwas Frisches, Belebendes von Ihnen aus.«

Wieder errötete Lissa, und nun sah sie von ferne schon die Gobelinfabrik. Sie wies darauf hin.

»Dort werde ich erwartet, Herr Sehring. Ich möchte mich nun verabschieden. Es ist wichtig, daß ich sehr pünktlich dort eintreffe, denn es soll sich entscheiden, ob ich da drüben in dem grauen Gebäude eine neue Existenzmöglichkeit finde. Wäre ich zu spät gekommen, hätte ich vielleicht auf diese Möglichkeit verzichten müssen. Auch deshalb danke ich Ihnen, daß Sie mich vor einem ernsten Unfall bewahrten.«

Er sah sie forschend an.

»So ernste Absichten haben Sie?«

»Ja, es hängt sehr viel für mich von diesem Besuch ab.«

»Dann will ich Sie bestimmt nicht aufhalten, aber – ich möchte nun doch sehr gern erfahren, ob – ja, ob Ihr Wunsch in Erfüllung geht und ob ich dazu helfen konnte, daß Sie Ihr Ziel erreichen. Bitte, halten Sie mich nicht für aufdringlich, wenn ich Sie bitte, mir zu gestatten, Sie hier zu erwarten.«

Wieder stieg eine feine Röte in ihr Gesicht und verschönte es noch mehr.

»Ich vermag Ihnen keinen Wunsch zu versagen, verdanke ich Ihnen doch so viel. Aber ich weiß nicht, wie lange ich aufgehalten werde.«

»Sie wissen ja, daß ich heute viel Zeit habe. Also, ich darf warten?«

Sie neigte leicht das Haupt und ging schnell davon, während er stehenblieb und ihr nachsah. Es gefiel ihm sehr, wie anmutig und doch zielsicher sie auf das graue Fabrikgebäude zuging. Irgend etwas an dieser jungen Dame nahm ihn mehr und mehr gefangen. Und die anregende Bekanntschaft mit ihr ließ ihn vergessen, für kurze Zeit wenigstens, was ihn nach Deutschland geführt hatte.

II

Lissa war sogleich vorgelassen worden. Der Chef der Firma erwartete sie zusammen mit seinem Sohn in seinem Privatkontor.

»Ich bin sehr gespannt, Fräulein Bernd, wie Sie Ihre Aufgabe gelöst haben. Meinem Sohn habe ich schon von Ihren Entwürfen erzählt, und wir hoffen nun gemeinsam, daß Sie uns bringen, was wir so nötig brauchen. Sie glauben nicht, wie schwer es ist, unter den jungen Kunstgewerblern einen zu finden, der das Können hat, das wir brauchen. Die alten Künstler, die das richtige Stilgefühl und die nötigen Kenntnisse gehabt haben, sind scheinbar ausgestorben. Nun hoffte ich in Ihren mir vorgelegten Skizzen gerade das zu sehen, was uns fehlt, wenn auch weder Gobelins noch Teppiche darunter waren. Ich freue mich, daß Sie so pünktlich sind, und nun zeigen Sie, was Sie uns bringen.«

Lissa hatte ihre Aktenmappe auf den Tisch gelegt und öffnete sie. Ihr war sehr seltsam zumute. Würde sie wirklich erfaßt haben, was die Herren von ihr erwarteten? Sie nahm mit leise bebenden Händen die beiden farbigen Entwürfe aus ihrer Mappe und legte zuerst den Teppich vor die Herren hin. Es war ein ornamentaler Entwurf, nicht in der übertrieben modernen Art der letzten Jahre, sondern in dem Stil einer früheren Zeit, aber es war ein kleines Kunstwerk.

Die Herren blickten darauf nieder, sahen sich an und nickten sich verstohlen zu. Ja, das war, was sie haben wollten. In dieser gediegenen Art, in dieser Kunst, alten Stilen angepaßt, wollten sie ihre Teppiche in Zukunft weben. Und Lissa hatte sehr gut die Technik der Handweberei berücksichtigt. Wundervoll stimmten Farben und Formen zueinander. Das war eine Kunst, wirklich aus ernstem Können heraus geboren.

Aber noch wichtiger erschien ihnen der Entwurf für einen Gobelin, denn ihr Hauptaugenmerk war auf Wandteppiche gerichtet. Und erwartungsvoll blickten sie auf die Mappe, aus derLissa nun auch die andere Skizze hervorgeholt hatte.

Mit einem unterdrückten Freudenruf beugten sich die beiden Herren über diesen stimmungsvollen Entwurf. Ihre Augen leuchteten, dann sahen sie Lissa lächelnd an, und der alte Herr faßte ihre Hand.

»Fräulein Bernd, wer hat Sie gelehrt, sich so ganz in unsere Wünsche hineinzuversetzen, wer hat Sie gelehrt, solche Kunst zu schaffen? So jung sind Sie noch, und so reif ist Ihr Werk!«

Lissas Augen strahlten glücklich in die seinen.

»So sind Sie mit meiner Arbeit zufrieden?«

»Oh, Sie haben unsere Erwartungen weit übertroffen. Es ist vom Standpunkt des Geschäftsmannes aus vielleicht unklug, daß ich Ihnen das so unumwunden sage, aber vielleicht auch wieder nicht, denn ich weiß, jeder echte Künstler wächst nicht nur mit den Hindernissen, die sich ihm entgegenstellen, sondern auch mit der ehrlichen Anerkennung, die ihm gezollt wird. Ihre Teppichskizze ist schon ein kleines Meisterwerk ornamentaler Kunst, aber dieser Gobelin könnte nicht schöner und sinnvoller ausgedacht worden sein. Er ist für unsere Technik geradezu spielend zu bewältigen. Sie haben sich anscheinend in diese Technik schon sehr gut eingearbeitet, wahrscheinlich weil Sie in Ihren früheren Skizzen schon das Stoffliche so gut erfaßt haben. Ich gratuliere Ihnen und mir.«

»So nehmen Sie die Entwürfe an?« fragte Lissa mit bebender Stimme.

»Aber selbstverständlich, und ich hoffe, Sie stellen uns nun Ihr ganzes Können zur Verfügung und arbeiten von heute an sehr fleißig und nur für uns. Die Werkzeichnungen, die für den Webstuhl nötig sind, lassen wir hier im Haus nach Ihrer Skizze herstellen, damit sollen Sie ihre kostbare Zeit nicht vergeuden. Wir brauchen sehr viele neue Muster und neue Entwürfe, und die sollen Sie uns anfertigen. Wundervoll ist auch das Motiv, das Sie für den ersten Gobelin gewählt haben. Das soll uns ein gutes Zeichen sein.«

Auch der Sohn schüttelte Lissa die Hand, und sie sah mit feuchten Augen zu den beiden Herren empor.

»Wie glücklich bin ich, daß Sie mir das sagen, und wie stolz. Glauben Sie mir, ich will freudig all mein Können in Ihre Dienste stellen, denn ich bin mit meinem ganzen tiefinneren Interesse dabei. Sie sollen sich nicht in mir getäuscht haben. Und wie gut und richtig ist, was Sie mir sagten: der Erfolg eines Künstlers wächst mit der Anerkennung. Ich weiß, daß ich noch viel zu lernen habe, aber ich werde nun freudiger lernen und nun nie mehr an mir verzagen.«

Sie sprachen sich noch aus über das, was nun zunächst geschaffen werden müsse. Die Herren wollten zunächst mehrere Gobelinentwürfe haben, damit sie erst einmal eine ansehnliche Auswahl davon herstellen konnten. Jeder dieser Gobelins sollte nur einmal ausgeführt werden, für jeden würde also ein neuer Entwurf nötig sein. Lissa erfaßte sehr wohl, daß sie damit auf Jahre hinaus, vielleicht für ihr ganzes Leben, mit Aufträgen rechnen konnte.

Die Herren besprachen nun auch die Honorare mit ihr und zeigten sich sehr großzügig, wußten sie doch, daß dieses kleine Fräulein mit den lichten Grauaugen und dem goldbraunen Haar die Seele ihres neuen Unternehmens sein würde. Lissa schlug das Herz bis zum Hals hinauf, als sie hörte, was man ihr für jede solche Gobelinskizze zahlen würde. Für die Teppichskizzen würden etwas niederere Beträge in Frage kommen, aber auch diese erschienen Lissa märchenhaft hoch. Sie sah sich plötzlich einem ziemlich hohen, gesicherten Einkommen gegenüber, und es schossen ihr die Freudentränen in die Augen.

Es verging eine Stunde, bis sie, mit dem Betrag für die beiden Skizzen und mit neuen Aufträgen, sich verabschieden konnte.

Zuweilen war leise der Gedanke durch ihren Kopf gehuscht: Rudolf Sehring, mein Lebensretter, wird wohl nicht so lange gewartet haben; daß ich ihn noch vorfinde, es wird ihm zu lange gedauert haben. Schade, daß ich ihm nicht mitteilen kann, welches Glück mir widerfahren ist.

Aber diesen Gedanken hatte sie immer wieder beiseite gestellt, jetzt hieß es alle Aufmerksamkeit auf die neue Aufgabe richten. Und das tat sie denn auch gewissenhaft, bis alles Nötige erledigt war. Als sie sich aber dann verabschiedet hatte, spähten ihre Augen doch erwartungsvoll die Straße entlang, in der sie sich von Rudolf Sehring verabschiedet hatte. Sie sah ihn nicht. Das wollte ihren Freudenrausch über den gehabten Erfolg niederdrücken, sie mußte sich selbst vernünftig zureden. Ob sie denn wirklich gedacht habe, dieser junge Herr habe Lust, eine Stunde oder länger hier in der öden, abgelegenen Straße auf sie zu warten. Natürlich hatte er sich längst wieder entfernt.

Aber als sie dann etwa weitere hundert Schritt zurückgelegt hatte, trat er plötzlich ganz unerwartet aus einer kleinen Gaststätte, wo er die ganze Zeit am Fenster gesessen hatte. Von dort hatte er die ganze Straße scharf beobachtet, und als er Lissa endlich erblickte, hatte er sich von seinem Platz erhoben, ein Geldstück auf den Tisch gelegt und war hinausgetreten. Lissa schrak zusammen, wurde dunkelrot und sah ihn befangen an.

»Sie haben wirklich auf mich gewartet?« fragte sie halblaut.

Er nickte ihr lachend zu.

»Ja, ich pflege nie etwas zu versprechen, was zu halten ich mir nicht zutraue.

»Das war aber doch furchtbar langweilig für Sie?«

»Gewiß nicht, ich habe inzwischen hier in diesem kleinen Lokal eine Erfrischung bestellt. Und nun werden Sie erfahren, daß ich ein sehr neugieriger Mensch bin. Ich möchte wissen, ob sich Ihre Wünsche in bezug auf eine Existenz erfüllt haben.«

Mit leuchtenden Augen sah sie zu ihm auf. Es tat ihr wohl, daß dieser Mann so viel Interesse für sie aufbrachte, dieser fremde Mann, dem sie ihr Leben – jedenfalls ihre gesunden Glieder, verdankte.

»Ja, meine Wünsche haben sich nicht nur erfüllt, sondern sie sind weit übertroffen worden. Ich bin sehr glücklich, daß ich zur rechten Zeit kam und einen so guten Erfolg hatte.«

»Ich freue mich mit Ihnen. Und weil ich doch so ein neugieriger Mensch bin, möchte ich gerne Näheres von Ihnen über Ihren Erfolg hören. Ich weiß, ich bin nicht nur sehr neugierig – übrigens entdecke ich diese Untugend erst heute an mir –, sondern auch sehr unbescheiden. Werden Sie mir zürnen, wenn ich Sie bitte, mir bei meinem einsamen Mittagessen Gesellschaft zu leisten? Soviel ich weiß, kommen wir gleich hier am Uhlenhorster Fährhaus vorüber, dort könnten wir zusammen speisen und uns dabei ein wenig näher kennenlernen. Ich bin sehr darauf aus.«

Lissa hätte in jedem andern Fall auf so ein Ansinnen

eine herbe Abwehr gehabt, aber diesem Manne gegenüber vermochte sie nicht kleinlich zu sein. Sie dankte ihm nicht nur sehr viel, sondern sie fühlte auch eine große Sympathie für ihn, die ihr tief begründet schien. Dennoch sah sie ein wenig unschlüssig aus und sagte:

»Eigentlich müßte ich nein sagen, aber – ich kann das nicht übers Herz bringen. Heute ist ein großer Freudentag für mich, ich habe nach langem vergeblichem Bemühen eine Existenzmöglichkeit gefunden, und vielleicht ist mir durch Ihr rasches Eingreifen das Leben neu geschenkt worden. So will ich einmal ohne Bedenken etwas für mich sonst Ungewöhnliches tun. Ich werde also mit Ihnen zu Mittag essen. Sie haben etwas sehr Vertrauenerweckendes an sich, und so glaube ich, daß ich mich Ihnen unbesorgt anvertrauen kann.«

»Das dürfen Sie gewiß, ich hoffe, dieses Vertrauen voll und ganz zu verdienen.«

Wenige Minuten später hatten sie das Fährhaus erreicht, und Lissa betrat es ohne weiteres Zagen.

Sie ging mit der Sicherheit einer Dame aus guten Kreisen den langen Gang hinunter, durch einige Zimmer, bis zu dem hohen, halbrunden Raum, wo weißgedeckte Tische verrieten, daß sich hier der Speisesaal befand. An einem runden Tisch bei einem der hohen Fenster, die den Ausblick auf den Alsterpavillon freigaben, nahmen sie Platz, nachdem Rudolf Sehring seiner Begleiterin geholfen hatte, ihre Kostümjacke abzulegen. Sie trug unter dieser Jacke eine schlichte weiße Bluse, die sehr wohl hierherpaßte. Auch Rudolf Sehring legte seinen Mantel ab und nahm ihr gegenüber mit einer artigen Verbeugung Platz. Nachdem sie bei dem Kellner ihre Bestellung gemacht hatten, sah Rudolf hinaus auf die Alster.

»Fast ist mir, als sähe ich das alles nicht zum erstenmal. Mein Vater und meine Mutter sprachen oft über diese Räume, und die Alster spielte eine große Rolle in ihren Erinnerungen.«

»So haben Ihre Eltern, ehe sie nach Amerika gingen, hier in Hamburg gelebt?«

Er nickte versonnen.

»Ja, beide waren aus Hamburg gebürtig. Mir ist, als kenne ich mich hier in jedem Winkel aus. Aber nicht von mir wollen wir jetzt sprechen. Ich möchte von Ihnen hören. Bitte, erzählen Sie mir aus Ihrem Leben, was Sie wollen und können.«

Sie lächelte in ihrer reizvollen Art und blickte auch auf die Alster hinaus, wo einige Ruderboote vorüberfuhren, wie man sie nur in Hamburg auf der Alster findet, mit Kissen und Decken ausgestattet, mit einem kleinen Tisch in der Mitte und allerlei kleinem, behaglichem Zubehör. Ihre schönen, schlanken Hände lagen zwanglos verschlungen auf dem Tisch, so daß er sich an deren Anblick erfreuen konnte.

»Es ist nicht viel Interessantes von mir zu berichten. Mein Vater war Prokurist einer bekannten Hamburger Firma, er starb vor zwei Jahren, nachdem ich einige Jahre früher meine Mutter verloren hatte. Wir hatten in guten auskömmlichen Verhältnissen gelebt, mein Vater hat für meine Erziehung und für meine kunstgewerblichen Studien keine Kosten gescheut. So war wenig übriggeblieben von seinem Gehalt, als er starb. Leider viel zu früh, früher, als er je erwartet hatte, und in wenig Tagen, an einer Grippe. Was er hinterlassen hat, hielt mich immerhin bis jetzt über Wasser, aber leider fand ich keine Gelegenheit, das, was ich gelernt hatte, zu verwerten. Erst heute habe ich die Gewißheit erhalten, daß sich mir nun eine sichere Existenzmöglichkeit bietet.«

Und sie berichtete ruhig und ungezwungen, welches Glück ihr heute widerfahren war.

Aufmerksam hatte er zugehört, und als sie nun aufatmend schwieg, sah er ihr teilnahmsvoll in die Augen und sagte mit großer Wärme:

»Ich kann mir denken, wie froh Ihnen nun zumute sein muß. Darf ich Ihnen Glück wünschen?«

Und er reichte ihr seine große, kräftige und doch schöne Hand über den Tisch. Sie legte ohne Zögern die ihre hinein, und einen Augenblick umschlossen sich die beiden Hände fest und warm.

Dann brachte der Kellner die bestellten Speisen und bot sie in geschulter Weise an.

Eine Weile beschäftigten sich die beiden jungen Menschen mit ihrer Mahlzeit. Dann sagte Lissa lächelnd:

»Nun Sie so ziemlich alles Wissenswerte von mir erfahren haben, darf ich vielleicht auch ein wenig neugierig sein und Sie bitten, mir etwas aus Ihrem Leben zu erzählen, denn ich möchte auch soviel wie möglich über meinen Lebensretter wissen.«

»Nötigt Ihnen mein Leben wirklich einiges Interesse ab, oder fragen Sie nur aus Höflichkeit?«

»Nein, nur aus Interesse.«

»Nun, mein Leben ist etwas abenteuerlicher und unruhiger verlaufen. Wie gesagt, ich war vier Jahre alt, als meine Eltern auswanderten. Zuerst war mein Vater allein über den großen Teich gegangen. Meine Mutter und ich folgten ihm erst nach Monaten, nachdem er sich eine halbwegs sichere Existenz gegründet hatte. Diese von ihm als sicher angesehene Existenz erwies sich aber als durchaus unsicher, wir kamen in schwierige Verhältnisse, meine Eltern verließen mit mir New York und gingen nach Philadelphia, wo mein Vater eine andere, leider viel bescheidenere Stellung fand.

Es war nötig, unsern Aufenthalt noch einigemal zu wechseln, und ich lernte von Jugend auf die Wechselfälle des Lebens gründlich kennen. Aber das war eine sehr gute Schule für mich. Endlich kam auch zu meinem Vater nach vielen Fehlschlägen das Glück; er hatte schließlich den Entschluß gefaßt, sein erspartes Geld für Grund und Boden hinzugeben und sich mit seiner Familie seßhaft zu machen. Das Land war spottbillig, weil es ziemlich unfruchtbar war. Das hatte mein Vater nicht gewußt. Er war zwar Besitzer eines großen Landstriches geworden, aber aus diesem Grund und Boden ließ sich nichts, gar nichts herauswirtschaften, zumal mein Vater nie Landwirt gewesen war und auch meine Mutter von Landwirtschaft nur eben das verstand, was sie im Garten ihrer Mutter gelernt hatte. Meine Großmutter war, noch ehe wir Deutschland verließen, gestorben, und meine Mutter hatte etwa zwanzigtausend Mark geerbt. Diese zwanzigtausend Mark steckten nun mit in dem unfruchtbaren Boden. Ich war damals ein Junge von zwölf Jahren, und mir war es eine Wonne, über die weiten kahlen Steppen mit meinem kleinen Pony hinwegzujagen. Meine Eltern und ich wohnten in einer selbstgezimmerten Hütte, und meine arme Mutter hat sehr gelitten unter diesen schwierigen Verhältnissen. Sie träumte von dem Melissengärtchen ihrer Mutter, von den tausend Blumen darin, und sah nun mit traurigen Augen auf die Unfruchtbarkeit ringsum. Auch mein Vater war ganz verzweifelt, und nur ich fand Vergnügen an diesem Leben, das so frei und ungebunden war. Eines Tages, als ich mit meinem Pony noch weiter als sonst geritten war, kam ich an eine Stelle unseres Besitzes, die ich noch nicht aufgesucht hatte, weil sie besonders unfruchtbar und öde war. Wir waren durstig, mein Pony und ich, und ich jauchzte auf, als ich vor mir eine Quelle aus dem Boden springen sah. Wir wollten unsern Durst löschen, und zuerst führte ich mein Pony heran. Aber obwohl ihm vor Durst die Zunge aus dem Halse hing, schnob es heftig und wandte den Kopf von der Quelle weg. Ich legte mich nieder und wollte wenigstens meinen Durst löschen, aber nun gewahrte ich ganz deutlich, was ich vorher nur ahnungsvoll gerochen hatte, daß dieses scheinbare Wasser, das aus dem Erdboden herausquoll, ganz abscheulich roch. Zu genießen war es nicht, ich gab den Versuch auf, wie mein Pony, aber – ich war inzwischen ein smarter amerikanischer Junge geworden – es dämmerte mir sofort, daß diese Quelle keine Wasser-, sondern eine Ölquelle war.

In wilder Jagd ging es nach Hause zurück, ich sagte meinem Vater, daß ich eine Ölquelle gefunden hätte und meinte, daß nun alle Not ein Ende haben und wir reiche Leute werden würden. Der Vater wollte nicht daran glauben, aber ich ließ keine Ruhe, wir kehrten zu der Quelle zurück und hatten uns Gefäße mitgenommen, die wir an der Quelle füllten. Der Vater begab sich am andern Tag nach der nächsten Stadt, ließ das Öl untersuchen und fand seine kühnsten Erwartungen übertroffen. Kurzum – wenn wir nun auch nicht im Nu reiche Leute wurden, sondern erst nach jahrelangen Kämpfen und Mühen dies Ziel erreichten, so war doch von diesem Tag an ein gewaltiger Aufstieg zu merken. Meine Mutter erlebte noch, daß mein Vater die Ölquellen für eine hohe Summe an einen Trust verkaufen und sich eine Anzahl der Aktien sichern konnte. Wir waren inzwischen in die nächste Stadt in eine sehr hübsche Villa gezogen, ich bekam einen Hauslehrer, ein richtiges Reitpferd, Stulpenstiefel und eine Reitpeitsche, und fühlte mich wie im Himmel. Aber den Verlust der Mutter, die in Frieden und Ruhe starb, habe ich nie ganz verwunden.

Mein Vater hat mir erst nach dem Tod meiner Mutter erzählt, was ihn von Deutschland fortgetrieben hatte. Es war eine sehr tragische Geschichte, die ich Ihnen vorenthalten muß, da ich meinem Vater das Wort gab, bis zu einem gewissen Zeitpunkt darüber zu schweigen. Ehe mein Vater dann starb, nahm er mir das Versprechen ab, sobald ich mich von den Geschäften lösen könne, nach Deutschland zurückzukehren, um dort etwas zu erreichen, was er nicht hatte ausführen können. Es hatte sich ein Mensch sehr an ihm versündigt, und dieser Mensch sollte zur Verantwortung gezogen werden.

Es ist sozusagen ein Rächeramt, das mich hierher zurückführte, und dieses Rächeramt habe ich an einem Menschen zu vollziehen, dessen Namen ich nicht einmal weiß. Es gilt, ein Geheimnis zu ergründen und aufzudecken. Mein ganzes Leben will ich diesem Zwecke weihen, um das Versprechen zu erfüllen, das ich meinem sterbenden Vater gab. Ich habe meine Geschäfte drüben erledigt, habe mich von allen Pflichten frei gemacht und will nur noch diesem einen Ziel zustreben. Meine Vermögensverhältnisse gestatten mir, mit allen Mitteln der Erfüllung meines Versprechens nachzugehen. Weiter will ich Ihnen nichts davon sagen, es ist schon sehr viel, daß ich Ihnen das alles mitteilte. Aber Sie sollen sehen, daß auch ich Ihnen ein großes Vertrauen entgegenbringe. Und daß ich das tat, berechtigt mich zu dem Wunsch, daß wir uns nie mehr aus den Augen verlieren mögen. Mir ist, als – nun ja, als gehörten Sie irgendwie in mein Leben. Ich stehe ganz allein, wie auch Sie allein stehen; wollen Sie mir versprechen, mich nicht wieder aus Ihrem Leben hinauszuschicken? Wir haben uns auf seltsame Weise zusammengefunden, und mir ist, als müsse ich Sie festzuhalten versuchen. Irgendein starkes Gefühl zwingt mich dazu. Je mehr ich Sie ansehe, je länger ich mit Ihnen spreche, um so stärker wird dies Empfinden in mir. Wollen wir Freunde sein, Melissa Bernd?«

Bezwungen durch seine tiefernste Art legte sie still ihre Hand in die seine.

»Mein Leben schulde ich Ihnen; es soll mir leicht sein, Ihnen Freundschaft entgegenzubringen, denn ich fühle, Sie sind es wert.«

Er drückte ihre Hand fest und warm und sagte aufatmend:

»Wie schön, daß ich jetzt wieder einen Menschen habe, dem ich mich verbunden fühle. Drüben war ich in einer harten Schule. Man kennt dort nur Geschäfte, alle Gefühle verkümmern, auch bei mir war das so. Jetzt spüre ich mit einemmal wieder, daß eine Zusammengehörigkeit von Mensch zu Mensch etwas Gutes, Warmes und Liebes ist. Ich danke Ihnen, Melissa Bernd – Lissa Bernd. Ich freue mich sehr, daß mir das Schicksal so etwas Liebes und Schönes, wie Sie sind, zu Füßen legte, so daß ich es nur aufzuheben und in Sicherheit zu bringen brauchte. Und wie gut, daß Sie ebenso einsam waren wie ich. Nun aber werden wir nie mehr einsam sein, solange wir zusammenhalten!«

Mit einem versonnenen Blick sah sie ihn an. Konnte das wirklich sein, konnte dieser Mann, den sie heute zum erstenmal gesehen hatte, einen so großen Raum in ihrem Leben einnehmen? Und konnte es möglich sein, daß sie ihm so viel galt?

»Das klingt wie ein Märchen«, sagte sie leise.

»Ein Märchen, das Wirklichkeit werden soll. Wir wollen daran glauben, dann wird es auch geschehen.«

»Werden Sie denn jetzt in Hamburg bleiben?«

»Vorläufig sicher! Ich muß meine Nachforschungen von hier aus beginnen, weiß aber nicht, ob sie mich nicht auch von Hamburg fortführen werden. Aber auch dann werde ich immer wieder hierher zurückkehren, und wir werden uns immer wiedersehen wie gute Freunde. Versprechen Sie mir das, Lissa Bernd!«

Sie legte wieder ihre Hand in die seine.

»Was an mir liegt – ich werde mich immer freuen, meinen Lebensretter wiederzusehen.«

»Daran sollen Sie nicht mehr denken, ich will nur Ihr guter treuer Freund sein, denn es verlangt mich danach, Sie unter meinen Schutz zu nehmen. Frauen sollten nie allein im Leben stehen. Und dafür sollen Sie auch mir das Gefühl geben, daß ich nicht allein bin, daß ich einen Menschen habe, mit dem ich mich über alles aussprechen kann, der für alles, was mich bewegt, Verständnis hat.«

»Aber wissen Sie denn, ob ich so viel Verständnis für Sie haben werde?« fragte sie mit einem leisen Schelmenlächeln, das ihn entzückte.

»Ja, das weiß ich schon nach so kurzer Bekanntschaft bestimmt. Ich kenne ein Dichterwort: ›Verwandte Seelen knüpft der erste Augenblick des Sehens mit diamantenen Banden.‹ So oder ganz ähnlich muß es heißen. Es kam mir, seit ich mich mit Ihnen unterhalte, immer wieder in den Sinn. Ich habe noch nie in meinem Leben gleich beim ersten Kennenlernen mit einem Menschen so sehr das Gefühl der Zugehörigkeit gehabt, wie bei der Bekanntschaft mit Ihnen. Irgend etwas bannte mich an Ihre Seite, seit ich Ihnen zum erstenmal in die Augen sah, so daß ich ganz gegen meine sonstige Gewohnheit fast aufdringlich war. Das müssen Sie mir verzeihen.«

Mit warmem Empfinden lauschte sie seinen Worten und vermochte dem Blick seiner Augen nicht auszuweichen, er hielt die ihren fest.

»Ich habe Ihr Benehmen nicht einen Augenblick als aufdringlich empfunden, sondern nur als sehr fürsorglich und ritterlich. Also habe ich Ihnen ganz gewiß nichts zu verzeihen. Es hat mir im Gegenteil sehr wohlgetan, daß Sie sich meiner so gütig annahmen, und es wird mir sehr leicht werden, in Ihnen einen guten Freund zu sehen, obwohl auch ich sonst bei neuen Bekanntschaften immer sehr vorsichtig und zurückhaltend bin.«

Seine stahlblauen Augen strahlten sie an.

»Das habe ich sehr wohl empfunden, daß Sie Ihre Freundlichkeit mir nur aus Dankbarkeit zuwandten, aber Sie sollen das nun auch ohne jede Dankbarkeit tun, nur aus dem Gefühl heraus, daß wir zwei Menschen sind, die für einander volles Verständnis haben und einander ohne Rückhalt vertrauen. Ich weiß sehr wohl, daß Ihnen eine so kurze Bekanntschaft mit einem Menschen – vor allem mit einem Mann – nicht geläufig ist, das fühlt man genau, wenn man in Ihre Augen sieht. Und um so stolzer bin ich darauf, daß Sie mit mir eine Ausnahme machen.«

So plauderten sie immer angeregter miteinander, kamen sich in dieser kurzen Zeit viel näher, als es sonst im gesellschaftlichen Verkehr in Jahren üblich ist. Lissa hatte alle Scheu vor diesem Mann verloren und war ehrlich gewillt, ihm Freundschaft entgegenzubringen. Rudolf Sehring hätte vielleicht nicht ganz rückhaltslos zugeben können, daß er nur die Freundschaft dieser jungen Dame suchte, wenn man ihn auf Ehre und Gewissen danach gefragt hätte, aber er wußte sehr wohl, daß er nicht schon heute ein Mehr verlangen konnte. Er wollte das auch nicht. Selber sehr tiefgründig veranlagt, war er kein Freund leichter Flirts.

Sein Leben war bisher zu viel von Geschäften und den raschen Wechselfällen seines Lebens beeinflußt gewesen. Er hatte den größten Teil seiner Jugend verlebt, ohne mit Frauen überhaupt näher zusammenzukommen. Die rasche Entwicklung der Geschäfte seines Vaters, die er in der Hauptsache selber führen mußte, hatte immerhin eine Anzahl Jahre in Anspruch genommen. Mit aller Tatkraft hatte er sich diesen Geschäften gewidmet. Der Einfluß seiner zarten, feinfühligen Mutter auf ihn war immer sehr stark gewesen, und sie hatte ihn gelehrt, hoch von den Frauen zu denken. Etwas in Lissas Wesen erinnerte ihn an die Mutter, und so erschien es ihm ganz selbstverständlich, daß er Lissa mit der größten Hochachtung entgegenkam. Er ließ sich einspinnen von dem Zauber, der von ihrem Wesen auf ihn überströmte, und war überzeugt, in ihr einen wertvollen Menschen gefunden zu haben, den näher kennenzulernen ein Glück für ihn werden konnte.

Wie dieses Glück aussehen würde, darüber wollte er noch gar nicht nachdenken, das wollte er der Zeit überlassen.

Auch Lissa gab sich ohne Bedenken dieser so schnell gewonnenen Freundschaft hin. Er erschien ihr sehr angenehm, männlich und vertrauenswürdig; sie wußte sehr gut, daß von dieser Art Männer nicht viele herumliefen und spürte ein inniges Freuen an der ihr gebotenen Freundschaft. Einsame Herzen schließen sich nicht leicht auf, aber das ihre hatte sich diesem fremden Mann sogleich zugeneigt, als sie, von seinem Arm getragen, vor einem schlimmen Schicksal bewahrt wurde. Und das hatte ihm ihr Vertrauen gewonnen. Sein weiteres Verhalten hatte dieses

Vertrauen bestärkt. Ein anderer Mann an seiner Stelle hätte vielleicht, nein, wahrscheinlich, an dieses Begegnen den Wunsch geknüpft, den Dank für seinen Dienst zum mindesten in einem netten kleinen Flirt einzuheimsen. Er aber bot ihr ruhig und zuverlässig seine Freundschaft an. Das war so sehr viel wert. Und es war ein schönes, behagliches Gefühl für sie, wohlbeschützt und vertrauensvoll ihm gegenüberzusitzen und sich mit ihm so angeregt unterhalten zu können. Immer mehr spürte sie, daß sie einander verstanden, daß er rege geistige Interessen hatte und den ihren Verständnis entgegenbrachte. So hatte auch sie aus der Bekanntschaft mit ihm einen hohen Gewinn zu buchen.

Es war drei Uhr geworden, als Lissa erschrocken auf ihre Uhr blickte.

»Jetzt muß ich aber nach Hause, ich habe in Ihrer Gesellschaft ganz vergessen, daß mir die Arbeit unter den Nägeln brennt.«

»Müssen Sie heute schon mit Ihren neuen Aufträgen beginnen?«

»Unbedingt, die Sache eilt sehr, und ich muß darauf achten, der Firma Luther recht bald weitere Entwürfe vorzulegen.«

»Das soll hoffentlich nicht heißen, daß Sie nun gar keine Zeit mehr für mich haben?«

Sie überlegte eine Weile, wurde ein wenig rot und sagte dann so ruhig sie konnte:

»Vor allen Dingen muß ich das Tageslicht ausnützen, wegen der Farben. Zuerst muß ich ja die Zeichnungen entwerfen, was ich bei Lampenlicht wohl tun kann, aber die Hauptsache ist doch die Arbeit mit den Farben, und da muß ich jede Minute nützen.«

»Dann werden Sie vielleicht an den Abenden Zeit haben? Sie müssen sich doch auch Bewegung machen und an die frische Luft gehen.«

»Dazu habe ich immer die Zeit zwischen sieben und acht benützt.«

Das sagte sie ein wenig unsicher. Aber er griff es gleich auf.

»Dann gestatten Sie mir, daß ich Sie auf diesen Abendspaziergängen begleite. Ich werde mich für diese Zeit dann auch immer freihalten.«

Sie nickte ihm zu.

»Ja, das wäre sehr schön, so hätte ich neben meiner Erholung auch noch Ihren Schutz und eine anregende Unterhaltung.«

Er strahlte sie an.

»Und an den Sonntagen wird doch gefeiert?«

Sie schüttelte den Kopf.

»Nicht, bevor ich wenigstens ein halbes Dutzend Gobelinentwürfe fertig habe. Die will ich unbedingt sobald wie irgend möglich abliefern.«

»Aber am Sonntag muß doch unbedingt eine festliche Ausnahme stattfinden. Wollen Sie mir da nicht wenigstens einige Stunden Ihre Gesellschaft schenken?«

Sie lachte ein wenig und sagte nachdenklich:

»Ja – am Sonntag könnte man schon eine Ausnahme machen, aber ich möchte auch da das Tageslicht ausnützen.«

»Gut! Aber sobald es dunkel wird, werde ich auf Sie warten; sagen wir, vor dem Alsterpavillon. Dann können wir zuerst einen Spaziergang um die Alster machen und dabei besprechen wir, was wir mit dem Abend anfangen.«

»Um zehn Uhr möchte ich aber zu Hause sein.«

»Dafür werde ich sorgen. Ich denke, das netteste ist, wir speisen irgendwo zusammen zu Abend, dabei können wir uns am besten unterhalten.«

»Einverstanden«, sagte sie lächelnd und fügte dann etwas verzagt hinzu:

»Eigentlich komme ich mir sehr unternehmend vor, ich gehe sonst des Abends nie aus. Sonntags suche ich zuweilen ein Kino auf, aber nur für die erste Vorstellung.«

»Wünschen Sie lieber ins Kino zu gehen?«

»Nein, nein, Ihr Vorschlag war sehr hübsch, ich freue mich auf eine Unterhaltung mit Ihnen mehr als auf ein Kino. Also es bleibt bei Ihrem Vorschlag. Und jetzt muß ich gehen.«

»Aber ich darf Sie begleiten?«

»Um die Alster herum. Dann trennen wir uns, denn in der abgelegenen Gegend, wo ich wohne, möchte ich nicht gern in Herrenbegleitung gesehen werden, da achtet einer zu genau auf den lieben Nächsten.«

»Sie werden also dort gut bewacht«, neckte er.

Lachend sah sie ihn an.

»O ja, es ist der reinste Krähwinkel inmitten des großen Hamburg, denn da wohnen nur kleine Leute, und im guten und bösen Sinn kümmert sich da einer um den andern.«

Inzwischen waren sie aufgebrochen und gingen nun auf der breiten Promenade um das Alsterbassin weiter. Vor dem Alsterpavillon verabschiedete Lissa ihren Begleiter in der ihr eigenen, ruhig bestimmten Weise, und er ließ sie nun auch ohne weiteres gehen, obwohl er sie gern noch festgehalten hätte.

Lissa ging schnell davon, und Rudolf Sehring sah ihr in Gedanken versunken nach. Er wunderte sich über sich selbst, daß ihm die Trennung von Lissa Bernd so schmerzlich schien. Gewiß, sie war ein wundervolles Geschöpf, rein, klar und liebenswert, das hatte er mit scharfem Blick erkannt. Aber daß ihm eine Frau in so kurzen Stunden so lieb und wert werden konnte, daß ihm die Trennung von ihr schmerzlich erschien, konnte er kaum begreifen. Es war ihm noch nie geschehen, daß er sein Empfinden so schnell an einen Menschen gehängt hatte.

Erst als sie ganz verschwunden war, drehte er sich um, ging an der Alster entlang zurück und suchte nun sein Hotel auf.

Dort erkundigte er sich, wo sich sein Gepäck befand, und als man ihm sagte, es sei bereits auf sein Zimmer geschafft worden, fuhr er mit dem Fahrstuhl hinauf.

Er sah sich prüfend in den beiden Zimmern um, die er angewiesen bekommen hatte. Das eine wollte er als Schlafzimmer benützen und neben demselben lag das Bad. Das andere Zimmer sollte ihm als Wohn- und Arbeitszimmer dienen, solange er hier im Hotel weilte. Er wußte noch nicht, wie lange er hier bleiben würde, das kam darauf an, wie sich seine Nachforschungen gestalteten, die mit dem letzten Wunsch seines Vaters zusammenhingen. Jedenfalls war er vorläufig zufrieden mit seiner Unterkunft. Die Zimmer waren, wie er gewünscht hatte, ruhig und etwas abseits gelegen, er würde nicht durch den Lärm des Hotelbetriebs gestört werden.

Unten in der Ankunftshalle hatte er bereits seine Anmeldung ausgefüllt. Nun legte er Hut und Mantel ab und machte sich daran, seinen Koffern alles Nötige zu entnehmen und in Schränken und Fächern unterzubringen. Ab und zu trat er an das Fenster und sah hinaus. Er konnte auf die Alster blicken und sagte sich, da unten sei er vor kurzer Zeit mit einem schönen, klugen Mädchen gegangen, Seite an Seite; mit einem Mädchen, mit dem er in kurzer Zeit Freundschaft geschlossen hatte.

Freundschaft? »Ist Freundschaft zwischen Mann und Frau möglich?« fragte er sich. Ein Lächeln huschte um seinen ernsten, ausdrucksvollen Mund. Vorläufig sollte es Freundschaft sein, nur Freundschaft, und auf alle Fälle sollte Lissa Bernd daran glauben, daß zwischen ihnen eine Freundschaft möglich sei, sonst würde sie sich ihm vielleicht zurückhaltender zeigen. Und ihr Vertrauen freute ihn doch sehr, er wußte, das war eine wertvolle Gabe.

III

Als Lissa den kleinen Flur betrat, der zu Frau Wendhausens Wohnung gehörte, kam diese wie ein Schatten aus der Tür ihres Wohnzimmers heraus. Sie trug nur graue Kleider, und da sie auch graues Haar hatte und ein blasses, farbloses Gesicht, wirkte ihre Erscheinung immer schattenhaft. Das kam Lissa heute nach den frohen, sonnigen Stunden, die sie verlebt hatte, besonders zum Bewußtsein.

»Ach Kindchen, wie froh bin ich, daß ich Sie gesund und unversehrt vor mir sehe. Mir war so bange, weil Sie so lange ausblieben. Immer dachte ich, es könnte Ihnen etwas geschehen sein.«

Lissa hatte Hut und Jacke abgelegt und an den Garderobehaken gehängt. Nun lockerte sie das Haar auf und drehte sich lächelnd nach der alten Frau um.

»Diesmal waren Ihre Sorgen um mich nicht ganz unbegründet, liebe Frau Wendhausen, beinahe wäre ich unter eine Elektrische gekommen, wenn der liebe Gott nicht gerade einen Deutschamerikaner über das Wasser geschickt hätte, der mich im letzten Augenblick davor bewahrte, überfahren zu werden.«

Die alte Dame schlug erschrocken die Hände zusammen.

»Ich habe es doch gefühlt, Fräulein Lissa, mir war doch so bange ums Herz.«

Eigentlich war Frau Wendhausen immer mit solch bangen Gefühlen und Ahnungen geplagt. Sie hatte ein so schweres, kummervolles Leben hinter sich, daß sie es verlernt hatte, an irgend etwas Gutes zu glauben.

Die kleine verhutzelte Gestalt kroch förmlich in sich zusammen und sah Lissa erschrocken an.

Diese nickte ihr lachend zu.

»Sie sehen, ich bin glücklich davongekommen.«

»Erzählen Sie doch – wie ist denn das zugegangen?«

»Bitte, kommen Sie in mein Arbeitszimmer, ich muß mich gleich an die Arbeit machen. Das Beste zuerst, Frau

Wendhausen: ich habe meine ganze Mappe voll von Aufträgen und für die beiden Skizzen mehr Geld bekommen, als ich in den beiden letzten Jahren zusammen verdient habe. Und das wird nun so weitergehen.«

Damit betrat sie ihr Zimmer, das Wohn- und Arbeitszimmer zugleich war. Und während sie die Schwelle überschritt, fragte sie sich, ob es wirklich das beste Erlebnis dieses Tages gewesen war, daß sie die Aufträge bekommen hatte, oder – ob das Zusammentreffen und Zusammensein mit Rudolf Sehring nicht noch viel schöner gewesen sei.

Die alte Dame ließ ihr aber keine Zeit, sich darüber klarzuwerden. Sie war mit in Lissas Zimmer getreten und in den Sessel, der an der Tür stand, gesunken. Hier pflegte sie immer zu sitzen, wenn sie bei Lissa eintrat, um einen Schwatz mit ihr zu halten.

»Ich bin furchtbar gespannt, Fräulein Lissa, Sie scheinen ja aufregende Dinge erlebt zu haben.«

Lissa warf schnell ihren Arbeitskittel über, den sie bei der Arbeit zum Schutz für ihre Kleider trug, und legte sich auf ihrem Arbeitstisch das Nötige für ihre Arbeit zurecht.

Dabei berichtete sie nun Frau Wendhausen alles, was sie erlebt hatte, seit sie heute vormittag das Haus verlassen hatte. Nur einige Kleinigkeiten unterschlug sie seltsamerweise dabei – nämlich, daß ihr Retter ein verhältnismäßig junger Herr gewesen war und daß er sie begleitet und mit ihr zu Mittag gespeist hatte. Sie berichtete nur, daß sie den Glückstag hatte ein wenig feiern müssen und sie im Uhlenhorster Fährhaus zu Mittag gespeist habe. Zum Schluß sagte sie lächelnd:

»Ich war also schrecklich leichtsinnig, Frau Wendhausen, aber jeden Tag wird einem nicht das Leben gerettet, und jeden Tag hat man nicht das Glück, gute Arbeit zu finden.«

Frau Wendhausen war ganz aufgeregt von allem, was sie gehört hatte. In ihrem stillen Dasein geschah sonst so wenig, was aus dem Alltagsgeleise lief. Was Lissa erlebt hatte, waren für sie auch in der Erzählung schon aufregende Ereignisse. Diese kleine, schmächtige und stille Frau erging sich denn auch in allerlei Betrachtungen. Sie fand es ganz recht, daß Lissa dies alles gefeiert hatte, so etwas erlebte man wirklich nicht alle Tage.

Sie erkundigte sich nun ganz genau, ob Lissa auch gewiß keine Verletzung davongetragen hatte, und diese meinte lächelnd, es werde sich wohl an ihrer Hüfte ein großer blauer Fleck entwickeln. Aber sonst sei alles gut abgelaufen.

Die beiden Frauen unterhielten sich noch ein Weilchen, bis Lissa alles vorbereitet hatte. Dann verließ Frau Wendhausen verständnisvoll das Zimmer, denn sie wußte, Lissa mußte nun ihre Gedanken zusammennehmen. Sie sagte ihr noch, daß sie um fünf Uhr für sie den Tee mit bereiten werde. Das tat sie meist, wenn Lissa bei einer Arbeit war. Sonst besorgte das Lissa auch für Frau Wendhausen. So halfen sich die Frauen gegenseitig.

Als Frau Wendhausen verschwunden war, sah ihr Lissa eine Weile sinnend nach. Wie so oft dachte sie darüber nach, woran es wohl lag, daß diese ihr immer erschien, als sei sie von irgendeinem kummervollen Geheimnis umgeben. Nie sprach sie darüber, nie machte sie auch nur eine Andeutung, aber Lissas Feinfühligkeit empfand dieses seltsam Geheimnisvolle, das die alte Dame entschieden umgab. Nun hatte auch Lissa ihr Geheimnis vor der alten Dame, der sie bisher alles rückhaltlos anvertraut hatte. Sie fragte sich, warum sie nicht über Rudolf Sehring mit Frau Wendhausen gesprochen hatte, und darüber, daß er ein noch junger, interessanter Mann war, daß sie mit ihm gespeist und Freundschaft geschlossen hatte. Sie hätte das doch eigentlich ganz ruhig berichten können. Und doch hatte sie es aus irgendeinem Gefühl heraus nicht getan. Vielleicht nur, weil sie fürchtete, Frau Wendhausen würde nicht an eine harmlose Freundschaft zwischen ihr und ihrem Lebensretter glauben, vielleicht auch, weil das alles so schön und lieb gewesen war, daß man es unbedingt für sich selbst im tiefsten Herzen behalten mußte.

Trotz dieser Gedanken machte sich Lissa eifrig an ihre Arbeit. Sie war von der Unterhaltung mit Rudolf Sehring noch so angeregt, daß gewissermaßen eine erhöhte Schaffensfreudigkeit in ihr war. Oder kam dies von dem geschäftlichen Glück, das ihr beschieden worden war oder von dem Bewußtsein, daß sie so nahe am Rand des Todes gestanden und wieder ins Leben zurückgerissen worden war – durch Rudolf Sehring?

Sie konnte diese Fragen nicht beantworten, vielleicht trug alles dazu bei, sie anzuregen. Jedenfalls fiel es ihr leicht, einige hübsche und künstlerische Gedanken für neue Gobelinentwürfe zu finden. Zuerst entwarf sie in der Mitte eines Gobelins eine weibliche Gestalt in mittelalterlicher Tracht, die als Symbol der Häuslichkeit eine Spindel in der Hand hielt und mit einem Webfaden spielte. Zu ihren beiden Seiten knieten zwei Minnesänger, von denen der eine die Laute schlug und der andere in einem Buch blätterte, so daß Musik und Dichtkunst dadurch bildlich dargestellt wurden. Die Frauengestalt sollte ein goldfarbenes Gewand tragen, mit einem breiten, dunkelgrünen Saum, der an der einen Seite, wo das Gewand gerafft war, bis zum Gürtel heraufreichte. Um den Gürtel zog sich ein mit Edelsteinen besetztes Band. Der eine Minnesänger sollte einen königsblauen Mantel tragen, aus dem weiße, pelzbesetzte Ärmel heraussahen, und der andere würde ein purpurrotes Gewand mit einem grauen Mantel erhalten. Diese Farben würden sehr gut zusammenpassen. Ringsum sollte eine ornamentale Einfassung von Blumen und Früchten den Abschluß bilden.

Schon dachte sie sich den nächsten Gobelinentwurf aus und sah ihn schon im Geist fertig vor sich. Auch dieser mußte gut und wirkungsvoll werden. Ach – so unzählige Motive fielen ihr ein. Sie freute sich an ihrer Aufgabe und vertiefte sich mehr und mehr hinein. Aber zwischendurch kam immer wieder ein kleiner Freudenrausch über sie, daß sie lebte, gesund war und – Rudolf Sehring getroffen hatte.

Gerade ihm verdankte sie so gern ihr Leben. Warum gerade ihm? Darauf blieb sie sich die Antwort schuldig.

Sie fuhr erschrocken aus ihrer bunten Gedankenwelt auf, als Frau Wendhausens Erscheinung plötzlich wie ein grauer Schatten hineinfiel. Sie brachte das Tablett mit dem Teegeschirr und setzte es vor Lissa hin. Diese sah darauf nieder und erblickte statt der sonst üblichen zwei Brotschnitten, die eine dünn mit Butter, die andere ebenso dünn mit Marmelade bestrichen, zwei Scheiben Kuchen mit Mandeln und Rosinen. Lachend sah sie die alte Frau an.

»Des Feierns soll wohl heute gar kein Ende werden, Frau Wendhausen? Wie komme ich denn zu diesem leckeren Kuchen statt meiner Brotschnitten?«

Ein blasses Lächeln huschte über das fahle Gesicht der alten Frau.

»Den Kuchen hatte ich für morgen gebacken, Fräulein Lissa, morgen ist doch Ihr Geburtstag. Aber nun habe ich ihn schon heute angeschnitten, weil doch heute auch so eine Art Feiertag ist.«

Leise streichelte Lissa über die Hand der alten Frau und sagte gerührt:

»Sie haben an meinen Geburtstag gedacht? Ich hatte ganz vergessen, daß ich morgen dreiundzwanzig Jahre alt werde. Also diesen Kuchen muß ich nun mit doppelter Andacht verzehren. Ich danke Ihnen herzlich, liebe Frau Wendhausen.«

»Aber Kindchen, liebes gutes, was gibt es da schon zu danken.«

»Ich weiß doch, daß es Ihnen ein Opfer war. Ganz abgesehen von der Mühe, die Sie sich machten. Es hat Ihnen auch besondere Kosten verursacht, und ich weiß, wie sparsam Sie sich einrichten müssen.«

»Nun machen Sie nur nicht so viel Aufhebens, ich spare das schon wieder ein. Und das bißchen Mühe – lieber Gott, wie oft sitzen Sie die halbe Nacht an meinem Bett, wenn mich mein altes Leiden plagt. Da fragen Sie doch auch nicht, ob ich Ihnen Mühe und Arbeit mache. Lassen Sie mir doch auch mal eine Gelegenheit, Ihnen etwas Liebes zu tun.«

»Ich sperre mich ja nicht dagegen – er soll mir gut schmecken, Ihr Kuchen. Und ich will ihn mit der ganzen feierlichen Andacht verzehren, die so ein besonderer Festtag verlangt. Ja, liebe Frau Wendhausen, dreiundzwanzig werde ich nun morgen; eigentlich bin ich schon beinahe ein altes Mädchen.«

»Nun, das Alter scheint Sie noch nicht sehr zu drücken. Und alte Mädchen gibt es doch heute nicht mehr. Früher freilich, da glaubte eine, die dreiundzwanzig Jahre alt geworden war schon, daß sie nun nicht viel mehr zu vermelden habe, aber heute, da sind sogar Frauen in meinem Alter noch jung und lebenslustig. Wie die das fertigbringen, weiß ich freilich nicht.«

Lissa füllte sich aus der kleinen Kanne ihre Tasse mit Tee und rührte mit nachdenklichem Lächeln den Zucker darin um. Sie fühlte sich heute so jung, wie kaum vor zehn Jahren, die Freude verjüngt. Und das mit dem alten Mädchen hatte sie auch gar nicht so ernsthaft gemeint.

Gestern wäre es ihr vielleicht so erschienen, als sei sie schon sehr alt, aber heute – heute war ihr doch das Leben neu geschenkt worden, von heute fing es doch erst richtig an. Und sie hatte einen Freund gefunden, dem sie vertrauen konnte und der sich ihrer voll Freundlichkeit angenommen hatte.

Sie nahm einen Bissen von dem Kuchen und machte ein schwelgerisches Gesicht, um die alte Dame zu erfreuen.

»Oh, wie gut, wie köstlich!« sagte sie andächtig und meinte es auch so, denn der Kuchen war wirklich vorzüglich geraten.

Frau Wendhausen lächelte verschämt. Und dann entfernte sie sich, denn sie wußte, man durfte Lissa nicht bei der Arbeit stören.

Sie zog sich in ihr kleines Wohnzimmer zurück und trat

an das Fenster. Mit vergrämtem Gesicht sah sie zu dem Streifchen Himmel empor, der von ihrem Fenster aus sichtbar war, und faltete die Hände. Wie in schmerzvolle Andacht versunken stand sie lange so. Dann wandte sie sich langsam wie unter einem inneren Zwang um und ging zur Tür. Die schloß sie von innen ab, die andere Tür, die aus diesem Zimmer führte, war die ihres Schlafzimmers. Auch diese schloß sie ab. Dann ging sie an einen großen Schrank, ihren Wäscheschrank. Sie kniete davor nieder und zog die eine der beiden unteren Schubladen heraus. Durch dieses Herausziehen wurde ein flacher doppelter Boden sichtbar. Die alte Frau beugte sich weit vor und faßte tief hinein in das nur ihr bekannte Versteck und zog langsam eine alte Aktenmappe hervor. Diese war an verschiedenen Stellen schon sehr abgegriffen. Frau Wendhausen erhob sich, die Aktenmappe mit empornehmend und legte diese auf den Tisch. Angstvoll lauschte sie hinaus, ob alles ruhig blieb. Und dann, als sie nichts vernahm, öffnete sie das Schloß der Mappe mit einem kleinen Schlüssel, den sie an einer Kette um den Hals trug. Langsam und vorsichtig zog sie verschiedene Geldrollen heraus, sie waren mit Goldstücken gefüllt, mit Goldstücken aus der Vorkriegszeit, denn dieses Geld wurde von der alten Frau schon seit reichlich dreißig Jahren hier in dem geheimen Doppelboden des Schrankes in der Aktenmappe aufbewahrt. Aber es befanden sich in dieser Aktenmappe nicht nur zehntausend Mark in goldenen Zwanzigmarkstücken, sondern außerdem noch einige Schmucksachen, die vielleicht zusammen noch einmal denselben Wert ausmachten. Und diesen Schatz verwahrte die alte Dame sorglich immer wieder, nachdem sie sich von Zeit zu Zeit von seinem Vorhandensein überzeugt hatte. Ihre Hände zitterten dabei wie stets, ihr Gesicht war gramerfüllt wie immer, wenn sie diesen heimlichen Schatz betrachtete. Man sah ihr an, irgend etwas lastete schwer auf ihrer Seele, während sie langsam alles wieder in der Aktenmappe barg.

Ihre Lippen zitterten dabei wie von verhaltenem Weinen, und doch glühte in den sonst so erloschenen Augen etwas wie Triumph.

Als der Schatz wieder geborgen war, faßte sie in ein Seitenfach der Aktenmappe. Darin befand sich ein Umschlag, der verschlossen und versiegelt war, und auf diesem Umschlag stand mit der feinen klaren Handschrift der alten Dame: »Nach meinem Tod zu öffnen. Emilie Wendhausen, geb. Schlüter.«

Sie sah darauf nieder und atmete tief und schwer. Und dann zog es wieder wie eine fast rachsüchtige Genugtuung über ihr Gesicht, und sie flüsterte vor sich hin:

»Wie gut, daß ich es ihm abgenommen habe und verwahrte. Das war meine Rache dafür, daß er mich so namenlos gequält hat. Noch über mein Grab hinaus soll meine Rache reichen, wie sie auch über das seine reichen wird.«

Und etwas wie geheime Befriedigung huschte über ihr Gesicht.

Dann legte sie den Umschlag in die Aktenmappe zurück und barg den Schatz in dem geheimen Boden des Wäscheschranks, schob die schwere Schublade wieder darüber und erhob sich mit einem tiefen Seufzer.

Langsam ging sie durch das kleine Zimmer und blickte die Bilder an, die an den Wänden hingen. Da war eines, das eine hübsche, zarte junge Frau darstellte, mit großen seelenvollen Augen und einem glücklichen Lächeln. Es war ein Jugendbild von Frau Emilie Wendhausen, aufgenommen, als sie Braut war, aufgenommen für den Mann, dem sie in kurzer Zeit vor den Altar folgen sollte. Sie strich sich wie besinnend über das dünne graue Haar. Wie glücklich war sie damals gewesen – und wie töricht, wie furchtbar töricht. Wie hatte sie aufgesehen zu dem Mann, dem sie sich zu eigen gab, in schrankenlosem Vertrauen, in opferfreudiger Liebe. »Der schöne Wendhausen«, so hatte er in Freundeskreisen nur geheißen. Ein blendend schöner Mensch war er gewesen, und sie hatte heimlich ihrem Gott gedankt, daß er die Augen dieses schönen Mannes auf ihre bescheidene Person gerichtet hatte. Sie war die Tochter vermögender Eltern gewesen. Damals ahnte sie nicht, daß dieser Umstand allein veranlaßt hatte, daß Kurt Wendhausen sich um sie bewarb. Sie glaubte seinen schönen Worten, glaubte sich geliebt und war wunschlos glücklich. Aber nur bis kurz nach ihrer Hochzeit.

Einige glückselige Wochen waren ihr beschieden. Der Gipfelpunkt ihres Glückes schien erreicht, als sie wußte, daß sie Mutter werden sollte. Ein Kind würde sie haben, dessen Vater Kurt Wendhausen war. Gab es noch etwas Herrlicheres für diese bescheidene Frau?

Aber dann brach ein Unglück nach dem andern über sie herein. Erst verlor sie ihren Vater auf tragische Art. Dieser erschoß sich, weil er in einem Bankkrach sein gesamtes Vermögen verlor. Ihre Mutter starb an demselben Tag vor Schreck über dieses Ereignis. Und sie, die nun Trost bei ihrem Mann suchen wollte, mußte erfahren, daß er sie nur des Geldes wegen geheiratet hatte. Mit rohen Worten schob er sie von sich, verwünschte sich und sie und das Kind, das sie ihm schenken sollte, und fragte sie ganz offen, was er nun mit ihr anfangen solle. Er nannte sie reizlos und langweilig, schlug die Tür hinter sich zu und ließ sie in ihrem Jammer allein.

Sie vermochte ihr Unglück kaum zu fassen, aber es kam noch schlimmer. Sie erfuhr von sogenannten mitleidigen Seelen, daß ihr Mann sie schon lange mit anderen Frauen schamlos betrüge, daß er die andern mit Geschenken überhäufte, die er von ihrem Geld gekauft hatte. Nun sie arm geworden war, verhöhnte er sie, als sie ihn fragte, ob es Wahrheit sei. Er fragte sie, ob sie sich einbilde, einem Mann, wie er war, genügen zu können. Rücksichtslos sagte er ihr, er brauche andere Frauen als sie, schönere, klügere und temperamentvollere.

Ganz zerbrochen und elend war sie kraftlos neben ihm zu Boden gesunken, da hatte er mit dem Fuß nach ihr gestoßen und die angeschrien, sie möge ihr Gejammer lassen.

Als sie sich noch einmal aufrichtete und ihn fragte: »Denkst du nicht an unser Kind?« da war er, ohne auf sie zu achten, davongegangen, zu einer anderen, die gerade bei ihm in Gunst stand.

Die Folge dieser unglaublichen Behandlung war, daß Emilie Wendhausens Kind zu früh zur Welt kam. Ein totes Mädchen war es, und die Mutter schwebte lange in Lebensgefahr. Ihr Mann hatte nur Vorwürfe für sie, daß ihre Krankheit so viel Geld koste und übersah vollständig, daß er selbst an allem schuld war. Sie selbst hatte es keinem Menschen verraten, niemand sollte wissen, welcher Roheit der einst von ihr so heißgeliebte Mann fähig war. Das ließ ihr Stolz nicht zu.

Sie war tief unglücklich, daß ihr kleines Mädchen tot zur Welt gekommen war. Hatte sie doch Trost in ihrer Mutterliebe finden wollen. Ihr Mann meinte aber brutal, sie möge froh sein, daß das Kind nicht lebend zur Welt gekommen wäre, sonst wären die Sorgen noch größer geworden.

Kurt Wendhausen war in fester Stellung in einem Hamburger Geschäftshaus, denn er war ein kluger Kopf, und man schenkte ihm viel Vertrauen, weil er sich überall in einem ganz anderen, günstigeren Licht zeigte als zu Hause. Er hätte mit seiner Frau ein ganz gutes, wenn auch bescheidenes Auskommen gehabt, wenn er nicht so unsinnig viel Geld für seine Liebschaften und sonstigen Liebhabereien verbraucht hätte.

Emilie Wendhausen wurde – zu ihrem Leidwesen – wieder gesund, soweit man bei ihr nach diesen Erlebnissen von Gesundheit reden konnte, aber sie war zu ihrem eigenen Schatten geworden, sah alt und verblüht aus und hatte immer rotgeweinte Augen. Sie mußte sich gefallen lassen, daß ihr Mann mit anderen Frauen und gleichgearteten Freunden die Nächte zum Tag machte, mußte all seine bösen Launen ertragen, und dies alles wandelte ihre Liebe zuerst in Verachtung, dann in Haß. Ja, sie haßte ihren Mann, weil er ihr das Kind genommen hatte, auf das sie sich gefreut, weil er sie täglich und stündlich demütigte und kränkte und weil er sie krank und elend gemacht hatte. Sein schönes, früher so geliebtes Gesicht erschien ihr jetzt wie eine Fratze, die Spuren seines wilden Lebens hinterließen auch bald genug ihre Zeichen auf seinem Gesicht. Sie fühlte, wie sie dieser Haß schlecht zu machen drohte, denn sie belauerte ihn und hoffte, sich einmal an ihm rächen zu können.

Und diese Gelegenheit sollte kommen. Eines Abends kam er in einer großen Aufregung nach Hause und schloß sich in sein Zimmer ein. Sie sah, wie schon oft, durch das Schlüsselloch und bemerkte, daß er seiner Aktenmappe Geldrollen und Schmucksachen entnahm. Wie er dazu gekommen war, ahnte sie nicht, aber sie nahm an, daß er diese Schmucksachen an die anderen Frauen verschenken wollte. Sicher hatte er sie gekauft von Geld, das er wohl auf irgendeine unlautere Weise an sich gebracht hatte.

Der immer heftiger in ihr werdende Wunsch nach Rache nahm ihr alle Besinnung. Sie sah, wie er die Geldrollen und den Schmuck wieder in der Aktenmappe barg und wie er diese Mappe unter der Matratze seines Bettes versteckte. Sie hatten ja schon längst getrennte Schlafzimmer.

Als sie sah, daß er das Geld versteckte und wo es geschah, schlich sie sich davon und nahm Hut und Mantel, um hinauszugehen und den Anschein zu erwecken, daß sie jetzt erst nach Hause gekommen sei. Als sie die Wohnung wieder betrat, stand er schon im Flur, um wieder fortzugehen wie jeden Abend, und sie ließ ihn ruhig gehen. Er begrüßte seine Frau nur flüchtig und war verschwunden, ehe sie es sich versah. Sie blickte ihm nach und sah, daß er unternehmend den Spazierstock schwang. Dann war er ihren Blicken entschwunden. Sie legte Hut und Mantel ab, stand lange nachdenklich da und ging durch die drei Zimmer, die damals ihre Wohnung bildeten, denn nach dem

Tod ihres Vaters hatten sie sich sehr viel bescheidener einrichten und vieles von ihrer Einrichtung verkaufen müssen.

Und bei diesem Rundgang blieb sie plötzlich vor ihrem Wäscheschrank stehen. Sie wußte schon damals, daß er einen geheimen doppelten Boden hatte, was sie aber niemand verraten hatte. Dieser doppelte Boden war im Grunde gar nicht als Geheimfach gedacht worden, es hatte sich nur zufällig ergeben, weil zwischen den Schüben und dem Schrankboden ein flacher Zwischenraum war.

Sinnend sah sie auf die Schubladen – und plötzlich zog sie die eine heraus –, eilte hinüber in das Zimmer ihres Mannes, suchte und fand die unter der Matraze verborgene Aktenmappe und nahm sie mit sich hinüber in ihr Zimmer. Dort barg sie die Mappe schnell in dem doppelten Boden des Wäscheschrankes, schob die Schublade wieder hinein, schloß sie ab und steckte den Schlüsselbund wie sonst in ein Handarbeitskörbchen. Sie war nicht gewöhnt, ihre Schlüssel zu verbergen.

Und nun glühte es zufrieden in ihren Augen auf. Oh, wie tat das wohl, daß sie ihm diesen Streich hatte spielen können. Nun konnte er den anderen Frauen diese Schmucksachen nicht schenken, konnte nicht mit ihnen das Geld vergeuden, das er wahrscheinlich auf unrechtmäßige Art an sich gebracht hatte. Sie traute ihm alles zu, alles Schlechte und Gemeine. Nun mochte er suchen nach dem Schatz, dieser mochte in dem Versteck im Wäscheschrank liegenbleiben, ihretwegen bis zum Jüngsten Tag. Sie wollte sich nicht etwa daran bereichern, nichts wollte sie davon haben. Aber auch er sollte sich nicht daran freuen, er nicht und diejenigen nicht, für die er wohl bestimmt war.

Und zum erstenmal seit langer Zeit ging sie ruhig zu Bett und fand zum erstenmal ohne Mühe den Schlaf.

Am andern Tage beobachtete sie mit stiller Befriedigung, wie er unruhig suchend durch die Wohnung ging und in alle Winkel guckte. Endlich fragte er sie, ob sie wüßte, wo seine Aktenmappe sei. Sie schüttelte ruhig den Kopf, vermochte ein sehr erstauntes Gesicht zu machen, und als er endlich fragte, ob die Aufwärterin sein Bett gemacht habe, erwiderte sie ganz ruhig und gleichgültig, das sei sicher geschehen wie alle Tage.

Die Aufwärterin wurde von ihm verhört – diese war natürlich ahnungslos. Es folgte ein wahrer Tobsuchtsanfall von ihm, und er drohte, alles kurz und klein zu schlagen, wenn die Aktenmappe nicht herbeigeschafft würde. Sie blieb ganz ruhig.

»Wahrscheinlich hast du sie doch verloren, aber was liegt schon an der alten Aktenmappe, du hättest ja doch eine neue haben müssen.«

Da schrie er sie wütend an: »Geh mir aus dem Weg, du dummes Geschöpf, was weißt du –«

Weiter war er nicht gekommen, die Fortsetzung seiner Worte hatte er verschluckt.

Einige Tage war er wie im Fieber herumgelaufen, und in diesen Tagen vernahm Emilie Wendhausen dann durch einen Zufall, woher das Geld und der Schmuck stammten, erfuhr, daß beides wirklich auf unrechtmäßige Weise an ihren Mann gelangt war und erfuhr auch, daß ein anderer für ihn hatte büßen müssen, ein anderer Mann, der sich seiner Verhaftung durch die Flucht entzogen hatte.

Da war sie in einen furchtbaren Zwiespalt geraten. Was sollte sie tun? Ihren Mann anzeigen, die Aktenmappe der Polizei ausliefern? Aber sie bekam eine rasende Furcht. Ihr Mann würde sie töten, wenn er das erfuhr. Und ihn der Polizei ausliefern? Nein, das brachte sie auch jetzt noch nicht fertig. So stellte sie sich ein Ultimatum. Wenn der andere, der beschuldigt wurde, entkam, dann wollte sie verschweigen, wohin dieser Schatz geraten war. Nur, wenn er ergriffen und ins Gefängnis gesperrt wurde, dann wollte und mußte sie reden. Und – der andere Mann war glücklich entronnen, man konnte ihn nirgends finden. Er war in Sicherheit. Emilie Wendhausen beschloß, daß dies alles erst nach ihrem und ihres Mannes Tod aufgeklärt werden sollte. Denn wahrscheinlich hatte sie sich nun auch als Hehlerin mit strafbar gemacht. Ihr graute vor dem Gefängnis. Aber noch mehr graute ihr vor ihrem Mann, der sich seit jener Zeit völlig dem Trunk ergeben hatte und in seiner Trunkenheit immer nach der Aktenmappe suchte.

In dieser Zeit, da Emilie Wendhausen sich sehnlichst wünschte, sich für immer von ihrem Manne trennen zu können, was ihr unmöglich schien, da sie kränklich und völlig mittellos war, fiel endlich einmal wieder ein schwacher Sonnenstrahl in ihr elendes Dasein. Sie erbte von einer Tante, einer Schwester ihrer Mutter, eine bescheidene Rente. Die Tante hatte ihr kein bares Geld zukommen lassen wollen, weil sie Emilies Mann kannte und annahm, daß die Nichte dann bald um dieses Geld gebracht werden würde. So hatte sie diese in eine sichere Rente eingekauft, so daß sie immerfort eine bescheidene Einnahme hatte, von der sie ihr Leben fristen konnte. Als ihr Mann das erfuhr, tobte er zuerst wieder, denn ein kleines bares Vermögen wäre ihm als Erbe seiner Frau lieber gewesen, aber dann suchte er ihr doch das Geld, das sie in vierteljährlichen Raten ausgezahlt bekommen sollte, abzujagen. Aber Emilie weigerte sich, es herauszugeben. Und sie sagte ihm ruhig, daß sie sich von ihm scheiden lassen wolle und mit ihrer kleinen Rente für sich selbst auskommen würde. Er lachte nur höhnisch auf und ging davon. An diesem Abend trank er sich einen solchen Rausch an, daß dieser ihm zum Verhängnis wurde: auf dem Nachhauseweg torkelte er über die Hafenmauer und kam ums Leben.

Emilie Wendhausen war Witwe, und – wer vermag die Rätsel eines Frauenherzens zu lösen – sie weinte lange und schmerzlich um den Mann, den sie einst so sehr geliebt und dann verachtet und gehaßt hatte.

Sie hatte dann diese kleine Wohnung gemietet und zwei Zimmer davon immer abgegeben. So kam sie sehr gut aus, wenn sie auch sparsam leben mußte.

Und noch immer befand sich der Schatz in dem doppelten Boden des Wäscheschrankes. Sie hatte nie gewagt, ihn der Polizei auszuliefern. Das sollte erst nach ihrem Tod geschehen. Wie sie dazu gekommen war, das hatte sie in einer ausführlichen Niederschrift in dem Umschlag aufbewahrt, und wo sich der Schatz befand, das hatte sie in ihrem letzten Willen, der einige Bestimmungen enthielt, offenbart. Inzwischen aber schleppte sie das Geheimnis des verborgenen Schatzes nun schon lange als schwere Last mit sich herum. Jetzt hielt sie nur die Angst zurück, ihn auszuliefern, da sie fürchtete, selbst dafür ins Gefängnis wandern zu müssen.

So führte sie ihr Schattendasein fort – ein verfehltes Leben.

IV

Rudolf Sehring hatte sich gleich am andern Vormittag mit einem Privatdetektiv, der ihm empfohlen wurde, in Verbindung gesetzt und diesen zu sich ins Hotel gebeten. Hier hatten die beiden Herren in Rudolfs Zimmer eine lange Unterredung gehabt, in der Rudolf dem Detektiv alles anvertraute, was er wissen mußte, um die Person ausfindig zu machen, die das begangen hatte, was seinem Vater in die Schuhe geschoben wurde. Zwar war seinem Vater schließlich alles zum Glück ausgeschlagen, aber bis zu seinem Ende hatte der Kummer in ihm gewühlt, daß man ihn zur Verantwortung hatte ziehen wollen für das, was ein anderer begangen hatte, und daß er die Heimat verlassen mußte.

Wohl hatte der Vater schon immer von drüben aus nachforschen lassen, soweit er es tun konnte, ohne sich selbst zu verraten. Verschiedene Menschen hatte er im Verdacht gehabt, aber nie war entdeckt worden, was er in Erfahrung bringen wollte. Nun hatte er seinen Sohn mit der Aufgabe betraut, alles daranzusetzen, um seine Ehre wiederherzustellen. Und Rudolf nahm es ernst mit diesem Vermächtnis seines Vaters, er wollte um jeden Preis dessen Auftrag erfüllen und nicht ruhen und rasten, bis er seinem toten Vater zu seinem Recht verholfen hatte.

Alles, was nötig war, berichtete er dem Detektiv, der einen sehr guten und zuverlässigen Eindruck auf Rudolf machte. Verständnisvoll hörte der Detektiv zu, machte sich hier und da Notizen, stellte Fragen, wenn ihm etwas noch nicht klar war, und als Rudolf geendet hatte, sagte er nachdenklich:

»Leider sind seit alledem mehr als dreißig Jahre vergangen. Hätte Ihr Vater das alles gleich in bewährte Hände gelegt, wäre es vielleicht schnell gelungen, Licht in diese Sache zu bringen.«

»Sie vergessen, daß mein Vater damals nicht über die nötigen Mittel verfügte und sich außerdem versteckt halten mußte, um einer Verhaftung zu entgehen.«

»Heute wäre er sicher davor, denn die Sache, wegen der man ihn verfolgte, ist verjährt in dieser Zeit.«

»Ganz recht, aber meinem Vater kam es hauptsächlich darauf an, seinen Namen wieder reinzuwaschen. Und ich werde nicht eher von einer Verfolgung der Sache abgehen, bis alles aufgeklärt ist. Ich gebe Ihnen ganz freie Hand, verfügen Sie über jedes Mittel, das mit Geld beschafft werden kann. Ich selbst wünsche ja auch sehnlich, daß meines Vaters Andenken von jedem Flecken befreit wird, denn sein Name ist auch der meine. Also – wollen Sie die Sache übernehmen?«

»Selbstverständlich. Daß sie schwer zu erledigen ist, wird mich nicht abschrecken, sondern ansporen. Augenblicklich bin ich gerade ohne Auftrag und kann mich Ihrer Angelegenheit vollständig widmen.«

»Das ist mir lieb. Auch ich selber werde nicht untätig sein und alle meine Kräfte einsetzen, um das meine beizutragen zur Klärung der Sache.«

Der Detektiv sah Rudolf forschend an. Dann sagte er:

»Gewöhnlich weise ich jede solche Mithilfe gleich von mir, weil man meist durch Ungeschick und Übereifer nur in seiner Arbeit gehindert wird. Aber Ihnen traue ich schon zu, daß Sie mir klug in die Hände arbeiten können. Es darf aber zunächst kein Mensch ahnen, was Sie von Amerika herübergeführt hat.«

Rudolf überlegte, was er Lissa Bernd schon darüber gesagt hatte, und er hielt es für besser, dem Detektiv darüber die Wahrheit zu sagen. Er teilte ihm mit, daß er mit einer jungen Dame befreundet sei, der er gestern dies und das über seine Angelegenheit gesagt hatte. Der Detektiv überlegte wieder und sagte dann:

»Sie haben ja zum Glück nicht zu viel verraten, und wenn Sie es dabei bewenden lassen, kann es nicht viel schaden, aber ich möchte doch, daß Sie der jungen Dame nichts weiter über die Sache berichten. Es wird jedenfalls besser sein.«

»Danach werde ich mich richten, aber ich glaube Ihnen auch versichern zu können, daß alles, was ich darüber sprach, nicht über die Lippen der jungen Dame kommen wird.«

»Das wollen wir hoffen. Es wird gut sein, wenn Sie sich als amerikanischer Geschäftsmann ausgeben, der hier nur geschäftliche Angelegenheiten zu erledigen hat. Und damit Sie ungefähr wissen, was zuerst geschehen muß, so ist es besonders wichtig, daß wir irgendwie herausbekommen, wohin alles das geriet, was damals verschwunden ist. Man muß zuerst alle Hehlernester durchstöbern. Das aber lassen Sie meine Arbeit sein, denn das ist nichts für Sie. Ich werde mir auch aus den Polizeiakten von damals heraussuchen lassen, wie all die verschwundenen Dinge ausgesehen haben. Für Sie hätte ich vorläufig nur die Aufgabe, ein Paket Zeitungen aus jener Zeit genau durchzusehen, das ich Ihnen verschaffen werde. Diese Durchsicht erfordert viel Zeit und Aufmerksamkeit, und es würde mich zu lange aufhalten, wollte ich das selber machen. Ich hoffe, Ihnen die

Zeitungen schon morgen bringen zu können, und Sie werden jede, auch die kleinste Notiz rot anstreichen, die in irgendeinem, wenn auch ganz unwichtigen Zusammenhang mit der Sache stehen könnte. Ich werde mir dann die von Ihnen rot angestrichenen Notizen genau daraufhin ansehen, ob sie uns irgendwie weiterbringen können.«

»Aber – wo wollen Sie so alte Zeitungen herbekommen? Vergessen Sie doch nicht, daß die Sache über dreißig Jahre zurückliegt.«

»Lassen Sie das bitte, meine Sorge sein. Wir sind sehr oft auf die Durchsicht alter Zeitungen angewiesen, das ist meist sehr zeitraubend, deshalb will ich sie Ihnen überlassen, um über meine Zeit verfügen zu können. Also wollen Sie das übernehmen?«

»Gern, es soll mir nichts entgehen, was nur den leisesten Bezug auf die Sache haben kann.«

»Gut, morgen vormittag bringe ich Ihnen die Zeitungen, mit denen Sie sorgsam umgehen müssen, denn so alte Jahrgänge sind natürlich etwas vergilbt und morsch und meist nur in wenigen Stücken vorhanden. Das können Sie sich denken.«

»Allerdings! Ich erwarte Sie also morgen vormittag und werde mich im Hotel aufhalten, bis Sie hier waren.«

Damit trennten sich die Herren.

Rudolf Sehring atmete auf. Nun war also diese Angelegenheit ins Rollen gebracht, und er hatte Vertrauen gefaßt zu dem Detektiv. Rudolf hatte vom Pförtner des Hotels erfahren, daß diesem Mann schon fabelhaft schwierige Fälle gelungen waren und daß man ihn immer zu holen pflegte, wenn man Sachen von großer Wichtigkeit aufklären wollte. Erst im Jahre vorher hatte er in einem sehr harmlos und unscheinbar aussehenden Gast des Hotels einen Betrüger großen Stils ausfindig gemacht, der aus der Provinz nach Hamburg gekommen war und eine Gelegenheit zur Flucht nach Übersee abgewartet hatte. Fünf Minuten vor seiner Abfahrt hatte er ihn verhaftet und ihm unten in der Halle eine blonde Perücke und eine farbige Brille abgenommen, mit der er sich unkenntlich zu machen geglaubt hatte.

»Niemand hätte in diesem unscheinbaren Menschen den Verbrecher gesucht, er erschien viel kleiner, als im Steckbrief angegeben, und vor meinen Augen wuchs er wieder zu seiner vollen Höhe empor, als ihm der Detektiv Perücke und Brille abnahm. Es war sehr aufregend, mein Herr, der Verbrecher wollte sich hier vor unseren Augen erschießen, aber der Detektiv entwand ihm die Waffe und legte ihm dabei Handschellen an. So was haben Sie noch nie gesehen.«

Heute konnte Rudolf nun nichts weiter tun in seiner Angelegenheit, und er beschloß, einen weiten Spaziergang zu machen, denn er war an ein Leben in Luft und Sonne gewöhnt und konnte unmöglich still und untätig herumsitzen.

Auf seinem Spaziergang kam er wieder am Uhlenhorster Fährhaus vorbei, und die Erinnerung an die dort mit Lissa Bernd verlebten Stunden führten ihn hinein. Er beschloß, seine Mittagsmahlzeit auch heute in diesem Lokal einzunehmen, und er hatte Glück, derselbe Tisch, an dem er gestern mit Lissa gespeist, war unbesetzt. Er nahm daran Platz, und während er seine Mahlzeit einnahm, konnte er sich ganz lebhaft einbilden, daß Lissa ihm wieder gegenübersaß. Er rief sich ihre Erscheinung ins Gedächtnis zurück, ihr reizendes Lächeln, ihre beherrschten, anmutigen Bewegungen und den Ausdruck ihrer schönen Augen. Er sah auch im Geist das Spiel ihrer schlanken Hände, sah das goldbraune Haar im Sonnenlicht aufleuchten, so wie gestern, als würden goldene Lichter darübergestreut, und ertappte sich bei einem sehr sehnsüchtigen Gefühl. Wenn sie doch wieder hier bei ihm sitzen würde, so daß er mit ihr plaudern, ihrer klaren, warmen Stimme lauschen könnte. Er mußte den Kopf über sich selber schütteln. Wie konnte ihm ein ganz fremdes Mädchen, das er erst seit gestern kannte, so lieb und teuer geworden sein, daß er sich nach ihrem Anblick sehnte. Er redete sich ein, daß daran nur schuld war, daß er so viel freie Zeit hatte und niemand ihn darin störte, sich in Gedanken mit Lissa zu beschäftigen. Daß in einer so kurzen Zeit zwischen zwei Menschen etwas wie Liebe aufkeimen könne, hielt er für ganz ausgeschlossen. Aber warum hielt er eine Freundschaft für möglich, die doch viel mehr Zeit zur Entwicklung brauchte als eine Liebe? Gab es nicht eine Liebe auf den ersten Blick?

Nun, mochte das Gefühl, das ihn zu ihr zog, Liebe oder Freundschaft werden, jedenfalls war es ein sehr starkes und tiefes Gefühl, wie er es noch für keinen andern Menschen empfunden hatte. Drüben in Amerika hatte er außer seinen Eltern nur Geschäftsfreunde und vielleicht diesen oder jenen Arbeitskameraden gehabt, der ihm sympathisch gewesen war, aber das, was er für Lissa Bernd empfand, war ganz etwas anderes. Und er war sehr gespannt, ob sein Empfinden standhalten würde, wenn er sie heute wiedersah.

Um sieben Uhr wollte er sie am Alsterpavillon treffen. Ob sie wirklich kam, oder ob ihr Versprechen ihr heute schon leid geworden war?

Diese Frage beunruhigte ihn mehr, als er es für möglich gehalten hatte. Er war fertig mit seiner Mahlzeit. Nun machte er einen tüchtigen Spaziergang. Dann ging er ins Hotel zurück und erledigte eine Reihe von Briefen, die Geschäfte betrafen. So war der Verkauf seines Wohnhauses noch nicht ganz abgeschlossen. Wie es ging und stand hatte er es zum Verkauf angeboten, nur Sachen, die ihm besonders lieb und wert waren, wurden vorläufig auf einem Speicher verwahrt. Auch wenn er wieder nach Amerika zurückkehren sollte, was er noch nicht genau wußte, würde er sein Wohnhaus in der Nähe der Ölfelder nicht wieder beziehen. Er war jetzt reich genug, daß er sich in einer schöneren Gegend niederlassen konnte. Und – vielleicht blieb er doch in Deutschland und kaufte sich hier an. Sein

Vermögen band ihn nicht an einen bestimmten Ort. Sein Vater hatte so große Sehnsucht nach der deutschen Heimat gehabt, aber er hatte nicht dahin zurückkehren wollen, solange der falsche Verdacht auf ihm lastete und seine Ehre nicht reingewaschen war. Dem Sohn hatte er die Sehnsucht nach der Heimat vererbt und ihm zugeredet, sich in Deutschland seßhaft zu machen, weil er sich da seiner ganzen Wesensart nach viel wohler fühlen würde.

»Hier bist du immer nur eine Maschine, die Geld macht. Drüben bist du ein Mensch, der ein Herz haben darf und mit dem Herzen lebt und empfindet. Du bist reich genug, um dir den Luxus erlauben zu können, ganz nach deinem Wunsch zu leben. Wenn ich jetzt bedenke, Rudolf, daß man mich damals wegen einer Summe verfolgte, die heute eine Kleinigkeit für mich ist, dann packt mich ein wahrer Grimm auf meinen Reichtum, mit dem ich mich nicht einmal von einem so ungerechten Verdacht reinigen kann. Also geh nach Deutschland, mein Sohn, grüß die Heimat und lebe deinem Herzen, nicht deinem Geldbeutel.«

So hatte der Vater zu ihm gesagt. Nun war er erst den zweiten Tag hier, und schon spürte er, daß sein Herz sich regte, daß es danach verlangte, seinem Leben Zweck und Inhalt zu geben.

Immer wieder sah er von seinen Briefen auf und ließ die Augen über die Alster schweifen. Wieder fuhren die kleinen Boote im warmen Maiensonnenschein darauf herum. Einige Damen hatten sogar ihre Sonnenschirme in den Gondeln aufgespannt. Luftig sahen diese Boote aus. Es mußte sehr behaglich sein, eines zu besitzen und zuweilen eine Stunde still darin zu liegen und zu träumen. Rudolf Sehring merkte, daß ihn hier zum erstenmal in seinem Leben eine seltsam wohlige Träumerei befiel, für die er bisher nie Zeit gehabt hatte.

Er sprang auf, trat ans Fenster und öffnete es. Wie oft hatte ihm die Mutter von diesen zierlichen Booten auf der Alster erzählt. Ihr höchster Wunsch war immer gewesen, selbst solch ein Boot zu besitzen. Es war nie dazu gekommen, denn sie und der Vater waren arm gewesen und hatten nur immer das Nötigste anschaffen können. Eine Sparkasse aber hatten sie sich eingerichtet für solch ein Boot, und dieses gesparte Geld hatte dann dem Vater die Flucht ermöglichen können, als man ihn verhaften wollte wegen eines Vergehens, das er nie begangen hatte. Es war ihm unerträglich erschienen, sich einsperren zu lassen, da er doch unschuldig war. Im Bewußtsein seiner Unschuld und in der Hoffnung, daß sich seine Unschuld herausstellen mußte, war er geflohen. Die Mutter und er selbst waren ihm dann nach Monaten gefolgt. Wie angstvoll die Mutter mit ihm hinübergereist war, immer in der Furcht, man werde sie verfolgen und des Vaters Aufenthalt ermitteln, konnte sich Rudolf nur zu wohl denken. Er kannte ja die Feinfühligkeit seiner Mutter. Und doch – wie tapfer hatte sie alles getragen. Auch die schwächsten Frauen können Heldinnen sein, wenn es um ihr Liebstes geht.

Lissa Bernd würde in einem ähnlichen Fall auch so eine tapfere Frau sein. Sie erinnerte ihn sehr an die Mutter, die auch so große graue Augen gehabt hatte, nur war Lissa Bernd viel kräftiger, gesünder und zielbewußter. In dieser Beziehung war sie überhaupt eine moderne Frau, gewandt und selbständig; aber ein weiches warmes Herz besaß sie sicher auch, das schien ihm gewiß.

Er setzte sich wieder an seine Reiseschreibmaschine und arbeitete weiter, bis er für heute fertig war.

Dann ging er aus, bummelte an den Alsterufern entlang, ging in den Alsterpavillon, ließ sich Tee und Gebäck bringen und sah über die Terrasse hinab auf das bunte Leben und Treiben. Es erschien ihm alles, im Vergleich zu New York, etwas kleinstädtisch, kleinbürgerlich, obwohl doch Hamburg eine Großstadt und die größte Hafenstadt Deutschlands war. Aber trotzdem – behaglich war das alles, behaglich, wie man es drüben nicht verstehen und begreifen konnte.

So blieb er sitzen bis kurz vor sieben Uhr. Dann begab er sich hinunter an den Ausgang, wo er sich mit Lissa verabredet hatte. Mit scharfen Augen spähte er in die Richtung, aus der sie kommen mußte, und auf die Minute pünktlich sah er ihre schlanke Gestalt aus dem Menschengewühl auftauchen.

Er hatte einer Blumenverkäuferin einen großen dicken Strauß Maiblumen abgekauft, deren runde Köpfchen taufrisch waren. Sie dufteten stark zu ihm empor, und dieser Duft berührte ihn wie Heimatatem.

Mit einem seltsam erregten Gefühl sah er ihr entgegen, ging einige Schritte auf sie zu und zog den Hut. Dabei überreichte er ihr die Maiblumen.

Lissa war nicht weniger erregt als Rudolf zu dieser Zusammenkunft gekommen. Etwas unsicher hatte sie sich gefragt, ob er wirklich zur Stelle sein würde. Und als sie seine hohe schlanke Gestalt erblickte, klopfte ihr das Herz hart und fast schmerzhaft in der Brust.

Leise Röte stieg ihr ins Gesicht, als er sie stumm begrüßte und stumm die wundervollen Maiblumen entgegenhielt. Sie liebte diese anspruchslosen, kleinen weißen Glöckchen sehr, und ihr Duft war wie eine sanfte Liebkosung. Einen Augenblick barg sie ihr erglühendes Gesicht in den kühlen Blumen und dachte: »Als hätte er gewußt, daß heute mein Geburtstag ist und daß ich gerade Maiblumen so sehr liebe.«

Aber sie sagte nur:

»Ich danke Ihnen sehr, Herr Sehring – wie wunderbar frisch und schön sind die Blumen!«

»Das fand ich auch, als ich sie im Korb der Verkäuferin liegen sah, und ich mußte sie einfach für Sie kaufen. Wie froh bin ich, Sie wiederzusehen – ich hatte schon Angst, Sie könnten unsere Verabredung über ihrer Arbeit vergessen.«

Er fand, daß sie in dem duftigen, lichten Kleid heute noch

viel schöner aussah als gestern in dem dunklen Jackenkleid. Aber aus einem feinen Gefühl heraus sagte er ihr das nicht, freute sich nur an ihrem Anblick und ging an ihrer Seite weiter, aus dem Menschengedränge heraus, dorthin, wo die Alsterufer ruhiger und stiller wurden.

Sie schwiegen beide, aber Lissa empfand es sehr wohltuend, wie sorglich er sie vor jeder Bedrängung und Berührung schützte. Nicht viele Männer haben dies unbedingt Ritterliche, Beschützende einer Frau gegenüber.

Lissa hatte eine gute Art, sich diesen Schutz gefallen zu lassen. Sie forderte ihn nicht herrisch heraus, bewies aber durch ein Lächeln, durch ein Neigen ihres Kopfes ihren Dank dafür.

Und das gefiel Rudolf Sehring. Als sie aus dem Gedränge heraus über den Jungfernstieg zu der stillen Alsterpromenade gekommen waren, fragte Rudolf lebhaft:

»Wie ist es Ihnen gegangen seit gestern? Ist alles heil und gesund an Ihnen, haben sich keine bösen Folgen Ihres Sturzes gezeigt? Und hat Ihre Arbeit Fortschritte gemacht?«

Sie lachte ihn an.

»Viele Fragen auf einmal! Also, gut ist es mir gegangen seit gestern, alles ist heil und gesund, bis auf einen handgroßen blauen Fleck an der Seite, sonst haben sich keine bösen Folgen meines Unfalls gezeigt, und meine Arbeit geht gut voran und macht mir Freude.«

»Ich habe Ihnen im Geiste dabei zu helfen versucht, habe meine ganzen Kenntnisse des deutschen Mittelalters zusammengesucht, um Ihnen vielleicht einen Stoff liefern zu können, aber mir fällt nichts ein.«

Mit einem schelmischen Lächeln, in dem aber eine heimliche Rührung lag über seinen Eifer, sah sie zu ihm auf.

»Ich habe schon allerlei Motive vorgemerkt.«

»Werde ich denn die fertigen Entwürfe auch zu sehen bekommen?«

»Wenn es Sie interessiert, gern.«

»Alles interessiert mich, was mit Ihnen zusammenhängt,

und Ihre Arbeit kommt doch ganz aus Ihrem Innern. Ich werde Sie noch viel besser kennenlernen, wenn ich Ihre Arbeiten sehe.«

»So werde ich sie Ihnen zeigen.«

»Und – was tun wir nun heute abend?«

Sie lachte ein wenig.

»Eine Stunde tüchtig spazierenlaufen, dann muß ich wieder heim und weiterarbeiten.«

»Heute abend noch?«

»Gewiß!«

»Ich denke, wegen der Farben können Sie nur am Tage arbeiten?«

»Ja, aber ehe ich die Entwürfe farbig ausführe, muß ich doch die Zeichnungen fertigmachen. Das kann ich gut bei Lampenlicht.«

»O wie schade!«

»Warum?«

»Weil Sie sonst mehr Zeit für mich haben würden. Ich brauche so dringend Gesellschaft, fühle mich ohne Sie einsam und verlassen hier.«

Sie mußten beide lachen über seinen kläglichen Ton.

»Das klingt ja ganz tragisch! Was tun wir da, um Abhilfe zu schaffen?« fragte sie.

»Nicht wahr, das sehen Sie wenigstens ein, daß Abhilfe geschaffen werden muß. Ich brauche dringend Ihre Freundschaft, Lissa Bernd.«

Sie wurde wieder ein wenig rot, versuchte aber ganz harmlos auszusehen.

»Sie machen mich ja ganz stolz. Also, wollen wir ein Vergnügungsprogramm für Sie aufstellen, damit Sie Unterhaltung haben.«

Er machte große, erschrockene Augen.

»Sie wollen mich doch nicht etwa in Kinos und Theater schicken?«

»Wäre das so schlimm?«

»Ohne Sie ganz sicher.«

»Wie soll ich dann helfen?«

»Lassen Sie uns mal ganz genau ausrechnen, wieviel Zeit Sie für mich erübrigen können.«

»Ich sagte Ihnen doch schon: täglich eine Stunde!«

»Das ist furchtbar wenig.«

»Und sonntags zwei oder drei!«

»Oh, sonntags haben Sie mir doch schon den ganzen Abend versprochen.«

»Nun ja, von sieben bis zehn.«

Er seufzte.

»Machen Sie doch wenigstens sonntags etwas früher Feierabend. Ich glaube, um sechs Uhr ist es schon recht spät.«

»Die Tage werden ja jetzt immer länger«, sagte sie lachend.

»Mir scheint, darüber freuen Sie sich auch noch?«

»Es arbeitet sich besser, je heller es ist.«

»Und Sie werden über der vielen Arbeit müde und matt, Sie verlieren Ihre wundervolle Frische, Ihre schönen Farben, das muß ich Ihnen zu bedenken geben.«

Wieder errötete sie und wandte den Kopf rasch zur Seite, daß er es nicht sehen sollte. Aber er sah es doch, und das freute ihn ganz unsinnig. Dieser jähe Farbenwechsel in ihrem reizenden Gesicht entzückte ihn immer mehr, je öfter er ihn sah. Aber er wußte auch, daß er ihr gegenüber vorsichtig sein mußte, denn sie sagte rasch und ein wenig herb:

»Komplimente wollen wir aber aus unserem Freundschaftsbund ganz ausschalten, Herr Sehring.«

»Habe ich Ihnen ein Kompliment gemacht? Ich stellte doch nur die Wahrheit fest, und es wäre jammerschade, wenn Sie sich durch Überarbeitung krank machen würden.«

Lissa hatte sich schon wieder gefaßt und meinte leichthin:

»Ich bin doch froh, daß ich endlich Arbeit habe. Sie wird mich bestimmt nicht krank machen, nur froh.«

»Gut, dann darf ich auch als Ihr guter Freund nichts

dagegen sagen. Aber Sie sprachen davon, daß Sie sich mehr Erholungszeit gönnen würden, wenn Sie erst die ersten sechs Entwürfe abgeliefert hätten. Dabei bleibt es doch?«

Sie ließ sich sehr gern beim Wort nehmen.

»Ja, dabei wird es bleiben.«

»Wie lange kann es dauern, bis diese sechs Entwürfe fertig sind?«

»Ich denke, daß ich sie in vier Wochen schaffen kann.«

»Also – vier Wochen noch. Wieviel Zeit werden Sie dann für mich übrig haben?«

Sie machte ein nachdenkliches Gesicht.

»Jeden Abend anderthalb Stunden und sonntags den ganzen Nachmittag.«

Seine strahlenden Augen dankten ihr sehr beredt.

»Darauf will ich mich schon freuen. Aber nicht wahr, sonntags schenken Sie mir schon jetzt vier Stunden, statt der drei. Zwei Stunden davon werden wir zur Erholung tüchtig im Freien herumlaufen, die andern beiden benützen wir, um zusammen zu Abend zu essen und uns behaglich zu unterhalten. Bitte, sagen Sie ja, liebe Freundin.«

Wie gerne tat sie das. Sie gab nun ohne Zögern ihr Versprechen, seinen Wunsch zu erfüllen.

Er wunderte sich im stillen selbst, daß ihn diese Zusage so glücklich machte.

Sie plauderten nun von allerlei Dingen, die sie beide interessierten. Rudolf berichtete von seinem Leben drüben, das immer nur der Arbeit gewidmet gewesen war. Sie fragte ihn nach allerlei, was sie gern wissen wollte, und er freute sich, ihr Auskunft geben zu dürfen.

So war die Stunde schnell vorüber, und Rudolf seufzte sehr, als sie nach einem Blick auf ihre Armbanduhr feststellte, daß sie nun wieder heimkehren müsse. Er begleitete sie wieder bis zum Alsterpavillon. Unterwegs kam Lissa noch auf ihre Wirtin zu sprechen, schilderte ihm ihre freudlose, schattenhafte Art und hob doch hervor, wie froh sie gewesen war, bei der alten Dame Schutz und Unterkunft zu finden.

Das beruhigte Rudolf ein wenig. So wußte er Lissa wenigstens in guter Hut. Und als sie sich dann von ihm verabschiedete, fragte er:

»Wie alt sind Sie eigentlich, Lissa Bernd? Ich habe es bereits bis zum fünfunddreißigsten Jahr gebracht, aber bei Ihrer Jugend kann man noch ohne Scheu fragen.«

Sie sah ihn lachend an, nickte ihm noch einmal zu und sagte:

»Ich bin heute dreiundzwanzig Jahre alt geworden.«

Damit wandte sie sich schnell ab und ging davon. Einen Augenblick stand er ganz verdutzt und sah ihr nach, aber dann war er mit wenigen Sätzen an ihrer Seite und hielt sie am Arm fest.

»Nach dieser Eröffnung entkommen Sie mir selbstverständlich nicht, ohne daß ich Ihnen meinen Glückwunsch sage.«

Sie hob die Maiblumen lachend zu ihm empor.

»Ich habe die Blumen schon als Glückwunsch empfunden.«

»Wie gut, daß ich Ihnen wenigstens so eine bescheidene Blumenspende brachte. Alles Glück für Ihren ferneren Lebensweg, Lissa Bernd! Und hoffentlich darf ich recht lange an Ihrer Seite bleiben auf diesem Weg.«

Es lag so viel Wärme und Herzlichkeit in seinen Worten, daß Lissas Augen feucht wurden.

»Ich danke Ihnen für Ihren Glückwunsch, Herr Sehring.«

»Und ich konnte Ihnen nicht einmal eine Gabe bringen zu Ihrem Geburtstag, wie es doch ein guter Freund tun dürfte. Darf ich es morgen nachholen?«

Sie schüttelte ernst den Kopf.

»Nein, lieber Freund, das dürfen Sie nicht. Wenn man Geschenke annimmt, begibt man sich seiner Freiheit, das ist immer meine Ansicht gewesen. Ich will den guten Willen für die Tat nehmen und danke Ihnen herzlich.«

Er sah sie bittend an.

»Aber Blumen – die darf ich Ihnen immer bringen?«

Sie konnte seinem flehenden Blick nicht widerstehen.

»Nun ja, aber bitte nicht so große Sträuße. Meine Wirtin wird sich sonst wundern, ich will ihr nicht sagen, daß ich die Blumen geschenkt bekomme, und daß ich nicht viel Geld für Blumen übrig habe, weiß sie nur zu gut. Ich weiß schon, daß sie mich wegen dieses großen Maiblumenstraußes für eine Verschwenderin halten wird. Und nun gute Nacht, ich muß mich beeilen.«

Noch ein Händedruck, dann eilte sie davon. Er sah ihr mit leuchtenden Augen nach, bis sie wieder verschwunden war, und ging langsam in sein Hotel zurück.

V

Frau Wendhausen staunte allerdings über den großen Strauß Maiblumen, aber Lissa sagte lachend:

»Man hat ja nur einmal Geburtstag im Jahr.«

Da nickte die alte Frau mit ihrem schattenhaften Lächeln.

»Das ist schon richtig. Und nun müssen Sie mit mir zu Abend essen, Fräulein Lissa, ich habe ein Festmahl bereitet.«

Lissa machte große Augen.

»Sie werden verschwenderisch, liebe Frau Wendhausen. Gestern der Kuchen und nun heute noch ein Festmahl.«

»Ich feiere gleich meinen Geburtstag mit, der allerdings schon acht Tage vorüber ist.«

Lissa stutzte. Es war ihr bisher gar nicht in den Sinn gekommen, daß diese schattenhafte kleine Dame auch einen Geburtstag hatte, und sie schämte sich ein wenig. Schnell nahm sie einen Teil von ihrem Maiblumenstrauß und reichte ihn Frau Wendhausen mit einem lieben Lächeln.

»Wie schade, daß ich das nicht gewußt habe. Aber nun werde ich mir den Tag gut merken. Nachträglich also noch meinen herzlichsten Glückwunsch. Möge sich alles erfüllen, was Sie sich nur selber wünschen können.«

Frau Wendhausen dachte an die Aktenmappe in ihrem Wäscheschrank. Ihr größter, sehnlichster Wunsch drehte sich nur um diese. Es war der Wunsch, ein Unrecht gutzumachen, ohne daß sie sich selber schaden mußte, ein Unrecht freilich, daß sie nicht selbst begangen hatte.

Sie seufzte auf und sagte leise:

»Kein Mensch ist ganz wunschlos, Fräulein Lissa, auch nicht so eine unnütze alte Frau, wie ich es bin.«

Lissa sah sie teilnahmsvoll an.

»Sie müßten Kinder haben, Frau Wendhausen, es liegt so viel Mütterliches in Ihrem Wesen.«

Da blickten die Augen der alten Frau gramvoll in die Lissas.

»Ja, mein liebes Kind, da haben Sie mich ganz richtig eingeschätzt. Und einmal hatte mir der liebe Gott dies unermeßliche Glück gezeigt, aber mein kleines Mädel kam tot zur Welt.«

Das klang so jammervoll, daß es Lissa kalt über den Rücken lief. Schnell faßte sie die welke Hand der alten Dame und drückte sie warm in der ihren.

»Wie leid tut mir das für Sie!« sagte sie bewegt.

Frau Wendhausen hatte sich aber schon wieder gefaßt.

»Davon wollen wir nicht mehr reden, Kind, das paßt nicht in eine Geburtstagsstimmung. Gott hat es nicht gewollt, und vielleicht war es gut so. Und nun kommen Sie zu Tisch.«

In ihrem Wohnzimmer hatte Frau Wendhausen den Tisch zierlich gedeckt. Sie stellte noch den Teil des Maiblumenstraußes darauf, der nun ihr gehörte.

Und nun staunte Lissa, wie hübsch das alles zurechtgemacht war. Zwei schöne alte Römer standen bereit, dazu eine halbe Flasche Rheinwein. Schönes altes Porzellan und ein gelblich getöntes Damasttuch schmückten den Tisch.

Dann brachte die alte Dame aus der Küche auf einer kleinen Platte zwei Kalbskotelettes und auf einer andern ein Häufchen duftenden Spargel. Dazu hatte sie Butter zu Sahne geschlagen.

Dies bescheidene, aber gut zubereitete Mahl mundete den beiden Frauen sehr, und sie tranken andächtig jede ein Glas Wein dazu. Es wurde restlos alles aufgegessen, sogar das Sträußchen krauser Petersilie, womit die Kotelettes und der Spargel verziert waren. Lissa sparte nicht mit ihrem Lob, und die matten Augen der alten Dame zeigten einen seltenen Glanz. Sie freute sich, Lissa etwas Gutes zu tun.

Nach Tisch plauderte Lissa noch ein Weilchen mit Frau Wendhausen, aber sie bat sie, dazu mit ihr in ihr Arbeitszimmer hinüberzukommen, weil sie noch an ihren Zeichnungen arbeiten wollte.

»Wenn ich Sie nicht störe, Fräulein Lissa?«

»Nein, nein, Frau Wendhausen, ich habe jetzt nur ein mechanisches Nachzeichnen zu leisten. Dabei können wir gern plaudern.«

Die alte Dame sah Lissa zu und sagte dann seufzend:

»Es ist doch schade, Kindchen, daß all Ihre Jugend und Ihr Liebreiz so ungewürdigt verblühen müssen. Sie hätten einen recht guten und lieben Mann bekommen sollen. Aber nein, vielleicht ist es besser, wenn Sie nicht heiraten. Auf tausend Nieten kommt oft nur ein Treffer.«

Das klang recht schmerzlich.

Lissa schaute von ihrer Arbeit empor und fragte leise:

»War Ihre Ehe kein Treffer, liebe Frau Wendhausen?«

Das Gesicht der alten Frau wurde noch fahler und schlaffer. Ein tiefer Seufzer hob ihre Brust.

»Nein, Kindchen, sie war eine Niete schlimmster Art. Gott behüte Sie vor einer solchen Ehe. Tausendmal besser ist es dann, ledig zu bleiben. Was ein Mensch an Erniedrigung und Pein zu ertragen vermag, das habe ich ertragen müssen.«

Lissa schauerte es, und sie sah mitleidsvoll in das blasse Gesicht, aus dem die Augen wie zwei erloschene Sterne blickten. Sie erinnerte sich an das Jugendbild der Frau Wendhausen, das drüben in ihrem Wohnzimmer hing. Und nun kam ihr die Erkenntnis, was diese Frau so zermürbt und elend gemacht haben mußte. Lissa erhob sich und legte den Arm um die Schultern der alten Frau.

»Arme, liebe Dulderin!« sagte sie leise.

Da kam es wie ein krampfartiges Stöhnen über die farblosen Lippen der alten Frau.

»Seien Sie bloß nicht gut zu mir, Kind, Güte kann ich nicht mehr ertragen«, stieß sie hervor.

Hilflos erschrocken sah Lissa auf sie herab und streichelte den dünnen grauen Scheitel. Das ließ sich die alte Frau einige Sekunden gefallen. Dann richtete sie sich entschlossen auf.

»Bitte, kümmern Sie sich weiter um Ihre Arbeit, Fräulein Lissa, damit ich mich wieder fassen kann.«

Gehorsam ging Lissa an ihre Arbeit zurück. Sie konnte verstehen, daß diese Frau eine scheue, stolze Seele hatte, die nichts von ihrem Leid preisgeben wollte, und sie wollte ihr helfen, ruhig zu werden. Aber sie stellte bei sich fest, wie wenig die Menschen doch voneinander wissen, auch wenn sie so nahe beieinander wohnen. Es fiel ihr wieder ein, daß sie immer ein trauriges Geheimnis um Frau Wendhausen gespürt hatte und nun sagte sie sich, daß dies wohl mit ihrer Ehe zusammenhing, anscheinend mit einer sehr unglücklichen Ehe.

Sie zeigte sich also in ihre Arbeit vertieft, plauderte scheinbar munter drauflos und hatte die Genugtuung, daß Frau Wendhausen wieder ruhig wurde und den Mut fand, mitzuplaudern. Als sie dann einander gute Nacht sagten, sah Frau Wendhausen Lissa an und sagte leise:

»Dank für Ihr Verständnis, mein liebes Kind; Sie sind

eigentlich viel zu jung, um so etwas zu begreifen. Schlafen Sie gut.«

Aber Lissa sollte in dieser Nacht nicht gut schlafen. Gleich nach Mitternacht wachte sie wieder auf und hörte drüben in Frau Wendhausens Schlafzimmer das ihr schon bekannte krampfartige Stöhnen. Frau Wendhausen hatte einen schlimmen Anfall ihres Leidens. Lissa eilte an ihr Lager und suchte ihr all die kleinen Linderungen zu verschaffen, die nötig waren. Auch diesmal ging der Anfall vorüber, und endlich vermochte die alte Dame wieder ruhig zu atmen. Sie sah zu Lissa auf und sagte ruhig und klar:

»Wenn es einmal mit mir zu Ende geht, liebes Kind, dann achten Sie darauf, daß dieser kleine Schlüssel nicht mit mir begraben wird – den ich hier an dem Kettchen um den Hals trage. Was mit ihm geschehen soll, ist in meinem letzten Willen verzeichnet, der drüben in meinem Schreibtisch im mittleren Fach liegt.«

Lissa nickte ihr beruhigend zu.

»Ich werde das nicht vergessen, Frau Wendhausen, aber an den Tod wollen wir noch gar nicht denken. Wir wissen doch, daß Asthmaleidende meist ein hohes Alter erreichen.«

Die alte Frau seufzte.

»Wenn ich es mir recht überlege, liegt mir an einem langen Leben gar nichts, aber letzten Endes sind wir alle Menschen und scheuen den Tod.«

Lissa brachte sie aber auf andere Gedanken, und Frau Wendhausen beruhigte sich nun vollends, so daß sie sich zurückziehen konnte, nachdem die alte Dame ihr innig für ihre Hilfe gedankt hatte.

Lissa fand dann schnell den Schlaf, als sie sich niederlegte. Ihre gesunde Jugend verlangte ihr Recht. Sie wußte auch, wenn so ein Anfall vorüber war, wiederholte er sich nicht so schnell.

Am andern Vormittag brachte der Detektiv, wie er versprochen hatte, Rudolf eine ganze Aktenmappe voll Zeitungen.

»Da haben Sie reichlich Arbeit für die nächsten Tage, Herr Sehring. Hoffentlich finden Sie etwas, das uns weiterbringt. Heute vormittag werde ich zuerst einmal den Chef der Firma aufsuchen, bei der Ihr Vater damals angestellt war; wie ich bereits in Erfahrung gebracht habe, lebt er und steht mit seinen fünfundsiebzig Jahren noch immer an der Spitze seines Unternehmens. Ich muß mit ihm sprechen und mir von ihm den genauen Hergang der Angelegenheit berichten lassen. Vielleicht erfahre ich dabei irgend etwas, das Ihrem Vater entfallen war und uns einen Fingerzeig gibt. Ich werde dem alten Herrn sagen, daß Sie mich beauftragt haben, die Ehre Ihres Vaters wiederherzustellen und da diese Angelegenheit längst verjährt ist, kann Ihnen selbst dadurch ja keinerlei Schaden entstehen.«

»Mir ist alles recht, was Licht in die Sache bringt. Von der vollen Unschuld meines Vaters bin ich überzeugt, sonst hätte er mir diesen Auftrag nicht gegeben.«

»Das nehme ich auch als sicher an. Also, ich überlasse Sie diesen Zeitungen. Und bitte, streichen Sie mir ja jede Kleinigkeit an, die etwa auf unsere Angelegenheit Bezug haben könnte.«

»Sie können sich auf mich verlassen.«

Rudolf blieb nun allein zurück und machte sich sogleich an die Durchsicht der Zeitungen.

Das war ein ziemlich langweiliges Geschäft. Die Zeitungen waren in der Reihenfolge des Datums geordnet, und er konnte bei der ersten Nummer, die in Frage kam, ohne weiteres anfangen.

Dort fand er auch gleich einen kurzen Bericht, der folgenden Inhalt hatte:

»Gestern vormittag sind aus einem Büro der Firma Hartwig eine Summe von zehntausend Mark in Gold und eine Anzahl Schmuckstücke, etwa im gleichen Wert, abhanden gekommen. Der Chef der Firma hatte diese Wertstücke einem seiner Angestellten, einem Herrn S. übergeben, mit der Weisung, sie auf die Bank zu tragen, wo sie in einem Tresor verwahrt werden sollten. Der Angestellte kam wenige Minuten später schreckensbleich zu dem Chef gestürzt und behauptete, das ihm anvertraute Gut, das er in sein Schreibpult gelegt hatte, weil er sich einige Minuten entfernen wollte, sei spurlos verschwunden. Es müsse jemand sein Büro betreten und die Wertstücke aus seinem Pult entwendet haben, während er abwesend war. Weiteres können wir erst morgen berichten.«

Rudolf las diese Zeilen aufmerksam durch. Sie deckten sich mit dem, was sein Vater ihm darüber berichtet hatte.

Sorgsam legte er diese Zeitung beiseite, nachdem er den Bericht mit einem roten Stift angestrichen hatte.

Dann nahm er die Zeitung des zweiten Tages vor und fand auf der letzten Seite wieder einen kurzen Abschnitt:

»Wie wir schon gestern berichteten, sind der Schmuck und die zehntausend Mark in Gold tatsächlich aus dem Hause der Firma Hartwig verschwunden. Alle Nachforschungen waren vergeblich. Obwohl das Geschäftshaus gleich abgesperrt wurde und jeder Angestellte des Hauses sich einer Untersuchung unterziehen mußte, war alles vergeblich. Immerhin ist der mit der Besorgung der Wertstücke zur Bank Beauftragte Herr S. nun am stärksten in den Verdacht geraten, daß er um deren Verbleib weiß, obwohl er fest behauptet, sich nicht erklären zu können, wie das alles so schnell aus seinem Pulte hatte verschwinden können. Er behauptet, nur sechs bis sieben Minuten sein Büro verlassen zu haben.«

Diesem Bericht folgte eine genaue Beschreibung der Wertstücke und die Angabe, daß die zehntausend Mark in zehn Rollen, jede zu fünfzig Zwanzigmarkstücken in Gold, verpackt gewesen seien und wahrscheinlich aus einer ganz neuen Prägung stammten. Neun Rollen davon seien fest verschlossen gewesen, die zehnte jedoch war bereits geöffnet, aber wieder verschlossen worden.

Auch diesen Bericht las Rudolf genau durch und bezeichnete ihn sorgsam mit dem Rotstift.

Am nächsten Tag stand nur in der Zeitung, daß noch kein Licht in die Sache gekommen sei und daß Herr S. peinlichst verhört, aber auf Verwendung seines Chefs, der ihn als einen sonst sehr pflichttreuen Angestellten kennzeichnete, noch auf freiem Fuß belassen worden sei. Aber man werde ihn wohl verhaften müssen, wenn er die Wertstücke nicht wieder herbeischaffen würde.

Tags darauf fand Rudolf überhaupt nichts über diese Angelegenheit, aber am übernächsten Tag stand dann in der Zeitung, daß der verdächtige Herr S. aus der Firma Hartwig spurlos verschwunden sei und man wohl nun annehmen müsse, daß er selbst die Wertsachen beiseite gebracht habe, um sich daran zu bereichern. Er habe seine völlig fassungslose Frau und einen kleinen Sohn zurückgelassen, ohne daß diese eine Angabe machen könne, wohin er sich gewendet habe. Nur habe sie immer wieder weinend behauptet, daß ihr Mann ganz gewiß unschuldig sei, und wenn er geflohen sei, habe er es wohl nur getan, um der schimpflichen Verhaftung zu entgehen. Es müsse sich doch herausstellen, daß er unschuldig sei.

Danach fand Rudolf nur noch einen Bericht, in dem gesagt wurde, daß der Chef der Firma Hartwig nicht auf einer Verfolgung des Geflohenen bestehe, es sei allerdings ein beträchtlicher Verlust, der ihn betroffen habe, aber immerhin werde er ihn verschmerzen können. Er wolle auch nicht, daß die Frau des Entflohenen weiter belästigt werde. Irgendwie werde der Schuldige der irdischen Gerechtigkeit doch nicht entgehen.

Rudolf wußte allerdings noch nicht, ob er nicht in den späteren Zeitungen noch etwas finden würde. Es war inzwischen Tischzeit für ihn geworden, und er schloß die Zeitungen vorläufig ein, um sich später weiter in dieselben zu vertiefen.

Etwas wesentlich Neues hatten ihm die Berichte nicht

gebracht, das hatte er schon alles gewußt, nur eines nicht, daß der Chef die Verfolgung niedergeschlagen hatte. Also diesem Umstand dankte wohl sein Vater, daß er und seine Familie unbehelligt geblieben waren.

Denn so vorsichtig sein Vater auch seine Flucht bewerkstelligt hatte, irgendwie hätte er doch auf Schwierigkeiten stoßen können. Und Rudolf hatte sich schon gefragt, ob der Chef etwa die Wertsachen selbst wieder an sich genommen haben könne – aus irgendeinem Grunde, den er nicht hatte angeben wollen.

Diesen Verdacht hatte er auch dem Detektiv nicht verschwiegen, und dadurch war dieser wohl veranlaßt worden, heute den Chef aufzusuchen.

Der Besuch des Detektivs fand bei Herrn Hartwig statt, während Rudolf die Zeitungen durchsah.

Der alte Herr hatte inzwischen einen Teil seiner Geschäfte an seinen ältesten Sohn abgegeben, aber die Oberleitung der Firma hatte er noch immer in den Händen. Als der Detektiv sich in einer wichtigen Angelegenheit bei ihm melden ließ, wurde er sofort empfangen. Der alte Herr erhob sich noch sehr kraftvoll und rüstig von seinem Schreibtisch. Er hielt die Karte des Detektivs in der Hand und fragte mit einem Lächeln:

»Herr Privatdetektiv Arnold?«

Dieser verneigte sich.

»Das bin ich, Herr Hartwig, und in dieser Eigenschaft möchte ich Sie bitten, mir einige Fragen zu beantworten.«

»Das soll nach bestem Wissen und Gewissen geschehen. Bitte, nehmen Sie Platz. Um was handelt es sich?«

»Um eine lang verjährte Geschichte, Herr Hartwig, die ich Ihnen aber sicher mit wenig Worten ins Gedächtnis zurückrufen kann, und zwar um das vor etwa dreißig Jahren erfolgte Verschwinden einer Summe von zehntausend Mark in Gold und verschiedener Schmuckstücke im gleichen Werte.«

Die Augen des alten Herrn blitzten auf.

»Alle Wetter! Ich entsinne mich ganz genau. Sollten sich diese verschwundenen Wertstücke irgendwie und irgendwo gefunden haben?«

»Leider nicht, aber ich bin beauftragt worden, wenn möglich noch jetzt Licht in diese Angelegenheit zu bringen.«

Erstaunt aber völlig unbefangen sah ihn der alte Herr an, und der erfahrene Detektiv wußte sogleich, dieser Mann hatte ganz gewiß nichts mit dem Verschwinden der Sachen zu tun.

»Also jetzt, nach reichlich dreißig Jahren, wollen Sie die Sache aufklären, die sich schon damals durchaus nicht aufklären ließ? Das wird ein schweres Stück Arbeit sein. Wer hat Sie denn damit beauftragt?«

»Wenn ich Ihnen das sage, werden Sie staunen: Es ist der Sohn des Mannes, der damals beschuldigt wurde, die Wertsachen auf die Seite gebracht zu haben.«

Etwas betroffen richtete sich der alte Herr auf.

»Sie meinen doch nicht Sehring?«

Detektiv Arnold verneigte sich wieder.

»Ganz recht. Und der Sohn Sehrings ist nun nach Deutschland gekommen, um die Ehre seines Vaters wieder reinzuwaschen, so wie es ihm sein Vater auf dem Totenbett aufgetragen hat.«

Die Augen des alten Herrn glänzten erwartungsvoll.

»Das ist ja überraschend. So lange hat er nichts von sich hören lassen, und jetzt schickt er seinen Sohn?«

»Sie werden das verständlich finden, wenn ich Ihnen alle Einzelheiten auseinandergesetzt habe.«

Und der Detektiv berichtete ihm ausführlich, was er von Rudolf Sehring erfahren hatte. Aufmerksam, ja gespannt hörte ihm der alte Herr zu, und als Arnold endete, sagte er nachdenklich:

»Ganz offen, ich habe es dem Sehring eigentlich nie zutrauen können, er war ein so durchaus ehrlicher und zuverlässiger Mann. Deshalb habe ich es auch nicht zugelassen, daß er und seine Frau verfolgt wurden. Aber ich kann Ihnen sagen, ich würde noch einmal zehntausend Mark darum gegeben haben, hätte ich dieses Geheimnis ergründen können. Wie konnten diese Wertsachen in so wenigen Minuten verschwinden, denn verschwunden waren sie, und bei keinem unserer Angestellten wurde bei der Untersuchung etwas davon gefunden.«

»Eine rätselhafte Geschichte ist das schon gewesen, Herr Hartwig, und Sie haben recht, daß es jetzt nach dreißig Jahren noch schwieriger sein wird, sie zu klären. Aber ich bin zäh und ausdauernd bei solchen Dingen, und der junge Herr Sehring hat mir gesagt, daß er mir alle Mittel zur Verfügung stellen will. Er glaubt unbedingt an die Unschuld seines Vaters, und auf dem Totenbett pflegt selten ein Mensch zu lügen. Es ist auch glaublich, daß der Vater nur geflohen ist, um einer vielleicht langen Untersuchungshaft zu entgehen. Gerade dabei wäre er doch nicht in der Lage gewesen, etwas zu tun, was seine Unschuld ans Licht bringen konnte. Und drüben hat er in den ersten zehn Jahren kaum Zeit und Gelegenheit gehabt, etwas dafür zu tun, daß seine Unschuld an den Tag kam. Dann überstürzten sich für ihn die Ereignisse, er wurde ein reicher Mann und nahm drüben eine sehr geachtete Stellung ein. Da erschien ihm diese alte Geschichte nicht mehr so wichtig. Er stellte allerdings Nachforschungen an, aber ohne Erfolg. Erst, als er dann seinem erwachsenen Sohn von diesem Abschnitt seines Lebens berichtete, wurde wieder der Wunsch in ihm wach, seine Unschuld zu beweisen, vielleicht mehr noch, um seinen Sohn davon zu befreien, daß ein Schatten auf seinem Namen ruhte. Und dieser junge Herr Sehring ist jedenfalls ein sehr tiefgründiger und ehrenhafter Mensch, er will unbedingt alles tun, was möglich ist, um diese Angelegenheit klarzustellen. Ich habe die Sache angenommen, obwohl ich mir sagen muß, daß jetzt, nach dreißig Jahren, wenig Aussicht auf eine Aufklärung ist. Aber auch ich will mein möglichstes tun, und deshalb bin ich zuerst zu Ihnen gekommen, um Ihnen einige Fragen vorzulegen und mir Ihre Unterstützung zu sichern.«

»Darauf können Sie sich verlassen. Also bitte, fragen Sie.«

»Vor allen Dingen – können Sie mir die Art der Schmuckstücke genau beschreiben?«

»Ganz gewiß, es sind sogar noch Zeichnungen davon vorhanden, die ich mir in jener Zeit von dem Juwelier ausbat, von dem ich sie gekauft hatte. Diese Zeichnungen werde ich Ihnen zur Verfügung stellen. Es waren drei Damenringe, ein Brillantanhänger, eine mit Perlen und Brillanten besetzte Nadel, zwei Armbänder, eins mit Brillanten und Perlen, das andere mit Saphiren und Brillanten besetzt. Es war fast der gesamte Schmuck meiner Frau, und da wir auf Reisen gehen wollten, wollte ich das alles in mein Bankfach einschließen. Ich hatte die Absicht, einige Geschäftswege zu erledigen und dann auf der Bank mit Sehring zusammenzutreffen, um ihm die Sachen abzunehmen. Und da gerade eine Zahlung von zehntausend Mark eingegangen war, die, wie damals häufig, aus Zwanzigmarkgoldstücken bestand, gab ich Sehring auch diese mit. Das alles legte Sehring in meiner Gegenwart in sein Pult, er wollte es etwa eine Stunde später wieder herausnehmen und mir auf die Bank bringen. Als ich ihn verlassen und mein eigenes Büro wieder aufgesucht hatte, um einige geschäftliche Besuche zu empfangen, die im Vorzimmer warteten, ist Sehring nach seiner Angabe für einige Minuten in die Toilette verschwunden. Als er wiederkam, sah er zu seinem Schrecken, daß er den Schlüssel am Pult hatte steckenlassen, er wollte sich besorgt überzeugen, daß alles ihm Anvertraute noch vorhanden war – und fand es nicht mehr.«

Aufmerksam hatte Arnold zugehört. Eine Weile überlegte er, dann fragte er:

»Sind die Räume in Ihrem Hause noch so geblieben, wie sie waren?«

»Genau so!«

»Und könnte ich mir Sehrings ehemaliges Büro einmal ansehen?«

Hartwig erhob sich sofort.

»Bitte sehr!«

Und er führte Arnold durch ein Vorzimmer in das ehemalige Büro Sehrings.

Aufmerksam betrachtete sich Arnold den Weg dahin. Dann betrat er den kleinen einfenstrigen Raum, von dem eine Tür in einen anschließenden Büroraum führte, in dem mehrere Herren arbeiteten, was wohl auch damals schon so gewesen war. Eine zweite Tür führte nach hinten, in einen Gang, auf den die Türen zu den Toiletten mündeten. Die dritte Tür war die, durch welche Arnold mit Hartwig aus dem Vorzimmer eingetreten war.

Hartwig erklärte, daß, als er zu Sehring eintrat, um die Wertsachen abzuliefern, im Vorzimmer nur ein Herr gewesen war, der im Auftrag einer anderen Firma Angebote hatte machen wollen. Als Hartwig dann von Sehring gerufen wurde, war gerade noch ein anderer Herr ins Vorzimmer eingetreten und hatte dort wartend Platz genommen.

Dann fuhr er fort:

»Sie können sich denken, daß ich keine Lust mehr hatte, mit den Vertretern zu verhandeln, nachdem Sehring zu mir gestürzt kam und mir berichtete, das Geld und der Schmuck seien aus seinem Pult verschwunden. Ich ging sofort mit ihm hinüber.«

Aufmerksam hatte Arnold zugehört. Jetzt stutzte er einen Augenblick und richtete sich auf.

»Und – die beiden Herren, die Angebote machen wollten?«

Hartwig sah ihn etwas verdutzt an, überlegte und sagte dann:

»Ja – der eine von ihnen, der zuerst gekommen war, war schon wieder verschwunden, als ich mit Sehring wieder aus meinem Büro kam, um das seine aufzusuchen. Der andere, der eben erst eintrat und Platz nahm, als ich mit

Sehring in sein Büro hinübereilte, wurde von mir fortgeschickt, weil ich nicht in der Stimmung war, Geschäftliches zu erledigen.«

Sinnend sah Arnold vor sich hin. Dann sagte er langsam und forschend:

»Also der eine der beiden Vertreter, die im Vorzimmer warteten, verschwand, während Sie in Ihrem Kontor und Sehring in dem seinen war?«

Hartwig stutzte wieder.

»Allerdings! Wie gesagt, ich hatte ihn schon eine lange Zeit warten lassen.«

»Sie wissen genau, daß er noch da war, als Sie von Sehring kamen, um Ihr Büro aufzusuchen?«

»Ja gewiß, da saß er noch hier auf der Bank, ganz dicht an der Tür zu Sehrings Büro.«

Wie zufällig setzte sich Arnold genau an dieser Stelle nieder auf die Bank. Er sagte sich, es könne nicht schwer gewesen sein, von hier aus das Gespräch der beiden Herren in Sehrings Büro zu belauschen. Und plötzlich neigte sich Arnold vor – und blickte durch das Schlüsselloch in Sehrings ehemaliges Büro. Erstaunt beobachtete der alte Herr diese Bewegungen Arnolds.

»Weshalb sehen Sie durch das Schlüsselloch?«

Ein leichtes Lächeln glitt über das Gesicht Arnolds, und seine klugen, scharfen Augen sahen den alten Herrn seltsam an.

»Ich wollte nur feststellen, ob man durch dies Schlüsselloch von hier aus sehen kann, was da drinnen am Pult vorgegangen ist.«

Hartwig schüttelte verständnislos den Kopf.

»Was soll das?«

»Oh, nichts von Bedeutung, ich habe zuweilen sonderbare Einfälle. Aber würden Sie mir den Gefallen tun, da drinnen in dem Büro an das fragliche Pult heranzutreten, und zwar möglichst so, wie Sie damals gestanden haben.«

»Gewiß, das kann ich ja tun.«

»Und bitte, machen Sie dabei die Gebärden, die Sie damals bei Überreichung der Wertsachen machten, ich werde mir dann dazu denken, daß Sehring sie von Ihnen in Empfang nahm.«

Immer noch ziemlich verständnislos den Kopf schüttelnd, trat der alte Herr wieder in das andere Büro, während Arnold die Tür hinter ihm schloß, sich wieder zum Schlüsselloch beugte und dadurch ganz genau die Bewegungen des alten Herrn beobachten konnte. Als dieser nach einer Weile wieder herauskam, fragte er lächelnd:

»War es gut so?«

»Ausgezeichnet. Ich danke Ihnen. Und nun möchte ich Sie fragen, ob Sie zufällig noch wissen, wer dieser Herr, der hier saß, als Sie zu Sehring gingen, war?«

»Jawohl, zufällig kann ich Ihnen auch das sagen. Es war ein Angestellter einer befreundeten Firma, der zuweilen zu mir kam, um irgendein Angebot zu machen. Ich kann mich dessen deshalb so genau entsinnen, weil es das letztemal war, daß ich ihn lebend gesehen habe.«

»Oh – er ist tot?« fragte Arnold enttäuscht.

»Ja, und zwar starb er bald danach; übrigens eines unnatürlichen Todes. Man sagte mir später, er habe sich an einem Abend stark betrunken, obwohl er sonst ein gediegener und tüchtiger Mensch war, soviel ich wenigstens weiß. Aber in jener Nacht hatte er jedenfalls des Guten zuviel getan, in der Dunkelheit war er über die Kaimauer in den Hafen getorkelt und ertrunken.«

Arnold hatte sich jetzt wieder ganz in der Gewalt.

»Das ist allerdings Pech. Wie hieß er denn?« fragte er so ganz beiläufig.

»Er hieß Wendhausen und war bei der Firma Sommerland angestellt. Mir fällt übrigens ein, daß man mir damals erzählte, er habe, obwohl er verheiratet gewesen war, sehr viel weibliche Bekanntschaften gehabt. Er soll ein bißchen ein großes Herz gehabt haben, aber einem Toten soll man nichts nachreden.«

»Natürlich nicht, zumal es ja nicht von Wichtigkeit ist.«
»Was kann ich Ihnen nun noch berichten, Herr Arnold?«
Dieser stellte noch einige belanglose Fragen, um bei Herrn Hartwig den Eindruck zu verwischen, daß ihm das eben Gehörte besonders von Belang war. Bereitwillig beantwortete Hartwig alles, auch die Zeichnungen der Schmuckstücke entnahm er seinem Schreibtisch und händigte sie Arnold ein. Dieser erfuhr noch, daß die Rollen mit den Zwanzigmarkstücken in starkes graues Papier eingeschlagen gewesen waren, auch daß die Schmuckstücke nur in Seidenpapier gewickelt waren, weil die Behälter zuviel Platz im Tresor eingenommen hätten. Befriedigt von dem, was er erfahren hatte, verabschiedete sich Arnold, nachdem Hartwig ihn noch bat, Herrn Rudolf Sehring zu grüßen und ihm zu sagen, daß er sehr wünsche, seine Aufgabe möge gelöst werden, wenn er auch kaum daran glauben könne, da ja seinerzeit schon alles mögliche in der Sache geschehen sei.

Arnold aber war schon etwas zuversichtlicher, daß er seine Aufgabe auch nach so langer Zeit noch erfüllen könne. Wie es oft bei solchen Dingen war, gab eine Kleinigkeit, die von anderen kaum beachtet wurde, ein Licht, einen Fingerzeig, der Mut machte.

Der Detektiv Arnold hatte jedenfalls alle Zuversicht, und er überlegte, als er das Geschäftshaus Hartwig verließ, was er mit all den Aussagen Hartwigs beginnen sollte.

Zuerst begab er sich zu einem etwas übel berüchtigten Leihhausbesitzer, der gegen gute Pfänder Darlehen gab, je nach dem Wert des Gegenstandes. Arnold wußte, daß hier in diesem Privatleihhaus, allerdings mit verhältnismäßig minderwertigen Beträgen, mancherlei Dinge beliehen wurden, die nicht auf rechtmäßige Weise erworben worden waren und vielleicht viele Jahre in einem Versteck ein wohlbehütetes Dasein führten, bis sie ohne Gefahr und mit gutem Verdienst losgeschlagen werden konnten.

Dieser Pfandhausbesitzer empfing den ihm sehr wohl

bekannten Detektiv mit unterwürfiger Freundlichkeit, indem er sich die Hände rieb und doch dabei unsicher zu ihm aufsah.

»Was verschafft mir die große Ehre, Herr Kriminalrat?«

Arnold winkte hastig ab.

»Lassen Sie doch diesen Titel beiseite, Behringer, was soll ich damit anfangen?«

»Nun, Sie würden Anrecht haben auf viel höhere Titel, wenn es nach Verdienst ginge.«

»Lassen Sie das. Sie sollen mir heute einen Gefallen tun, Behringer, wobei Sie gar nichts riskieren, da es sich um eine längst verjährte Sache handelt. Sie können, wenn Sie mich ehrlich bedienen, ein gutes Stück Geld verdienen.«

»Oh, dafür bin ich immer zu haben, wenn es auf ehrliche Weise sein kann.«

Arnold lachte.

»Sie werden auch für solche Verdienste zu haben sein, die nicht auf ehrliche Weise zustande kommen. Mir brauchen Sie nichts vorzumachen. Aber hier könnten Sie wirklich mal auf ehrliche Weise was verdienen, was ja immerhin den Reiz der Neuheit für Sie haben würde.«

»Sie belieben zu scherzen, hochverehrter Herr Kriminalrat.«

»Na, schön, jetzt aber ernsthaft. Sehen Sie sich diese Zeichnungen an, Behringer. Wenn Sie mir nachweisen können, wo sich diese Schmuckstücke befinden, soll es Ihr Schade nicht sein.«

Damit hatte Arnold die Skizzen der verschwundenen Schmucksachen vor den Pfandleiher hingelegt. Dieser setzte umständlich seine Brille auf die Hakennase und strich sein wirres weißes Haar aus der Stirn. Dann beugte er sich über die Skizzen, sah sie scharf an und richtete sich wieder auf. Seine Augen ruhten mit einem entschieden spöttischen Funkeln auf Arnolds Gesicht.

»Nichts zu machen, Herr Kriminalrat. Da sind Sie umsonst zu mir gekommen. Diese Schmuckstücke hätte ich mir gern mal angeeignet, vor vielen Jahren. Wie lange ist es wohl her? So an die dreißig mindestens. Ich war damals noch Anfänger in meinem Geschäft und das wäre wohl für mich ein gutes Geschäft gewesen. Habe mich auch redlich bemüht, etwas über den Verbleib der Sachen zu erfahren, denn ich konnte mir ja denken, daß ein Geschäft damit zu machen wäre. Sehr scharf bin ich darauf ausgewesen, aber nichts zu machen, sie sind mir nicht unter die Hände gekommen, sowenig wie die dazugehörigen zehntausend Mark in purem Gold. Wäre heute eine hübsche runde Sache, zehntausend Mark in Gold.«

Arnold sah ihn scharf an.

»Aha, Sie kennen die Schmucksachen?«

»Nur die Zeichnungen, Herr Kriminalrat, nur die Zeichnungen, die ja herumgeschickt wurden zur Warnung. Die Schmuckstücke selbst sind mir nicht in die Hände gekommen. Auch den anderen Kollegen von mir nicht, sosehr wir darauf gespitzt haben. Unsereiner ist doch darauf aus, Geschäfte zu machen, da brauche ich Ihnen ja nichts zu erzählen. Aber mein Wort darauf, die Sachen sind hier in Deutschland nicht verkauft worden. Sie können sich alle dahin gehende Mühe sparen, Herr Kriminalrat. Wären die Sachen aufzufinden, noch heute würde ich sie zur Stelle schaffen, um ein Geschäft zu machen und Ihnen einen Gefallen zu tun. In diesem Falle könnte ich es ja ohne Bedenken, die Sache ist verjährt, nicht wahr! Aber die Sachen muß der, dem sie in die Hände gefallen sind, mit ins Ausland genommen haben. Er ist ja damals in aller Eile davon. Also wenn Sie Erfolg haben wollen, dann nur im Ausland; ich denke da drüben in Buenos Aires oder in New York, da könnten Sie Glück haben. Vielleicht aber auch in Amsterdam, das ist meine aufrichtige Meinung.«

Arnold wußte ganz genau, heute und in diesem Fall sagte der Mann die Wahrheit. Er wußte auch, daß er sich nun weitere Mühe bei den gewerbsmäßigen Hehlern sparen konnte. Er ging zwar, nachdem er sich entfernt hatte, gewissenhaft noch zu jedem von ihnen, aber ohne jedes Ergebnis.

Er nahm unterwegs in irgendeiner kleinen Kneipe flüchtig einen Imbiß ein, wie er es gewohnt war. Seine Hauptmahlzeit genoß er immer erst am Abend. Und er hatte reichlich bis zum Abend zu tun, um die ganzen Hehlernester abzuklopfen.

VI

Rudolf hatte etwa die Hälfte der ihm gebrachten Zeitungen durchgesehen, als es für ihn Zeit war, sich fertigzumachen, damit er pünktlich mit Lissa am Alsterpavillon zusammentreffen konnte. Er mußte wieder feststellen, wie sehnsuchtsvoll er dieser Begegnung entgegeneilte. Und auch Lissa war pünktlich und kam ihm lächelnd und mit leicht geröteten Wangen entgegen.

Man merkte ihr die schlechte Nacht nicht an. Sie sah blühend jung und frisch aus.

Er konnte es auch nicht unterlassen, ihr zu sagen, daß sie sehr gut aussehe.

»Um so schlechter war die Nacht«, erwiderte sie und erzählte ihm von dem schlimmen Anfall der Frau Wendhausen.

»Oh, dann sollten Sie heute abend lieber Ruhe haben. Es ist so schön warm, daß wir irgendwo im Freien sitzen und eine Erfrischung zu uns nehmen können.«

Aber sie schüttelte lächelnd den Kopf.

»Wenn es Ihnen recht ist, laufen wir lieber, ich freue mich darauf. Oder sind Sie müde?«

»Nein, ganz gewiß nicht, ich habe den ganzen Tag in meinem Hotelzimmer gesessen und Zeitungen gelesen.«

Schelmisch sah sie zu ihm auf.

»Zeitunglesen verdirbt den Charakter«, neckte sie.

»Vielleicht haben Sie recht, aber es mußte sein. Was macht Ihre Arbeit?«

»Sie geht gut voran. Gestern abend habe ich noch einen flüchtigen Entwurf gezeichnet. Heute habe ich mir schon ein neues Motiv gesucht, ich denke, das kann auch gut werden.«

»Ich bin überzeugt davon.«

Mit nachdenklichen Augen sah sie zu ihm auf.

»Sie haben immer so etwas Unentwegtes an sich«, neckte sie.

»Jaja, und wenn ich eines Tages eine Frau finde, die mir so gefällt, daß ich sie zu meiner Frau machen möchte, dann hilft ihr alles Wehren nicht, sie muß mir gehören.«

Und dabei sah er Lissa so voll flammender Bewunderung an, daß sie bis ins Herz hinein erschrak. Warum sah er sie so an?

Aber dann sagte sie sich, daß er wohl nur vom Augenblick hingerissen gewesen sei. Sie dachte dabei, wie glücklich die Frau sein müsse, die er so mit ganzer Inbrunst an seine Seite stellen würde.

Gleich darauf hielt sie sich aber ganz im stillen eine kleine Strafpredigt. Wohin sollte das führen, wenn sie solchen Gedanken nachhing. Sie schwatzte munter drauflos, um ihre Befangenheit zu verbergen. Er ging darauf ein, und sie steigerten sich in einen Übermut hinein, der zwischen ihnen noch nicht laut geworden war. Er fand aber, daß die übermütige Lissa Bernd fast noch reizender sei als die ernste. Oder war die ernste noch liebenswerter? Darüber wurde er so bald nicht klar, und es lockte ihn, sie abwechselnd ernst und heiter zu stimmen, und das gelang ihm so gut, daß er doch nicht zur Klarheit kam, ob sie ihm ernst oder übermütig besser gefiel.

Leider war die Stunde gar zu bald um, aber heute tröstete er sich mit dem Gedanken, daß morgen Sonntag sei. Morgen würde er sie schon um sechs Uhr treffen, zwei Stunden mit ihr spazierengehen und dann noch zwei Stunden mit ihr speisen und sich unterhalten.

Sie besprachen noch, wo sie sich treffen wollten, und er fragte sie, wo sie speisen möchte. Sie behauptete, das sei ihr nicht so wichtig, sie überlasse es ihm. Er meinte, daß er heute mittag bei Schümann gespeist habe und es dort für den Abend sehr nett finden würde. Lissa war einverstanden.

Und dann trennten sie sich. Heute hatte er ihr einige Zweige Flieder mitgebracht, große dunkle Dolden, die schwer und duftend an ihren Stengeln hingen. Sie hatte ein wenig gezankt und mahnte ihn, daß er, wenn er ihr schon Blumen bringen wollte, bescheidenere Sträußchen wählen müsse. Er hatte erstaunte Augen gemacht.

»Noch bescheidener?«

»Ja, viel bescheidener.«

»Das wird sehr schwierig sein.«

Sie sah ihn aber sehr ernst an.

»Dann bringen Sie lieber gar keine Blumen mit. Sie könnten mich damit meiner Wirtin gegenüber nur in Verlegenheit bringen.«

Erschrocken sah er sie an.

»Oh, das will ich natürlich nicht. Bitte, werfen Sie dann die Blumen lieber fort.«

Sie sog den Duft der Blumen ein.

»Das wäre schade. Heute mag es noch einmal so hingehen, aber es muß das letztemal sein.«

Er verneigte sich artig.

»Ich darf mir natürlich auf keinen Fall Ihr Mißfallen zuziehen, Sie waren eben sehr streng zu mir.«

»Das müssen Sie doch verstehen.«

»Ja, ich verstehe es, und Sie haben recht. Aber, es ist schade, daß ich Ihnen nicht täglich einen ganzen Arm voll Blumen bringen darf. Es paßt so gut zu Ihnen.«

Sie hatte schnell ein anderes Thema aufgenommen, und gehorsam war er darauf eingegangen.

Am nächsten Morgen erledigte Rudolf Sehring erst die Durchsicht der Zeitungen und war noch damit beschäftigt, als Arnold bei ihm vorsprach.

»Wie weit sind Sie mit Ihrer Arbeit gekommen, Herr Sehring?«

Rudolf zeigte auf den Stoß der erledigten Zeitungen.

»Da haben Sie alles, was ich fertig habe. Im Anfang hatte ich Glück und fand verschiedene Artikel, die ich Ihnen angestrichen habe. Aber heute lese ich schon den ganzen Vormittag, ohne die geringste Bemerkung zu finden. Doch habe ich in einer der Zeitungen eine Abbildung der Schmuckstücke gesehen, die damals mit verschwunden waren.«

»Diese Abbildung wird nicht so deutlich sein wie die Skizzen, die ich hier darüber habe.«

Und Arnold legte Rudolf die Skizzen vor. Rudolf suchte die Abbildung in der Zeitung hervor, und es stellte sich wirklich heraus, daß sie ziemlich undeutlich und verwischt war. Arnolds mitgebrachte Skizzen waren bedeutend klarer und deutlicher.

»Wie sind Sie dazu gekommen?«

»Ich habe sie mir von Herrn Hartwig verschafft, der Sie übrigens grüßen und Ihnen guten Erfolg wünschen läßt. Er hat mir bereitwillig Auskunft gegeben.«

»Hat Ihnen diese etwas genützt?«

Arnold sprach nicht gern von seinen Erfolgen, solange ein Fall noch nicht geklärt war. Er sagte daher nur:

»Jede Auskunft kann nützen, wenn man sie richtig betrachtet. Aber vorläufig hat es keinen Zweck, Sie in meine Vermutungen einzuweihen. Ich bin auch nur gekommen, um mir die Zeitungen zu holen.«

Und er barg diese, soweit sie Rudolf durchgesehen hatte, in seiner Aktenmappe. Dabei sagte er noch:

»Wenn Sie bei der weiteren Durchsicht der Zeitungen zufällig auf einen Bericht über einen Betrunkenen stoßen, der über die Kaimauer in den Hafen gestürzt ist, dann merken Sie mir auch diesen rot an, ich habe dafür vielleicht Verwendung.«

Rudolf sah ihn forschend an, sagte aber dann ruhig:

»Ich werde nicht weiter fragen, bis Sie mir freiwillig mehr berichten.«

»Das ist sehr klug von Ihnen.«

»Kann ich denn nichts weiter helfen in dieser Angelegenheit?«

»Vorläufig nicht, ich danke Ihnen. Oder doch? Wenn Sie diese Skizzen an sich nehmen wollen und in jedem Juwelierladen, an dem Sie vorüberkommen, nachfragen würden, ob eines dieser Stücke im Verlauf von dreißig Jahren zum Verkauf angeboten worden ist, das würde mir wieder eine zeitraubende Arbeit ersparen.«

»Natürlich tue ich das, Herr Arnold. Ich bin doch froh, wenn ich selbst etwas dazu tun kann, die Sache aufzuklären.«

Arnold wußte ganz genau, daß er Rudolf mit diesem Auftrag einen Gefallen erweisen würde. Zwar glaubte er nicht, daß dieser Erfolg haben würde, aber bei der Schwierigkeit der Angelegenheit durfte man keine Möglichkeit außer acht lassen.

Da heute Sonntag war und wahrscheinlich nichts zu unternehmen sein würde, was die Sache fördern konnte, nahm Arnold Rudolfs Einladung an, mit ihm zu Mittag zu speisen. Bis dahin war noch eine gute Stunde Zeit, und Arnold nahm unter der Bedingung an, daß er gleich hier in Rudolfs Zimmer die angestrichenen Artikel durchsehen könne. Das bewilligte Rudolf sehr gern, er wollte selbst inzwischen noch den letzten Rest der Zeitungen durchsehen.

Arnold sah aus den Berichten, daß sie ihm jetzt, nach seinen Erkundungen, nichts Neues brachten. Rudolf aber fand in dem Rest der Zeitungen wirklich unter »Unglücksfällen« die Nachricht, daß ein Herr Wendhausen in der Dunkelheit über die Kaimauer in den Hafen gestürzt war.

Bei dieser Nachricht war, wie der Detektiv gehofft hatte, auch die Wohnung des Verunglückten angegeben und der Umstand, daß er eine Frau hinterlasse.

Diese Wohnung vermerkte sich der Detektiv und nahm sich vor, gleich morgen früh das bewußte Haus aufzusuchen und sich zu erkundigen, wo sich jetzt die Witwe Wendhausens befand.

Die Zeitungen wurden nun wieder in die Aktenmappe des Detektivs eingepackt.

Dann begaben sich die beiden Herren in den Speisesaal des Hotels, wo sie zusammen ihre Mahlzeit einnehmen wollten. Sie unterhielten sich dabei sehr angeregt, berührten aber beide die Angelegenheit, die ihnen am Herzen lag, nicht. Rudolf wollte nicht drängen um Aufschlüsse, die Arnold nach so kurzer Zeit wahrscheinlich doch nicht geben konnte, und Arnold war immer schweigsam über Fälle, die er noch nicht klar übersehen konnte.

Als er sich die Adresse des verunglückten Wendhausen vermerkt hatte, sah ihn Rudolf freilich etwas fragend an, aber Arnold meinte lächelnd: »Verzeihen Sie, wenn ich Sie damit behelligt habe, aber ich hätte sonst Zeit darauf verwenden müssen, die ich nun für Ihre Sache verwerten kann.«

Die Herren streiften bei Tisch nur fernliegende Dinge, und da sie beide kluge, wohlunterrichtete Männer waren, fehlte es ihnen nicht an Stoff. Es wurden auch einige gerade vorliegende Kriminalfälle besprochen, die in den Zeitungen standen, und Arnold berichtete einzelne besonders fesselnde Fälle aus seiner Tätigkeit.

Er war schon seit zwölf Jahren Privatdetektiv, und Rudolf erfuhr jetzt, daß Arnold früher Offizier gewesen war und nach dem Krieg wie so viele seinen Abschied hatte nehmen müssen. Er war als ganz junger Leutnant an die Front gekommen. Bis zum Major war er befördert worden, aber was hatte ihm das geholfen? Nach Kriegsschluß war er heimgekommen, mitten in die Revolution hinein, und hatte alle Bitterkeiten einer schimpflichen Zeit mit durchgemacht. Ein Zufall, oder vielmehr die Not hatte ihn veranlaßt, nach vielen Fehlschlägen eine Anstellung als Privatdetektiv bei einem Auskunftsbüro anzunehmen.

Zuerst hatte er nur kleine Fälle überwiesen bekommen, die ihn mehr oder minder unangenehm berührten, denn für einen Mann seiner Art war es ziemlich widerlich, ungetreue Ehefrauen oder Ehemänner zu bewachen oder ähnliche Dinge zu erledigen. Aber dabei hatte er sich doch an seinen neuen Beruf gewöhnt.

Dann hatte er einige besonders interessante Fälle bekommen und sich dem Kriminaldienst zu ernsteren Aufgaben zur Verfügung gestellt. Er war jetzt schon lange selbständig, und man rief ihn oft, um besonders verwikkelte Fälle aufzuklären.

Als Rudolf ihn fragte, ob er Freude an seinem Beruf habe, lächelte Arnold ein wenig bitter:

»Offen gestanden finde ich selten große Befriedigung daran, wenn ich auch ganz gute Erfolge hatte. Aber im Grunde liegt mir die Sache nicht recht. Ich war von Haus aus Sohn eines Gutsbesitzers, und mein Ziel war, nach meiner Ausbildung als Offizier einige Jahre dem Vaterland zu dienen und dann später, wenn mein Vater arbeitsmüde werden würde, selber sein Gut zu bewirtschaften. Ich war sozusagen mit Leib und Seele Landwirt, wenn ich auch neben dem Vater nicht arbeiten wollte, weil unser Gut dazu zu klein war. Aber während der Kriegszeit kam mein Vater noch mehr als bis dahin in allerlei Nöte und Schwierigkeiten. Es war ja damals auch für Landwirte eine schlimme Zeit. Kurz vor Kriegsschluß kam sein Gut unter den Hammer, er erhielt nach Befriedigung der Hypothekengläubiger eine kleine Summe ausgezahlt. Diese zerrann wie so manches kleine und große Vermögen in der Inflation im Sande, und schließlich war ich froh, daß ich meine Anstellung als Detektiv bekam, auch meines Vaters wegen, den ich unterstützen mußte. Das ertrug er freilich nicht lange. Daß er von mir abhängig war, nahm ihm jeden Lebenswillen. Wie gern hätte ich weiter für ihn gesorgt. Jetzt könnte ich ihm ja ein gutes Leben schaffen, aber – glücklich wäre er trotzdem nicht geworden. Es bedrückte ihn zu sehr, seinem Sohn, wie er meinte, zur Last zu fallen.«

Rudolf nickte. »Das kann ich nur zu gut verstehen. Und da wir gerade bei solchen Bekenntnissen sind, haben Sie Familie? Ich meine, Frau und Kinder?«

Arnold lachte bitter vor sich hin.

»Nein, ich stehe ganz allein im Leben. Einmal wäre es fast dazu gekommen, daß ich mich verheiratet hätte, aber die junge Dame, die ich gern an meine Seite gestellt hätte, fand meinen Beruf nicht anziehend genug, als sie von ihm erfuhr. Sie kannte mich nur als ehemaligen Offizier, ich hatte ihr verschwiegen, daß ich Detektiv geworden war, bis ich um ihre Hand anhielt. Da schrak sie zurück. Wer weiß, was sie sich darunter vorgestellt hat, vielleicht meinte sie, daß ich in zu naher Beziehung mit der Verbrecherwelt stehe. Und dann bekam ich durch ihren Vater ein kurzes Nein. Schluß! Es hat mich damals stark mitgenommen. Aber jedenfalls habe ich von der Zeit an alle Heiratsgedanken aufgegeben. Und so bin ich Mitte Vierzig geworden – zu alt zum Heiraten.«

»Oh, das ist doch für einen Mann das beste Alter zum Heiraten.«

»Aber nicht in meinem Beruf. Wenn ich meinen Lebenstraum hätte erfüllen und Landwirt werden können, dann hätte ich wohl auch in diesem Alter noch den Mut, ein anderes Leben an das meine zu binden. So sonderbar es klingt, ich habe keinen anderen Wunsch, als Frau und Kinder zu haben und mit ihnen auf einem wenn auch noch so bescheidenen Gut zu leben.«

Rudolf sah ihn nachdenklich an.

»Müßte es denn ein eigenes Gut sein? Könnten Sie nicht Ihre landwirtschaftlichen Kenntnisse auf einem Gut ausüben, das einem andern gehörte?«

Arnold lachte wieder bitter auf.

»Mein lieber Herr Sehring, Sie ahnen wohl nicht, wie selten solche Stellungen sind. Es müßte in meinem Fall doch eine Stellung sein, die Frau und Kinder mit ernähren könnte. Denn wenn ich in meinem Alter noch umsatteln sollte, würde ich es nur tun, wenn ich eine Familie dabei gründen könnte. Es würde sich also nur um eine Stellung auf einem ziemlich großen Gut handeln, und dafür gibt es Bewerber in Hülle und Fülle.«

Wieder sah ihn Rudolf nachdenklich an. Dann sagte er bedachtsam:

»Wissen Sie, daß ich die Absicht habe, nicht wieder nach Amerika zurückzugehen, sondern mich in Deutschland anzukaufen?«

Arnold stutzte und sah ihn forschend an.

»Nein, das wußte ich nicht.«

»Ich bin mir wohl auch jetzt erst ganz klar darüber geworden. Also hören Sie zu: Wenn wir unsere Angelegenheit hier erledigt haben, dann bitte ich Sie, mich auf einer Fahrt durch Deutschlands Gaue zu begleiten. Sie gefallen mir, sehr sogar; Sie haben etwas sehr Zuverlässiges, Vertrauenerweckendes. Und ich verstehe nicht viel von Landwirtschaft. Ich müßte einen tüchtigen Landwirt haben, der meine Besitzung gut verwalten würde. Vielleicht könnten Sie sich dazu entschließen, dieser Verwalter zu sein?«

Arnold fuhr sich über die Stirn.

»Da erweisen Sie mir ein sehr großes Vertrauen, mein lieber Herr Sehring. Aber diese augenblickliche Aufwallung Ihres guten Herzens will ich nicht wahrnehmen, um mir einen Wunsch zu erfüllen. Bedenken Sie, daß ich jahrelang der Scholle fremd geblieben bin. Sie könnten sicher tüchtigere Beamte bekommen, die Ihnen mehr nützen können.«

Vielleicht, aber ob mir einer unter ihnen so sympathisch wäre, wie Sie? Würden Sie sich nicht zutrauen, sich schnell wieder einzuarbeiten?«

»Das wohl! In zwei, drei Monaten wäre ich wieder auf der Höhe.«

»Nun also? Und würde Ihnen so ein Posten nicht genügen? Oder verdienen Sie als Detektiv mehr?«

»Reichtümer habe ich mir in meinem jetzigen Beruf nicht erworben, ich verdiene gut, aber ich brauche auch viel. Übrig bleibt leider wenig. So viel jedenfalls nie, daß ich mir selbst ein Gut kaufen könnte. Und selbst, wenn ich jetzt mehr verdiene, es ist eben nicht das, was ich mir vom Leben wünsche. Landwirt sein, selbst auf dem Grund und Boden eines anderen, ja – das würde mich befriedigen. Und ich würde auch mein Bestes tun.«

»Das weiß ich! Wir würden zusammen arbeiten und schaffen, ich unter Ihrer Leitung, denn auf der faulen Haut will ich auch nicht liegen. Und ein großes Gut will ich mir schon kaufen, dann habe ich doch was von meinem Reichtum. Wie denken Sie darüber?«

Arnold winkte ab.

»Wir wollen jetzt nicht mehr davon sprechen, lassen Sie das erst in sich reifen. Es fällt mir gar nicht ein, Sie auf dieses Anerbieten festzunageln, obwohl es mich lockt, gerade mit Ihnen zu arbeiten! Aber wie gesagt: noch nicht darüber reden. Jetzt wollen wir erst sehen, ob ich Ihre Aufgabe lösen kann. Mit Ihnen durch Deutschland reisen und Güter ansehen, die zum Verkauf stehen? O ja, das werde ich gerne tun. Und manchen guten Rat könnte ich Ihnen schon geben, das weiß ich. Aber darüber hinaus wollen wir uns noch nicht binden; wir werden uns ja inzwischen noch besser kennenlernen, und gute Saat will ausreifen.«

Rudolf reichte ihm die Hand.

»Gut! Wir wollen sie reifen lassen. Daß Sie mir Zeit lassen wollen, obwohl es Sie lockt, sofort zuzusagen, das zeigt mir von neuem Ihre Vertrauenswürdigkeit. Also jetzt erst meines Vaters Ehre reinwaschen, wenn es geht. Eher will ich ja auch gar nicht an meine eigene Sache denken.«

Sie sprachen noch mancherlei zusammen, ehe sie sich trennten.

Rudolf hatte bei Schümann in einem der kleinen Zimmer einen Tisch für sich und Lissa belegen lassen. Punkt sechs Uhr stand er, mit einigen wundervollen Rosen in der Hand, bereit, um auf Lissa zu warten. Als er mit Lissa zusammentraf und ihr die Blumen überreichte, sah sie ihn fast erschrocken an.

»Das ist aber doch gegen die Abrede, Herr Sehring, so kostbare Rosen dürfen Sie mir wirklich nicht mehr bringen.«

»Sie sind doch nicht kostbar, und es sind nur fünf Stück, ich habe mich doch schon so weise beschränkt.«

Sie schüttelte den Kopf mit einem vorwurfsvollen Blick und sagte dann bestimmt:

»Ich will Ihnen etwas sagen: Blumen, die mehr als fünfzig Pfennig kosten, werde ich in Zukunft nicht mehr annehmen. An einem Blumenstrauß für fünfzig Pfennig werde ich mich sehr freuen, aber teurer darf er nicht sein.«

Er seufzte.

»Sie gönnen mir aber auch nicht die kleinste Freude, das ist sehr grausam.«

»Aber Sie kennen doch meine Gründe. Meine Wirtin soll nicht ahnen, daß ich mir Blumen von einem fremden Herrn schenken lasse.«

»Von einem fremden Herrn? Bin ich Ihnen das noch immer?«

Sie mußte ein wenig lachen.

»Mir ja nicht, aber meiner Wirtin. Sie würde sich sehr um mich sorgen, wüßte sie, daß ich so oft mit Ihnen zusammentreffe und mir von Ihnen Blumen schenken lasse.«

»Aber so werfen Sie doch die Blumen fort, wenn Sie sich ein Weilchen daran gefreut haben.«

Sie sah auf die Blumen herab.

»Es wäre so schade darum.«

Immerhin freute er sich, daß es ihr schade erschien, Blumen, die er ihr geschenkt hatte, fortzuwerfen.

Bittend sah er sie an.

»Es ist doch heute Sonntag, da dürfen Sie mich nicht schelten. Begreifen Sie denn nicht, daß ich Ihnen gern irgendeine kleine Freude machen möchte, sooft ich Sie sehe? Aber alles, was ich tun möchte, darf ich nicht. Das ist sehr traurig.«

»Sie machen mir doch schon täglich eine Freude damit, daß wir uns sehen. Mehr braucht es wirklich nicht.«

»Also macht es Ihnen wirklich ein wenig Freude, mit mir zusammenzutreffen?«

Sie nickte ernsthaft.

»Sie sind doch mein einziger Freund«, sagte sie schlicht.

Forschend und unruhig sah er sie an.

»Und sonst steht Ihnen niemand nahe? Kein anderer Mensch?«

»Außer meiner alten Wirtin, die sich meiner sehr mütterlich annimmt, nicht.«

Er atmete auf.

»Das macht mich froh!«

Sie wurde ein wenig rot.

»Warum macht es Sie froh, daß ich so einsam im Leben stehe?«

»Weil ich dann doch in Ihren Augen im Wert steigen muß. Begreifen Sie das nicht, Lissa?«

Nun wurde sie noch viel röter, und das freute ihn sehr.

»Ich kann mir gar nicht denken, daß Ihnen die Freundschaft eines armen, unbedeutenden Mädchens so viel wert ist.«

»Arm? Nun ja, das sind Sie wohl. Aber unbedeutend? Nein, das sind Sie gewiß nicht. Für mich sind Sie sogar sehr bedeutungsvoll. Aber nun – wo gehen wir heute hin, ehe ich Sie zu Schümann führe?«

»Wollen wir einmal zum Hafen hinuntergehen und ein Stück mit einem der kleinen Hafendampfer fahren?«

»Gern, aber bis zum Hafen fahren wir in einem Auto, sonst geht zu viel Zeit verloren, bis wir dahin kommen.«

Sie war einverstanden, und er rief ein Auto an, das eben vorüberfuhr. Artig half er ihr beim Einsteigen. Und er freute sich ihres blühenden Aussehens. Sie trug wieder ein schlichtes lichtes Kleid und einen kleinen Hut, der sie entzückend kleidete und unter dem einige ihrer goldbraunen Locken hervorquollen. Ganz reizend sah sie aus und dabei damenhaft und vornehm. Sie gefiel ihm mit jedem Mal besser und wuchs ihm immer mehr ans Herz.

An der Landungshalle lag gerade einer der Dampfer zur Abfahrt bereit. Schnell erreichten sie ihn noch und fanden am hinteren Ende ein hübsches, behagliches Plätzchen, wo sie so gut wie allein waren. So konnten sie ungestört plaudern von allem, was ihnen gerade einfiel. Nur verging die Zeit dabei viel zu schnell, was Rudolf durch verschiedene Blicke auf seine Uhr feststellte.

»Ich weiß nicht, die Zeit in Ihrer Gesellschaft vergeht immer zehnmal so schnell als die, in der ich allein bin.«

Sie sah ihn schelmisch an.

»Mir scheint, Ihnen fehlt Ihre Arbeit, Sie langweilen sich in Hamburg.«

»Doch nicht, ich habe allerlei zu tun. Sie wissen, ich habe hier eine Aufgabe zu erfüllen, und das beschäftigt mich immerhin. Aber – schön vergeht mir die Zeit nur in Ihrer Gesellschaft.«

Sie sah ihn mit einem ernsten, weichen Blick an, der ihm das Herz warm machte.

»Es ist doch auch wunderschön, daß wir uns zusammenfanden.«

»Ja? Ihnen erscheint es auch wunderschön?«

»Gewiß, und wenn Sie eines Tages wieder so schnell aus meinem Leben verschwunden sind, wie Sie darin auftauchten, werde ich Sie sehr vermissen.«

»Oh, was für ein liebes Sonntagsgeschenk, daß Sie mir das sagen. Aber ich – nein, ich werde ganz sicher nie mehr aus Ihrem Leben verschwinden.«

Sie wurde ein wenig blaß.

»Eines Tages werden Sie doch wieder nach drüben gehen.«

Abwehrend schüttelte er den Kopf. »Sie meinen nach Amerika?«

»Ja!«

»Nein, dahin gehe ich nicht mehr zurück, wenigstens nicht auf die Dauer. Ich habe andere Pläne, für die ich mich heute vormittag fest entschlossen habe. Wenn ich meine Aufgabe hier erfüllt habe, dann kaufe ich mich in Deutschland an. Ich werde schon ein schönes großes Landgut in hübscher landschaftlicher Umgebung finden. Sobald es angeht, werde ich ganz Deutschland bereisen, um mir das schönste Fleckchen auszusuchen. Da gehe ich dann vor Anker.«

Mit einem schmerzlichen Ausdruck sah sie ins Weite.

»Ich will Ihnen wünschen, daß Sie etwas sehr Schönes finden, wo Sie sich heimisch fühlen können. Aber – dann werde ich Sie nicht mehr sehen und sprechen können.«

Ehe er antworten konnte, legte der Dampfer an, und sie mußten umsteigen. Sie kamen in das Gewoge der Menschenmenge, die gleichfalls mitfahren wollte. Endlich waren sie dann auf dem andern Dampfer, der aber so besetzt war, daß sie sich unbelauscht nicht mehr unterhalten konnten. Rudolf war das im Augenblick lieb, weil er auf Lissas Worte doch nicht so antworten konnte, wie es ihm sein Herz eingab. Er wollte ihr nicht vorschnell verraten, daß seine Gefühle für sie sich sehr gewandelt hatten, daß er durchaus nicht mehr in nur freundschaftlicher Weise an sie dachte. Er war überzeugt, sie gehörte nicht zu den Mädchen, die man flüchtig kennenlernt, flüchtig in einen Flirt verstrickt und flüchtig erobern kann. Das brauchte Zeit. Und er wollte nichts verderben durch ein vorzeitiges Werben um ihre Gunst.

So gedachte er auf diese Frage, die sie zuletzt beschäftigt hatte, zunächst nicht mehr einzugehen.

Als sie den Dampfer verließen, bat er sie wieder, im

Auto mit ihm zu Schümann zu fahren, damit sie pünktlich ihren Tisch einnehmen könnten. Als sie in dem offenen Wagen nebeneinandersaßen, sagte er:

»Es ist jammervoll, wie schnell so eine Stunde herum ist. Nun habe ich Ihre Gesellschaft nur noch einige Stunden lang. Irgendwie müßte man mit einem Druck alle Uhren der Welt zum Stillstand bringen können, wenn einem das gerade wichtig wäre.«

Sie lachte.

»Dann würden Sie ja eine heillose Verwirrung anrichten, Herr Sehring. Bedenken Sie nur, daß Sonne, Mond und Sterne sich nicht in so eine Verschleppung der Zeit fügen würden.«

Er lachte auch.

»Man müßte ein Abkommen mit diesen treffen.«

»Dann warten Sie, bis man eine Verbindung mit den Gestirnen hergestellt hat. Aber nun sehen Sie meine schönen Rosen an, sie beginnen schon, die Köpfe hängen zu lassen.«

»Wir werden sie bei Schümann in eine Vase mit Wasser stellen lassen, dann erholen sie sich.«

Bald waren sie vor Schümanns Weinhaus angekommen, das dem Alsterpavillon gegenüber am Jungfernstieg lag. Rudolf half Lissa beim Aussteigen. Es ging wie ein leises Beben durch die beiden Menschen, als sie sich dabei fest bei den Händen hielten.

Der bestellte Tisch war auch mit Rosen geschmückt, das hatte Rudolf gewünscht, was Lissa nicht ahnte. Ihre eigenen Rosen wurden nun dazugestellt, und dann sagte Rudolf dem Kellner, was er zu bringen hatte. Er vermied es absichtlich, besonders ausgefallene Delikatessen zu bestellen, aber er sorgte doch für eine erlesene Speisenfolge.

Sie waren nun schnell wieder in eine angeregte Unterhaltung vertieft, und Rudolf berichtete von seiner Bekanntschaft mit dem Detektiv Arnold, den er beauftragt habe, ihm bei der Erfüllung seiner Aufgabe zu helfen. Auf diese

Aufgabe kam er nicht weiter zu sprechen, er erzählte nur, wie sympathisch ihm Arnold sei und was er von dessen Vergangenheit gehört habe. Er sprach auch davon, daß Arnold vielleicht eines Tages mit ihm auf sein Gut übersiedeln würde, wenn er erst eines gekauft hätte. Lissa dachte bei sich, wie beneidenswert dieser Herr Arnold sei. Aber das sprach sie nicht aus. Absichtlich rührte sie nicht mehr daran, daß es ihr schmerzlich sein würde, wenn Rudolf Hamburg wieder verließe.

Auch in Lissas Herzen wandelte sich langsam die Freundschaft in ein anderes, wärmeres Gefühl, aber während Rudolf sich das sehr wohl eingestand, wehrte sie sich dagegen, es zu tun. Sie wollte um keinen Preis zugeben, daß ihr Herz mit dieser »Freundschaft« schon nicht mehr ganz zufrieden war. Was hätte das auch für einen Zweck gehabt? Eines Tages, vielleicht sehr bald, würde er doch, trotz seiner Erklärung, wieder aus ihrem Leben verschwinden. Aber wie in einer heimlichen Angst schob sie diesen Gedanken fort. Nur noch nicht daran denken. Sie wollte sich freuen an jeder Stunde, jeder Minute, die sie mit ihm zusammen sein, sich wohlgeborgen seinem ritterlichen Schutz anvertrauen konnte. War es damit eines Tages zu Ende, dann wollte sie noch lange beglückt an der Erinnerung zehren. Eines erschien ihr gewiß, daß sie jetzt den Glanzpunkt ihres Lebens erreicht hatte, daß sie nie mehr Schöneres und Herrlicheres erleben würde, als diese Stunden des Beisammenseins mit dem Mann, der ihr Leben gerettet, der ihr gezeigt hatte, daß es noch Männer gab, in deren Schutz eine Frau geborgen und gut aufgehoben war. Daß ihr Rudolf so gern auch gesagt hätte, daß er sich sein Gut nicht ohne eine Herrin denken könne, und daß diese Herrin in seinen Träumen ganz genauso aussehen würde wie Lissa, das ahnte sie natürlich nicht. Solch märchenhafte Vorstellungen machte sich eine Lissa Bernd nicht, die gewohnt war, fest auf eigenen Füßen zu stehen und nicht in Märchenträume unterzutauchen.

Die Stunden ihres Zusammenseins mit Rudolf vergingen ihr leider ebenso rasch wie ihm.

Und Rudolf sagte, als er neben ihr den langen Gang zwischen den Weinstuben dahinschritt:

»Wenn man jetzt nicht die Hoffnung auf den nächsten Sonntag hätte und auf die kleinen, nur einstundenlangen Lichtblicke jeden Abend, dann könnte man wirklich trübsinnig werden.«

Sie mußte trotz ihres eigenen Bedauerns lachen.

»Ich hoffe, daß Sie keine Anlagen zum Trübsinn haben, Herr Sehring, eben waren Sie doch noch ganz munter.«

»Und bei Ihnen entdecke ich eben eine leichte Neigung zur Herzlosigkeit«, sagte er vorwurfsvoll.

Sie seufzte ein wenig.

»Wenn ich dazu nur mehr Talent hätte.«

»Also ist es Ihnen auch ein bißchen schmerzlich, daß wir uns nach diesen schönen Stunden schon wieder trennen müssen.«

»Was hilft es, Herr Sehring, die schönen Stunden im Leben sind immer dünn gesät.«

»Könnte man das nicht mit einigem gutem Willen abstellen?«

Ernst und groß sah sie ihn an.

»Nein – leider nicht!«

»Gottlob, daß Sie nur wenigstens ›leider‹ dazu sagen, sonst würden Sie mich ganz trostlos machen.«

Sie traten auf die Straße hinaus. Drüben im Alsterpavillon war buntes, lebhaftes Treiben. Helles Licht fiel von dort aus über den Jungfernstieg. Rudolf und Lissa sahen hinüber, gingen aber ruhig weiter in den dunkleren Teil der Straße.

Dort verabschiedeten sie sich, wie immer, mit einem warmen Händedruck. Lissa hielt in der anderen Hand ihre Rosen, die sich wieder erholt hatten, und sie nahm sich vor, sie in ihr Schlafzimmer zu stellen. Da würden sie von Frau Wendhausen nicht gesehen werden. Und heute abend war sie wohl schon zur Ruhe gegangen.

»Also morgen abend um sieben Uhr hier an dieser Stelle«, sagte Rudolf.

Sie nickte ihm zu.

»Ich werde pünktlich sein.«

»Und – vielen lieben Dank für Ihre Gesellschaft heute abend.«

»Sie haben mir nicht so viel zu danken wie ich Ihnen«, erwiderte sie mit einem leisen Lächeln.

Und dieses Lächeln, in dem ein eigener, etwas schwermütiger Ernst lag, begleitete Rudolf, er kam nicht los davon.

VII

Gerade um diese Zeit hatte der Detektiv Heinz Arnold ein seltsames und interessantes Abenteuer. Er war an viel Bewegung in frischer Luft gewöhnt, und nach seinem einsamen Abendessen, das ihm seine alte Haushälterin vorgesetzt hatte, wieder ausgegangen, um sich vor dem Schlafengehen noch einmal gründlich auszulaufen.

Er bummelte zum Hafen hinunter und rauchte mit Behagen seine kurze Shagpfeife, ohne die er nicht auskommen konnte. In der Nähe des Hafens durchstreifte er nicht etwa die hellen bewegten Wege desselben, sondern ging mit wachen, scharfen Augen durch die dunklen, abgelegenen Teile. Hier war es um diese Zeit still und einsam. Am Tag gab es hier regen Frachtverkehr. Jetzt lagen die Frachtgüter alle verstaut, und die ganze Gegend erschien, zumal es Sonntagabend war, wie ausgestorben.

Zwischen den Güterschuppen führten ab und zu schmale Pfade zum Hafen hinunter, und dort waren Laternen angebracht, damit nicht jemand aus Versehen in dem Hafenwasser ein unfreiwilliges Bad nehme. Als Heinz Arnold gerade wieder an so einen Gang herankam, sah er plötzlich eine weibliche Gestalt, die in ein graues Tuch gehüllt war, im flüchtigen Lauf aus der Dunkelheit auftauchen und an dem hellen Licht vorübereilen, den schmalen Weg zum Hafenwasser hinunter.

Heinz Arnold war sofort hellwach und rannte gleich darauf in langen lautlosen Sätzen ebenfalls in den schmalen, mäßig beleuchteten Gang hinein. Und da sah er gerade noch, wie das weibliche Wesen das graue Tuch abwarf und mit einem leisen Aufschrei in das gurgelnde Wasser sprang.

Heinz Arnold zögerte keinen Augenblick. Er warf seinen Rock auf das graue Tuch, legte schnell seine Pfeife daneben und sprang der Lebensmüden nach in das dunkle Hafenwasser.

Es dauerte nur einige Sekunden, da hatte er das Kleid der Frau schon in den Händen, zog sie mit sich aus dem Wasser und hob sie empor, sie oben auf der Böschung neben die abgelegten Kleidungsstücke legend.

Die Lebensmüde war bereits, wohl mehr durch die Aufregung, die ihrer Tat vorausgegangen war, ohnmächtig geworden. Heinz Arnold entnahm der Tasche seines Rokkes eine Taschenlaterne und beleuchtete damit das Gesicht der Frau. Ein wenig erschrak er, als er in diese stillen blassen Züge sah, sie waren sogar jetzt von einem feinen, sanften Liebreiz überhaucht. Es war eine noch junge Frau, höchstens Ende Zwanzig. Hellblondes Haar hing naß und schlaff um das schmale Köpfchen, und der Mund war wie in Schmerz und Widerwillen zusammengepreßt.

Irgendwie fühlte sich Heinz Arnold, dem sein Beruf doch genug schreckliche Bilder gezeigt hatte, tief ergriffen von dem Anblick dieser feinen, stillen Züge.

»Armes Kind – was hat denn dich in das Wasser getrieben?« sagte er leise vor sich hin.

Als hätte die Frau diese Frage gehört, so schlug sie jetzt die Augen auf und sah groß und verständnislos zu ihm auf.

»Nun, Kindchen, geht es wieder besser?« fragte er und richtete sie sorgsam auf.

Da er sie schnell ergriffen hatte, hatte sie wenig Wasser geschluckt und schüttelte sich nur ein wenig.

Dann aber richtete sie sich erschrocken auf, sah wirr um sich und wimmerte leise vor sich hin.

»Warum bin ich nicht tot – ach, warum nicht?« fragte sie jammervoll.

Er strich ihr sanft über das nasse Haar.

»So leicht stirbt man nicht! Jetzt sagen Sie mir schnell, wo Sie zu Hause sind, ich will Sie heimbringen.«

»Hab' kein Zuhause«, stieß sie heiser hervor.

»Kein Zuhause?«

»Nein – lassen Sie mich doch sterben! Ich – ich will nicht schlecht werden.«

Und damit fiel sie wieder ohnmächtig zurück.

Ergriffen sah er auf sie nieder. Dies »Ich will nicht schlecht werden« klang ihm seltsam beschwörend in den Ohren. Und kein Zuhause hatte sie? Was sollte er dann mit ihr tun? Sie auf die Polizeiwache bringen, sie einem Verhör aussetzen? Nein, das wollte er nicht. Das rührende blasse Gesicht ließ das nicht zu. Also wohin mit ihr? Sie mußte in trockene Kleider, mußte warm werden, sonst holte sie sich doch noch den Tod.

Mit einer entschlossenen Gebärde sprang er auf. Ihm war auch sehr kühl geworden in seinen nassen Kleidern. Schnell warf er seine trockene Jacke über, steckte seine Shagpfeife in die Tasche und hüllte die ohnmächtige Frau in das große graue Tuch, das zum Glück ziemlich dick war und gut wärmte. Dann hob er sie auf seine Arme wie ein Kind. Schwer war sie nicht. Eilenden Schrittes lief er mit ihr davon, dorthin, wo er die nächste Haltestelle für Autos wußte.

Er hatte auch Glück. Ein einziges Taxi hielt noch dort. Er rief den schlafenden Chauffeur an, legte die Ohnmächtige in den Wagen und gab einfach seine eigene Adresse an.

Der Chauffeur war noch ein wenig verschlafen, achtete kaum auf seine Fahrgäste, stellte nur fest, daß es zwei Personen waren und stellte die Taxe ein. Dann fuhr er davon. Der Wagen war zum Glück geschlossen.

Heinz Arnold rieb immer wieder die starren kalten Hände der Ohnmächtigen, endlich kam sie wieder zu sich.

Heinz Arnold drückte ihr warm die Hände.

»Jetzt ganz ruhig, Kindchen, keine Angst und Sorge, ich helfe Ihnen und bringe Sie zu einer alten Frau, die Sie gut pflegen wird. Aber artig und ruhig sein, der Chauffeur braucht nichts zu merken.«

Seine warme, ruhige Stimme wirkte wie Balsam auf die Fremde, aber sie sagte flüsternd und mit einer schmerzlichen Inbrunst:

»Ich will doch sterben – lassen Sie mich!«

»Nein«, sagte er streng, »wenn man so jung ist wie Sie, dann darf man noch nicht sterben.«

»Lieber sterben, als schlecht werden«, sagte sie heiser.

Fest drückte er ihre kalten Hände.

»Sie sollen nicht sterben und auch nicht schlecht werden, keine Angst, ich helfe Ihnen. Nur jetzt ruhig werden und ein bißchen Vertrauen zu mir haben, dann wird alles gut, und an das dumme kalte Wasser denken wir gar nicht mehr, verstanden?«

Scheu sah sie zu ihm auf und mühte sich, ihre Gedanken zu sammeln, es ging nicht so leicht. Sie wußte nur, daß sie hatte sterben wollen. Alles andere verwischte sich zu qualvollen Zerrbildern, die wie Schemen auf sie eindrangen.

Da hielt der Wagen schon. Heinz Arnold bezahlte den Chauffeur und half seiner Schutzbefohlenen aus dem Wagen, auf dessen Boden sich eine Wasserpfütze gebildet hatte, die von den nassen Kleidern abgelaufen war. Deshalb hatte Arnold dem Chauffeur auch ein reichliches Trinkgeld gegeben.

Noch immer in einem halb bewußtlosen Zustand, ließ

sich die Gerettete in das Haus und die erste Treppe hinaufführen. Dort zog Heinz Arnold die Klingel, und eine ältere Frau, vielleicht gegen fünfzig, öffnete. Es war Arnolds Haushälterin. Sie starrte erschrocken auf ihren Herrn und seine Begleiterin, die von seinem Arm umschlossen und gehalten wurde.

»Ich bringe Ihnen hier ein unglückseliges Menschenkind, Frau Grabbe, habe es eben aus dem Hafen gefischt und weiß nicht, wo es hingehört. Sie sagt, sie hat kein Zuhause. Da müssen wir sie wohl erst mal trocken und warm machen. Bitte, helfen Sie mir ein gutes Werk an ihr zu tun.«

Frau Grabbe war an allerhand Überraschungen von ihrem Herrn gewöhnt, dessen Beruf das so mit sich brachte. Einen forschenden Blick tat sie in das elende blasse Frauengesicht, dann zog sie die jetzt vor Frost Zitternde mit in ihr Zimmer.

»Nun ziehen Sie sich erst mal selber trockene Kleider an, nöch, Herr Arnold, sonst kriegen Sie gleich selbst noch den Schnupfen. Ich besorge das da schon.«

Das war alles, was Frau Grabbe sagte.

Und während sich Arnold schnell umkleidete, befreite Frau Grabbe die frierende Frau von ihren nassen Sachen, hüllte die ganz Willenlose in ein großes Badelaken und frottierte ihr die Haut, bis sie wieder Farbe bekam. Dann warf sie ihr eines ihrer altmodischen Nachthemden über, das lange Ärmel und ein festes Halsbündchen hatte, und steckte sie ohne viel Federlesen in ihr eigenes Bett. Warf auch noch eine warme Decke darüber und ging dann in die Küche, während sie die nassen Kleider aufraffte und mit hinausnahm.

In der Küche hängte sie die rasch ausgewaschenen Kleider auf und brühte eine Kanne Fliedertee auf. Ihr Herr kam dazu, und sie sagte kurz und bündig:

»Davon trinken Sie man auch 'nen tüchtigen Topf aus, damit Sie in Schweiß kommen, nöch?«

Er mußte lachen.

»Mit Ihrer Erlaubnis werde ich mir lieber einen lütten Grog brauen, Frau Grabbe, und wenn dieser Fliedertee für das arme Wesen da drinnen bestimmt ist, dann gießen Sie man ruhig auch einen lütten Schuß Rum ein, nöch?«

Sie sah ihn mißtrauisch an. Wenn er »snakte« wie sie selber, dann machte er sich immer ein bißchen lustig über sie. Und dazu war doch nun wirklich im Augenblick nicht die Gelegenheit. Da drinnen lag ein junges Ding, das er aus dem Wasser gezogen hatte und das vielleicht noch krank wurde.

»Na denn man mit 'n lütten Schuß Rum«, sagte sie aber einsichtsvoll.

Er hatte die Flasche schon in der Hand und goß reichlich Rum in den Fliedertee, obwohl sie eifrig widersprach.

»Nicht zuviel, da wird sie ja duhn von«, sagte sie, die Flasche wegrückend.

»Besser duhn als krank, Frau Grabbe, und das beste ist wohl, wenn sie einschläft. Oder meinen Sie, daß man den Arzt holen läßt?«

Hastig wehrte sie ab.

»Lassen Sie man den Arzt weg, der kostet 'ne Masse Geld, und dann haben wir am Ende bloß noch Scherereien. Die sind alle so neugierig, die Ärzte. Wollen erst mal sehen, wie es bis morgen früh wird, nöch?«

Das war Heinz Arnolds Meinung allerdings auch. »Also dann sorgen Sie, daß sie den Tee trinkt und gut warm wird.«

»Habe sie schon eingepackt und warmgerieben mit dem Frottiertuch. Lieber Gott, was für ein spilleriges Ding! Die hat sich sicher lange nicht mehr sattessen können.«

»Vielleicht ißt sie was?«

»Glaube ich nicht, erst muß sie den Tee nehmen. Brauchen Sie noch was, Herr Arnold?«

»Nein, meinen Grog braue ich mir selbst, dann kommt nicht so viel Wasser in, nöch?« scherzte er.

»Na gut! Ich komme noch mal rüber zu Ihnen und sage Ihnen Bescheid. Vorläufig habe ich sie in mein Bett gesteckt und werde die Nacht auf dem Sofa liegen.«

Damit zog Frau Grabbe mit dem Teetopf und einer Tasse ab. Lächelnd sah ihr Heinz Arnold nach. Gute Alte! Die ließ so leicht niemand in Not umkommen, sie hatte auch selbst schlimme Zeiten erlebt, ehe er sie aufgenommen hatte.

Bedachtsam braute er sich einen steifen Grog, ein großes Glas voll, und trank ihn in seinem behaglichen Wohnzimmer aus.

Dann bereitete er sich noch eine zweite Mischung, und nun war ihm ganz warm und behaglich, und er nahm die Zeitung und vertiefte sich hinein. Dabei kam ihm der Gedanke: »Wenn ich sie nicht aus dem Wasser geholt hätte, dann würde morgen wahrscheinlich in der Zeitung stehen: »Unbekannte Tote im Hafen aufgefunden.«

Und man hätte sie dann beschrieben, diese unbekannte Tote, und der Vorfall wäre erledigt gewesen. Was gilt ein Menschenleben, wenn sich nicht Liebe und Sorge daran heften.

Eine Frau, die kein Zuhause hatte und die nicht schlecht werden wollte, sondern lieber ins Wasser ging, nein, die durfte man nicht umkommen lassen. Man würde schon dafür sorgen, daß ihr das Leben wieder lebenswert wurde. Denn dazu war man ja wohl nun verpflichtet, da man sie wieder ins Leben zurückgezwungen hatte.«

Nach einer Weile kam Frau Grabbe zu ihm herein.

»Also den Tee habe ich ihr aufgenötigt, und dick eingepackt habe ich sie auch. Und ein weiches Ei habe ich ihr auch eingeflößt, wenn sie es auch erst nicht nehmen wollte. Und nun ist sie vor Mattigkeit eingeschlafen. Vielleicht war auch der Rum schuld, Sie haben doch 'nen mächtigen Schuß reingeschüttet, nöch? Und nun wird sie wohl schlafen bis morgen früh.«

»Hat sie denn noch was gesagt?«

»Hm! Sterben wollte sie noch immer – und schlecht will sie nicht werden. Armes Ding, nöch? Und dann hat sie mir die Hand geküßt, denken Sie sich an, Herr Arnold, meine runzlige, verarbeitete Hand hat sie geküßt. So eine dumme lütte Dern. Aber matt und schwach ist sie zum Umblasen. Morgen früh, wenn sie wach wird und kein Fieber hat, dann muß sie ein kräftiges Frühstück haben. Ich habe zu morgen für Sie ein Huhn gekocht, zu Frikassee, aber von der Brühe müssen Sie etwas abgeben und auch ein Stück Brustfleisch; sie muß doch wieder zu Kräften kommen, nöch?«

Heinz Arnold nickte ihr zu.

»Selbstverständlich! Aber geben Sie gut acht, daß sie sich nicht etwa heimlich auf und davon macht. Dazu sind solch verstörte Gemüter schon imstande, selbst wenn man es noch so gut meint.«

Frau Grabbe nickte verständnisvoll.

»Ich paß schon auf, Herr Arnold, und die Flurtür schließ ich zu und verstecke den Schlüssel, dann soll ihr schon das Ausreißen vergehen. Und nun gute Nacht, Herr Arnold. Nun haben Sie schon wieder mal ein gutes Werk getan.«

»Und Sie auch, Frau Grabbe, gute Nacht! Hoffentlich schlafen Sie auf Ihrem Sofa gut. Sie haben doch eine warme Decke?«

»Alles da, keine Sorge, Herr Arnold.«

Damit ging Frau Grabbe ab.

Frau Grabbe schlief diese Nacht sozusagen nur mit einem Auge, immer wieder lauschte sie hinüber zu ihrem Bett, in dem ihre Schutzbefohlene zuweilen stöhnte, ohne wach zu werden. Erst gegen drei Uhr wurde ihr Schlaf ruhiger, und als Frau Grabbe im Tagesgrauen leise aufstand, um nach ihr zu sehen, lag sie in Schweiß gebadet, aber in tiefem Schlummer. Die alte Frau nickte befriedigt vor sich hin. Es war sehr gut, daß das arme Ding in Schweiß gekommen war, nun kam es doch vielleicht über eine Erkältung hinweg.

Und Frau Grabbe legte sich beruhigt nochmals nieder und

schlief nun ganz fest ein. Es war heller Morgen, als sie wieder aufwachte. Und da sah sie ihre Schutzbefohlene aufrecht im Bett sitzen und furchtsam und ängstlich um sich schauen.

Schnell war die alte Frau auf.

»Na, Kindchen, warum denn so ängstliche Augen? Hier sind Sie in guter Hut, und kein Mensch darf Ihnen auch nur ein Härchen krümmen.«

Die Gerettete faßte sich an den Kopf.

»Wo bin ich nur?«

»Hier im Hause des Herrn Arnold, und ich bin seine Haushälterin.«

»Wie bin ich denn hierhergekommen?«

»Nun, mein Herr hat Sie aus dem Wasser herausgeholt, und da Sie ihm sagten, daß Sie kein Zuhause hätten, hat er sie hierhergebracht und mir in Pflege gegeben. Und nun sagen Sie mir, wie Sie sich fühlen und ob Sie endlich wieder Appetit haben.«

Eine leise Röte stieg in die Wangen der Unglücklichen.

»Ich habe Hunger«, sagte sie leise, wie beschämt.

Frau Grabbe aber freute sich über diese Äußerung eines Willens zum Leben. Schnell machte sie sich fertig und sah dabei wohlgefällig auf das junge Geschöpf. Es sah so rührend aus in dem altmodischen Nachthemd. Das blonde Haar war getrocknet und ringelte sich in natürlichen weichen Locken.

Wie ein Engelchen sah sie aus, so meinte Frau Grabbe.

Wenige Minuten später brachte sie ein herrliches Frühstück und brauchte ihren Gast nicht lange zu nötigen. Mit einem wahren Heißhunger verzehrte das junge Geschöpf alles, was Frau Grabbe ihr gebracht hatte. Sehr viel hatte diese schon nicht herbeigeholt, weil sie wußte, daß ein leerer Magen nicht überfüllt werden dürfe.

Als Frau Grabbe das Geschirr wieder weggenommen hatte, wollte die Gerettete aufstehen, aber die alte Frau drückte sie wieder in die Kissen zurück.

»Erst einmal noch liegenbleiben. Wir wollen sehen, ob wir kein Fieber haben, nöch? Und dann schlafen wir vielleicht noch ein Weilchen. Es ist noch früh am Tage.«

»Ich kann mich doch nicht länger von Ihnen bedienen lassen!«

»Warum nicht? Ein Weilchen werden Sie das schon noch aushalten. Wie heißen Sie denn, daß ich Sie anreden kann?«

Wieder flog leichte Röte über das Gesicht der Geretteten.

»Ich – ich heiße Regina Lüdersen.«

»Fräulein oder Frau?«

»Ich bin nicht verheiratet. Und – wie darf ich Sie nennen?«

»Frau Grabbe heiße ich. Und sehen Sie mich nur nicht so ängstlich an, mir ist es auch mal so schlecht gegangen, daß ich am liebsten ins Wasser gelaufen wäre. Nur den Mut hatte ich nicht dazu. Und dann hat mich mein Herr sozusagen auf der Straße aufgelesen und hat mich zu seiner Haushälterin gemacht. Und alles hat er mir anvertraut und gar nicht lange gefragt, ob ich es auch verdiene. Er ist eben ein sehr kluger Herr und kennt die Menschen genau. Durch und durch sieht er einem bis ins Herz hinein. Zu dem können Sie Vertrauen haben, der hilft Ihnen auch wieder auf.«

Ein paar Tränen liefen über die Wangen des jungen Mädchens.

»Liebe, gute Frau Grabbe, gibt es wirklich noch so gute Menschen?«

»Na, viele davon gibt es gerade nicht, am wenigsten, wenn man sie braucht. Aber mein Herr, das ist schon einer von den ganz guten. Der hat's in sich, wenn er auch immer mit den Verbrechern umgehen muß.«

Erstaunt sah Regina Lüdersen sie an.

»Mit Verbrechern?« fragte sie tonlos.

»Na ja, erschrecken Sie man nicht, er ist Detektiv und

nimmt die Verbrecher fest. Manchmal hilft er aber auch noch diesen, wenn sie noch nicht ganz schlecht sind.«

Regina Lüdersen strich sich das blonde Haar aus der Stirn.

»Ich erschrecke nicht – im Gegenteil. Nun weiß ich doch, daß mir so leicht hier nichts Schlimmes geschehen kann. Aber bitte, lassen Sie mich aufstehen.«

»Geht nicht, Kindchen, Ihre Sachen sind noch nicht trocken, und meine werden Ihnen wohl ein bißchen zu reichlich sein. Also Fieber haben Sie nicht!« stellte Frau Grabbe fest, nachdem sie das Fieberthermometer abgelesen hatte. »Jetzt legen Sie sich und schlafen noch ein bißchen. Ich bügle inzwischen Ihre Sachen auf.«

Regina Lüdersen seufzte.

»Ich mache Ihnen so viel Arbeit.«

»Lassen Sie man den dummen Schnack, wir sind auf der Welt, um einander ein wenig zu helfen. Also ruhig noch im Bett geblieben; nur die zweite Decke nehme ich Ihnen fort, ein zweites Mal brauchen Sie nicht zu schwitzen, das haben Sie in der Nacht gründlich besorgt.«

Regina ergriff die Hand der alten Frau, legte ihre Wange darauf und sagte leise:

»Wie gut Sie sind, und wie sehr ich Ihnen danke!«

Das trieb aber die gute Frau Grabbe in die Flucht. Solche Gefühlsergüsse machten sie nur verlegen. Sie eilte in die Küche, um erst mal das Frühstück für ihren Herrn zu bereiten. Inzwischen sollte das Bügeleisen heiß werden, damit sie die Sachen vollends trockenbügeln konnte.

Als sie ihrem Herrn das Frühstück brachte, war dieser gerade mit seinem Anzug fertig.

»Wie geht's der Fremden, Frau Grabbe?«

»Den Umständen nach wohl, Herr Arnold, sie hat in der Nacht tüchtig geschwitzt, und das war gut. Als ich heute morgen erwachte, saß sie hoch auf im Bett und sah um sich wie ein verfolgtes Reh. Gerade solche Augen hat sie wie ein Reh. Braun und dazu blonde Locken. Das Haar ist trocken und ganz lockig geworden. Rührend hat sie ausgesehen, wie ein zartes Engelchen.«

Er lachte.

»Na, na, Frau Grabbe, Sie werden ja ganz poetisch.«

»Sehen Sie das arme Ding nur heute erst selber mal an. Und Hunger hat sie gehabt, alles hat sie aufgegessen, was ich ihr brachte, und aufstehen will sie, weil ich sie nicht bedienen soll. Aber erst will ich ihre Sachen ausbügeln, daß sie ganz trocken werden. So lange soll sie noch im Bett bleiben.«

»Meinen Sie denn, daß sie heute schon aufstehen kann?«

»Ein bißchen schwach wird sie ja man noch sein, aber sie will doch unbedingt aufstehen. Und Fieber hat sie keines. Ich habe gemessen. Da will ich sie aufstehen lassen, nöch, sie kann ja dann in meinem Lehnstuhl sitzen und erzählen, was Sie wissen müssen, um ihr helfen zu können. Denn das muß man ja wohl tun, nöch?«

»Natürlich muß man das, sonst geht sie am Ende noch einmal ins Wasser.«

Das sagte Heinz Arnold sehr trocken, aber Frau Grabbe wußte doch, wie es gemeint war. Die kannte ihren Herrn in- und auswendig.

Und während Heinz Arnold frühstückte, bügelte Frau Grabbe Regina Lüdersens ärmliches Kleid, und genoß dabei anspruchslos ihr Frühstück, immer einen Bissen von ihrem Brötchen abbeißend und einen Schluck Kaffee nehmend.

Als sie fertig war mit Frühstücken und Bügeln, ging sie wieder in ihr Zimmer. Regina richtete sich schnell auf, nahm ihre Sachen dankend in Empfang und kleidete sich, nachdem sie sich gewaschen hatte, an. Frau Grabbe ließ sie dabei allein und besorgte noch allerlei in der Küche. Als sie dann wieder hineinkam, war Regina Lüdersen angekleidet und sah nicht gerade vornehm und elegant aus in dem verwaschenen Kleidchen, das sich viel zu eng um ihren Körper schmiegte, weil es wohl etwas eingegangen war bei dem Wasserbad.

Aber das Köpfchen, das die Erscheinung krönte, machte alles wieder gut, es war wirklich ein reizendes Köpfchen, mit den blonden Locken und den samtbraunen Augen. Und unsagbar rührend sah sie aus in ihrer hilflosen Verzagtheit.

Frau Grabbe hing ihr schnell noch einen wollenen Schulterkragen von sich um, damit sie nicht frieren sollte, weil es kühl in den Zimmern war, ehe die Sonne hereinschien.

»Kann ich Ihnen nun ein wenig bei der Arbeit helfen – oder – muß ich jetzt gehen?«

»Wohin denn um Himmels willen? Das lassen Sie sich man ja nicht einfallen! Mein Herr wird schon bestimmen, was mit Ihnen geschehen soll. Am besten, Sie kommen mit hinüber in sein Wohnzimmer, und während Sie mit ihm sprechen, mache ich hier Ordnung.«

»Das kann ich doch selber tun!«

»Heute nicht. Sie sind noch zu schwach.«

VIII

Nachdem Frau Grabbe noch ein wenig an Reginas Anzug herumgezupft hatte, damit sie leidlich ordentlich aussah, führte sie diese hinüber in Heinz Arnolds Wohnzimmer, in dem er das Frühstück einzunehmen pflegte.

Schüchtern und befangen blieb Regina stehen und lehnte sich an den Türrahmen, als müsse sie etwas haben, das sie aufrecht halten konnte.

»Hier ist Fräulein Regina Lüdersen, Herr Arnold – so heißt sie nämlich. Und ich denke, Sie haben allerlei mit ihr zu besprechen, nöch? Ich bringe inzwischen mein Zimmer in Ordnung und komme dann wieder.«

Heinz Arnold nickte ihr zu und sah dann aufmerksam auf Regina Lüdersen, die ihn mit bangen Augen ansah.

»Kommen Sie doch hierher, Fräulein Lüdersen; gestatten Sie, daß ich während unserer Unterredung mein Frühstück verzehre, ich muß nachher geschäftlich fort. Hier bitte, nehmen Sie in diesem Sessel Platz, Sie scheinen noch sehr hinfällig zu sein. Haben Sie schon gefrühstückt?«

So sagte er scheinbar ganz gleichmütig, um ihr zu ermöglichen, daß sie ihre Fassung behielt.

Sie kam herüber und setzte sich ihm gegenüber an den Tisch.

»Ja, ich habe schon gefrühstückt. Frau Grabbe hat mir so gute Sachen gebracht. Und – das alles kommt von Ihnen. Ich möchte Ihnen von Herzen danken – nur, es wäre wirklich besser gewesen, wenn Sie mich im Hafenwasser gelassen hätten.«

»Darüber bin ich aber ganz anderer Ansicht. Wäre doch schade um Ihr junges Leben. Wie alt sind Sie denn? Fünfundzwanzig, nicht?«

»Siebenundzwanzig«, sagte sie leise und kämpfte mit ihren Tränen.

Er fand, daß Regina Lüdersen heute sehr viel jünger aussah. Ihr schmales blasses Gesicht rührte ihn. Aber er wollte das um keinen Preis zeigen.

»Na, na, nur nicht weich werden, Kind! Gestern haben wohl Ihre Nerven versagt. Sie sind schlecht genährt.«

Sie sah auf ihre gefalteten Hände herab, um seinem Blick auszuweichen und die Fassung nicht zu verlieren.

»Ja, ich – die letzten Tage habe ich fast nichts mehr gegessen. Sie – ja, sie gab mir nichts mehr, weil ich doch schon im dritten Monat alles schuldig war.«

»Wer ist denn diese ›Sie‹, Fräulein Lüdersen?«

»Ach, diese schreckliche Frau Steinert. Erst war sie ganz gut zu mir, tröstete mich, wenn ich nicht zahlen konnte, nachdem ich das letzte versetzt hatte, was ich noch besaß.

Und dann redete sie so schreckliches Zeug, ich sei doch ein schönes Mädchen und ich brauche nicht zu verzagen, mancher Mann zahle gern alles, was ich haben wolle, wenn ich nur tun würde, was er wollte. Ich war schon durch ein hartes Leben gegangen, meine Mutter starb zwei Jahre nach meinem Vater, gerade, als die Inflation ihren Höhepunkt erreicht hatte. Mir blieb nur wenig, was ich später noch zu Geld machen konnte. Vergebens habe ich Arbeit und Verdienst gesucht, und immer einfacher und ärmlicher habe ich gelebt. Dann kam ich zu dieser Frau Steinert, sie gab mir ein kleines Zimmerchen und versprach mir, daß sie mir auch Verdienst schaffen wollte. Und in der Erwartung dieses Verdienstes versetzte ich das letzte, was ich hatte und – dann kam sie mit diesen schrecklichen Vorschlägen. Ich wies es bestimmt von mir, da sagte sie, ich müsse ihr sofort die schuldige Miete zahlen und würde dann wohl auf die Straße gehen müssen. Da packte mich die Angst, die furchtbare Angst. Ich habe nicht viel gelernt, womit ich mir mein Brot hätte verdienen können. Meine Eltern waren ja vermögend, bis die Inflation kam. Schreckliche Zeiten habe ich durchgemacht. Manchmal kam die Gemeinheit an mich heran, weil ich ein leidlich hübsches Gesicht hatte. Aber immer dachte ich an meine Mutter und wehrte alles von mir ab. Und gestern nun – da hat die Frau Steinert plötzlich einen Mann in mein Zimmer gelassen. Er war sicher reich – aber er war angetrunken – und – er – ja –, er wollte mich in seine Arme ziehen und küssen. Da schlug ich ihm ins Gesicht und bin davongelaufen. Das graue Tuch gehört Frau Steinert, es hing auf dem Flur, und ich fror vor Aufregung. Ich – ich habe es mir nur geliehen, deshalb legte ich es ab, ehe ich ins Wasser lief. Ich wollte, mußte sterben, wenn – wenn ich nicht schlecht werden wollte. Und nun haben Sie mich wieder aus dem Wasser geholt, und ich werde vielleicht doch von neuem hineingehen müssen –«

Sie barg das zuckende Gesicht in den Händen und wurde von einem lautlosen Schluchzen geschüttelt. Voll Ergriffenheit sah er zu ihr hinüber. Er verstand sich gut auf Menschen. Die da hatte ihm die Wahrheit gesagt, das wußte er. Und zwischen ihren verzweifelten Worten las er noch mehr heraus. Sie war ein schwaches Geschöpf, nicht gestählt zum Lebenskampf und doch stark genug, um lieber zu sterben, als sich zu erniedrigen. So zart war sie! Und diese Frau Steinert sollte aufhorchen, der würde er ein sehr ernstes Wörtchen zu sagen haben.

Aber er stemmte sich gegen die Rührung und das Mitleid, das ihn befallen wollte, und fragte sachlich:

»Haben Sie Ihre Papiere bei sich gehabt, als Sie ins Wasser gingen?«

Sie schüttelte trostlos den Kopf.

»Sie hat meine Papiere an sich genommen, gab sie mir nicht heraus, weil sie Sicherheit haben wollte für alles, was ich ihr schuldete. Es waren ja fast zweihundertundfünfzig Mark. Wie diese Summe herauskommen konnte, weiß ich gar nicht, ich habe fast nichts mehr gegessen. Der Bissen quoll mir immer im Mund, wenn sie so in mich hineinredete. Und da, wohin ich gehen wollte, da brauchte man doch keine Papiere. Ich möchte Ihnen so gern danken, daß Sie mich ins Leben zurückgeholt haben, aber ich kann nicht. Es hilft ja nichts, ich muß es doch wieder tun.«

Da schob er seine Tasse zurück. Er vermochte keinen Bissen mehr zu essen. Hastig stand er auf und trat an das Fenster. Am liebsten hätte er das erbarmungswürdige arme Ding in seine Arme genommen und wie ein weinendes Kind getröstet. Das konnte er aber nicht. Er wußte, sie war jetzt voll Mißtrauen gegen alles, was Mann hieß. Er durfte ihr keinen Schritt zu nahe kommen.

Daß er ihr helfen würde, stand fest bei ihm, es war ihm sogar ein Herzensbedürfnis. Das Leben war auch für ihn so hart gewesen, daß es ihm alle Weichheit ausgetrieben hatte, aber er war doch ein guter und edler Mensch, und irgend etwas an diesem unglücklichen Geschöpf berührte seine ritterlichen Gefühle, die jedem echten Mann innewohnen.

Endlich, als er glaubte, sie habe sich gefaßt, wandte er sich ihr wieder zu.

»Beruhigen Sie sich, ich werde zu dieser Frau Steinert gehen und Ihre Papiere holen. Gegen solche Personen hat man schon Waffen in der Hand. Haben Sie noch Kleider dort oder andere Sachen?«

»Nur noch ein kleines Handköfferchen mit schon ziemlich schadhafter Wäsche und dem Gebetbuch meiner verstorbenen Mutter. Das ist alles. Ich besaß nur noch dieses Kleid, das mir nun nicht einmal mehr paßt, weil es durch das Wasser eingegangen ist. Weiter besitze ich nichts mehr«, sagte sie leise und sah mit großen Augen zu ihm auf.

Er lächelte ihr beruhigend zu.

»Alles werde ich Ihnen wiederbeschaffen, samt Ihren Papieren, denn die brauchen Sie vor allen Dingen. Und dann fassen Sie nur Mut. Wenn ich Sie ins Leben zurückgezwungen habe, so habe ich auch die Verpflichtung übernommen, irgendwie für Sie zu sorgen.«

Sie wurde glühend rot. Ihre Hände krampften sich zusammen.

»Ich möchte Ihnen um keinen Preis zur Last fallen.«

»Sollen Sie auch gar nicht, nur keine Angst. Ich werde Arbeit für Sie besorgen. Was können Sie denn? Irgendwas müssen Sie doch gelernt haben?«

Mutlos zuckte sie die Achseln.

»Leider sehr wenig, was ausreichen würde für einen Beruf, selbst wenn ich eine Stellung finden sollte. Immer sind Mädchen da, die viel mehr können als ich. Ich kann englisch und französisch sprechen, ganz leidlich, aber nicht fehlerfrei schreiben, dann kann ich alle Arten Handarbeiten machen. Ich will auch zufrieden sein, wenn ich irgendwo eine Stelle als Hausangestellte bekomme. Im Haushalt ist mir alle Arbeit geläufig, auch kochen kann ich das Nötigste.«

»Kaffee und Soleier, nicht wahr?« scherzte er, um sie aufzumuntern.

»Oh, schon noch ein wenig mehr; solange meine Mutter krank war, habe ich für sie und mich gekocht. Ich würde mich auch bemühen, mehr dazuzulernen. Aber leider habe ich gar keine Zeugnisse, und danach wird immer zuerst gefragt. Ein paarmal habe ich Aushilfsarbeit gemacht, habe in Geschäften Botengänge erledigt, und einige Wochen war ich bei einem Schriftsteller beschäftigt, seine Manuskripte abzuschreiben.«

»Das können Sie also auch?«

Ein schattenhaftes Lächeln huschte über ihr hilfloses Gesicht.

»Ja, das kann ich schon, aber – wenn so ein Manuskript abgeschrieben ist, dann ist es auch mit der Arbeit und dem Verdienst zu Ende. Einmal wäre ich bald in einem Lederwarengeschäft als Verkäuferin angestellt worden. Aber da sollte ich elegante Kleider tragen, die ich nicht besaß, und da wurde mir eine andere junge Dame vorgezogen. So kam es nie zu einem richtigen Verdienst.«

Er lächelte sie beruhigend an.

»Sie sind jedenfalls zu zaghaft und haben es nie richtig angefangen. Also, ich werde Ihnen schon irgendwie Verdienstmöglichkeiten schaffen, da verlassen Sie sich darauf. Ich muß nur einige Wochen Zeit haben, mich umzusehen. Und bis dahin bleiben Sie ruhig bei meiner Frau Grabbe. Sie können ihr im Haushalt helfen. Vielleicht gibt es auch Wäsche auszubessern, das werden Sie doch können?«

Sie nickte eifrig.

»Ja, das kann ich sehr gut.«

Er atmete auf.

»Na also, da finden Sie schon Arbeit hier im Haus. Frau Grabbe hat mir gerade gestern gesagt, sie müsse eine

Weißnäherin haben, weil die ganze Wäsche ausgebessert werden soll. Ich werde mit ihr alles besprechen. Und Frau Grabbe wird auch dafür sorgen, daß Sie etwas Anständiges zum Anziehen bekommen. Das können Sie mir später wieder zurückzahlen, wenn Sie erst Geld verdienen, darum machen Sie sich also keine Sorgen.«

Sie erhob sich langsam und trat mit ausgestreckter Hand auf ihn zu.

»Darf ich Ihnen wenigstens danken für all Ihre Güte, bis ich sie wiedergutmachen kann?«

Er faßte mit warmem Druck ihre Hand.

»Warten Sie mit dem Danksagen, bis Sie mir eines Tages melden können, daß Sie mir nun auch dafür danken, daß ich Sie ins Leben zurückgeholt habe. Bis dahin wollen wir kein Wort von Dank sprechen. Und jetzt rufen wir Frau Grabbe und besprechen alles mit ihr, dann muß ich meinen Geschäften nachgehen.«

Er klingelte, denn es war ihm ein Bedürfnis, einem weiteren Alleinsein mit diesem jungen Geschöpf auszuweichen. Sie verursachte ihm ein so starkes Herzklopfen, wenn sie ihn scheu, voll Dankbarkeit und Verzagtheit ansah, daß er den besseren Teil der Tapferkeit in der Flucht sah.

Frau Grabbe erschien gleich. Erst zankte sie ihn aus, daß er so wenig gefrühstückt habe, dann fragte sie ihn nach seinem Begehr. Dabei sah sie erwartungsvoll zu Regina Lüdersen hinüber.

»Also hören Sie zu, Frau Grabbe, Fräulein Lüdersen muß vorläufig bei uns bleiben, bis sich was Besseres für sie gefunden hat. Wir haben doch noch die kleine Mädchenkammer hinter Ihrem Zimmer. Da stellen wir das Bett hinein, das früher mein Vater benutzt hat und noch auf dem Speicher steht. Was sonst noch nötig ist, um das Zimmerchen wohnlich zu machen, findet sich wohl auch noch dort. Dann gehen Sie mit Fräulein Lüdersen aus und kaufen zwei Kleider für sie, eins für Sonntag, eins für die

Woche, und ein paar Arbeitskittel. Natürlich auch alles, was sie sonst unbedingt haben muß. Sie dürfen nicht zu teure Sachen kaufen, denn Fräulein Lüdersen will mir das später wieder zurückzahlen. Vielleicht braucht sie auch noch einen Mantel und Schuhe und Strümpfe. Das graue Tuch, in das ich sie gestern gewickelt hatte, packen Sie mir mal in ein Paket ein, das will ich mitnehmen und seiner rechtmäßigen Besitzerin zurückgeben, Fräulein Lüdersen hatte es sich nur geliehen. Und dann wird Fräulein Lüdersen erst mal die ganze schadhafte Wäsche, die im Hause ist, ausbessern, und kann Ihnen auch im Haushalt helfen, bis sich was anderes für sie findet. Das wäre vorläufig das Nötigste, alles andere hat Zeit. Ich muß jetzt fort. Halt – sagen Sie mir noch die Adresse der Frau Steinert, Fräulein Lüdersen, ich will ihr doch ihr graues Tuch zurückbringen.«

Frau Grabbe war mit allem einverstanden, was ihr Herr bestimmte, aber sie ließ nicht locker, er mußte wenigstens noch ein Ei und ein halbes Brötchen mit Schinken essen. Er zuckte ergeben die Achseln und sagte zu Regina:

»Sie führt schon ein strenges Regiment, die Frau Grabbe, aber – ich weiß nicht, wie es kommt – man fühlt sich doch wohl dabei.«

Und gehorsam verspeiste er, was Frau Grabbe ihm vorlegte und sah Regina lachend dabei an. Sie hätte ihm so gern ihren Dank abgestattet, aber sie fand keine Worte. Doch plötzlich faßte sie seine Hand und drückte ihre weichen, zuckenden Lippen darauf. Dann eilte sie hinter Frau Grabbe aus dem Zimmer. Er saß eine Weile ganz still und fühlte noch immer die weichen Lippen auf seiner Hand. Ganz seltsam war ihm dabei zumute. Aber er schüttelte fast unwillig dieses Gefühl von sich ab, beendete sein Frühstück und machte sich zum Ausgehen fertig.

Inzwischen brachte Frau Grabbe das Paket mit dem grauen Tuch, das er an sich nahm. Dabei dachte er: »Warten Sie nur, Frau Steinert, das werde ich Ihnen so übergeben, daß Ihnen die Hölle ein bißchen heiß wird.«

Zu Frau Grabbe sagte er halblaut:

»Hören Sie zu, Frau Grabbe, mit den Einkäufen für Fräulein Lüdersen müssen Sie ein bißchen mogeln. Wenn möglich, soll sie nicht wissen, was Sie ausgeben, Sie darf die Preise nicht erfahren. Ich möchte ihr das alles am liebsten schenken, aber das würde sie beschämen, und sie soll deshalb keinen Schreck bekommen, daß die Sachen so teuer sind. Ich verlasse mich da auf Sie – nöch?«

Sie lachte ihn an.

»Das mache ich schon! Ich kenne doch meinen guten Herrn. Sie können ganz ruhig sein.«

»Bin ich auch, Sie sind ja eine verständige Frau. Dem armen Ding muß irgendwie geholfen werden, nicht wahr? Seien Sie ein bißchen gut zu ihr, sie wird es nötig brauchen.«

»Lieber Gott, ich bin doch schließlich auch kein Unmensch, Herr Arnold, und es müßte einem schon schwerfallen, nicht gut zu ihr zu sein, nöch?«

Er zuckte die Achseln.

»Manche Leute wissen nicht, was sie unter Güte verstehen sollen, es kommen dabei zuweilen schnurrige Sachen heraus, die eher nach allem anderen aussehen. Also ich gehe jetzt, bis Mittag bin ich heute wieder hier, ich will mich doch an Ihrem leckeren Frikassee erfreuen. Und Sie können Fräulein Lüdersen gern was von Ihrer Kochkunst abgucken lassen, das kann ein weibliches Wesen immer brauchen. Auf später also!«

Damit eilte er davon, denn es war für seine Zwecke schon reichlich spät geworden.

Zuerst wollte er sich diese Frau Steinert einmal vornehmen, danach gelüstete es ihn besonders.

Er erreichte die schmale Gasse, in dem sich das bezeichnete Haus befand, bald und stieg in das erste Stockwerk hinauf. Auf einem Türschild las er:

Amalie Steinert, Pension.

»Aha«, dachte er, »Pension ist hier das Aushängeschild für ein mehr oder weniger unsauberes Gewerbe.«

Kräftig setzte er die Klingel in Bewegung. Eine Frau Mitte Vierzig, mit einer auffallenden Eleganz gekleidet, öffnete selbst.

»Frau Amalie Steinert?« fragte er.

Sie verbeugte sich mit überfreundlichem Gesicht.

»Ja, mein Herr, das bin ich selbst. Bitte einzutreten, womit kann ich dienen?«

Arnold gedachte nicht viel Federlesens mit dieser unangenehmen Dame zu machen, deren widerliches Lächeln nur zu deutlich ihren Charakter verriet.

Mit einer raschen Gebärde schlug er den Aufschlag seines Rockes zurück und zeigte ihr das Schild, das er als Mitglied der Kriminalpolizei zu tragen pflegte.

Sie schrak zurück und verfärbte sich. Hastig öffnete sie die Tür eines Zimmers und ließ ihn eintreten.

»Was verschafft mir die Ehre Ihres Besuches?« fragte sie mit etwas unsicherer Stimme, aber in leidlicher Haltung.

Er öffnete schnell das Paket und hielt ihr das graue Tuch entgegen.

»Dies Tuch fand man am Hafenkai, an der Stelle, wo ein junges Mädchen ins Wasser ging, um sich zu ertränken«, sagte er hart und laut.

Sie erzitterte und wich zurück.

»Was soll ich mit dem Tuch?« fragte sie beklommen.

»Es ist doch Ihr Eigentum, und ich bringe es Ihnen zurück, weil Regina Lüdersen es nicht mehr braucht.«

Frau Steinert mußte sich in einen Stuhl fallen lassen.

»Es ist ihr doch hoffentlich nichts geschehen?«

»Nichts, als daß sie ins Wasser ging, um ihrem Leben ein Ende zu machen, weil Sie das arme Ding zwingen wollten, einen Ihrer netten Kunden zu bedienen. Sie sind bekannt dafür, daß Sie ein sehr wenig anständiges Unternehmen betreiben.«

Sie hatte ihre Fassung wiedergefunden und richtete sich auf.

»Aber, mein Herr, wie können Sie so etwas sagen? Ich

bin eine anständige Witwe, die sich schwer genug ihr Brot verdient. Monatelang habe ich dieses Fräulein Lüdersen durchgefüttert, aus reinem Mittleid, ich kann doch nichts dafür, wenn sie ins Wasser ging. Sie ist fortgelaufen, weil sie sich Herrenbesuch mitgebracht hatte, was ich ihr als anständige Pensionsinhaberin natürlich verboten habe. Wenn sie etwa vor ihrem Ende noch etwas anderes ausgesagt hat, so hat sie das doch nur getan, um sich in ein besseres Licht zu stellen.«

»Sie irren, sie ist nicht tot, sondern wurde gerettet. Ich bin gekommen, um mir von Ihnen ihre Papiere und ihren Handkoffer ausliefern zu lassen. Was Ihnen weiter aus dieser unsauberen Geschichte erwachsen wird, werden Sie noch zeitig genug erfahren.«

»Aber um Gottes willen, Herr Kommissar, Sie wollen mich doch nicht ins Unglück bringen? Was kann ich denn dafür, daß Fräulein Lüdersen mir so viel Geld schuldig ist? Fast dreihundert Mark hat sie mir zu zahlen, und nicht einen Pfennig konnte ich von ihr bekommen. Da fand sich ein edler Wohltäter, der etwas von ihren Schulden abzahlen wollte, und statt ihm höflich und bescheiden zu danken, schlägt sie ihm ins Gesicht und läuft davon. Sie ist immer ein bißchen überspannt gewesen, aber ich habe mich erbarmt und sie immer wieder behalten. Und dafür soll ich nun noch Unannehmlichkeiten mit der Kriminalpolizei bekommen. Das kann man mir doch nicht antun?«

Arnold zuckte die Achseln, er kannte diese Tonart zu genau.

»Also liefern Sie mir jetzt die Papiere und die Sachen von Fräulein Lüdersen aus, alles Weitere wird sich finden.«

»Was habe ich aber dann noch für eine Sicherheit, daß ich mein Geld wiederbekomme?«

Er sah sie von oben bis unten an.

»Das lassen Sie sich vielleicht von dem edlen Wohltäter bezahlen. Sie können sich ja mit ihm darüber verständigen, ob er es zahlen oder vor Gericht angeklagt werden will, daß er eine junge Dame in unverschämter Weise überfallen hat. Für das, was Sie Fräulein Lüdersen geleistet haben, diese dreihundert Mark – es sind übrigens nur zweihundertfünfzig – erscheinen mir hundert Mark gut genug gezahlt. Wollen Sie diese hundert Mark dafür annehmen, oder soll die Berechtigung Ihrer Rechnung vor Gericht näher festgestellt werden?«

Damit zog er einen Hundertmarkschein aus seiner Brieftasche und legte ihn auf den Tisch.

Frau Steinert wollte ihn schnell erfassen.

»Erst die Papiere und den Koffer«, sagte er, ruhig die Hand darüberlegend.

Mit der Würde einer gekränkten Königin ging sie davon, brachte den Koffer und die Papiere herbei und legte alles auf den Tisch neben das Geld. Arnold sah erst die Papiere genau durch. Dann sagte er ruhig und bestimmt:

»Und nun noch eine Bestätigung, daß Fräulein Lüdersen ihre Schuld restlos bezahlt hat und Ihnen keinen Pfennig mehr schuldig ist.«

Ächzend und stöhnend schrieb sie diese Quittung, und indem sie diese auch vor ihn hinlegte, sagte sie:

»Ich weiche nur der rohen Gewalt.«

Seine Augen blitzten sie an.

»Wahren Sie Ihre Zunge, und merken Sie sich, daß Sie von jetzt an doppelt scharf beobachtet werden, damit solche Fälle nicht wieder vorkommen. Alles Weitere überlasse ich der Polizei.«

Mit diesem Trumpf, der Frau Steinert noch lange in Angst und Sorge erhalten sollte, verließ er das »trauliche Heim«.

Er hatte keine Lust, diese Sache an die große Glocke zu hängen und nahm an, daß seine Warnung vorläufig für lange Zeit genügen würde, um Frau Steinert davon abzuhalten, neue Opfer in ihr Haus zu locken.

Unterwegs gab er Regina Lüdersens Koffer einem Dienstmann und ließ ihn zu seiner Wohnung bringen. Auf einen Zettel, den er mitsandte, schrieb er:

»Alles gut abgelaufen. Papiere in meinen Händen. Weiteres nach meiner Heimkehr. Mit herzlichem Gruß Heinz Arnold.«

Mit einem seltsamen Gefühl schaute er auf den Zettel hinab, ehe er ihn dem Dienstmann auslieferte.

Und dann begab er sich dorthin, wo der im Hafen ertrunkene Wendhausen damals, vor dreißig Jahren, gewohnt hatte.

Zu seinem Verdruß stellte er fest, daß sich an Stelle des Hauses, das damals da gestanden hatte, jetzt ein großer Neubau breitmachte. Da war wohl keiner der ehemaligen Bewohner mit hineingezogen, und es würde schwer sein, hier Auskunft über Wendhausen und seinen damaligen Lebenswandel zu bekommen. Immerhin begab sich Arnold in ein kleines Restaurant, das sich neben dem Neubau in einem sehr alten Haus befand.

Er bestellte sich ein Glas Bier, und als der einzige Kellner das gebracht hatte, kam der Wirt herbei und begrüßte den Gast, der um diese Zeit der einzige in der geräumigen Gaststube war.

Arnold erwiderte den Gruß, nahm einen Schluck und sagte freundlich:

»Gut gepflegt, Ihr Bier, Herr Wirt!«

Dieser verneigte sich lächelnd.

»Na, das muß man ja wohl raushaben, wenn man nahezu fünfzig Jahre Gastwirt ist.«

»Oh, so lange schon? Aber da sind Sie wohl früher in einem andern Lokal gewesen?«

»Nein, nein, ich habe dieses Geschäft als ganz junger Mann übernommen, und nun bin ich nahe an Siebzig. Aber noch immer sitze ich hier fest.«

»Donnerwetter, das ist Ausdauer. Wird wohl auch noch eine Weile so weitergehen!«

Der Wirt zuckte die Achseln.

»Wenn das Haus hier nicht auch abgerissen wird und einem Neubau Platz machen muß, wie das Nebenhaus. Darum bin ich schon mächtig bange.«

»Hoffentlich werden Ihre Befürchtungen nicht wahr. Ich bin nämlich hier in diese Straße gekommen, um mich nach einem Herrn Wendhausen zu erkundigen, der vor nahezu dreißig Jahren oder mehr hier gewohnt haben soll.«

Der Wirt stutzte, sah nachdenklich vor sich hin und sagte dann:

»Wendhausen? Warten Sie mal – sollten Sie den Wendhausen meinen, der damals im Hafen ertrunken ist?«

»Allerdings, den meine ich. Können Sie mir vielleicht sagen, ob er eine Familie hinterlassen hat?«

Der Wirt strich sich über das Haar und dachte ein wenig nach.

»Warten Sie mal, Herr! Da war doch eine Geschichte – ach ja, jetzt weiß ich's wieder. Ein flotter Kunde war das, der Wendhausen, und mit den Weibern hatte er immer zu tun. Aber eine Frau hatte er auch, ja richtig. Die war mal furchtbar krank, brachte ein totes Mädchen zur Welt. Ein unscheinbares, stilles Frauchen – sah immer sehr unglücklich aus. Aber er war so ein Hansdampf in allen Gassen. Hat oft hier bei mir gezecht und war mir auch zuweilen eine hübsche Summe schuldig. Erst ging's immer hoch her, aber dann war da was mit seinem Schwiegervater, ich glaube, der machte Bankrott, und die junge Frau, die er wohl nur wegen des Geldes geheiratet hatte, war nicht auf Rosen gebettet. Soviel ich weiß, hat sie auch nachher, als sie kein Geld mehr schaffen konnte, Prügel gekriegt. Jedenfalls war sie sehr schlimm dran und furchtbar elend. Sie ist, glaube ich, dann auch bald gestorben, wie mir meine Frau gesagt hat. Na, und sonstige Kinder waren nicht da. Ja, ja, der Wendhausen – ein lustiger Kumpan war er schon, aber als ich nicht mehr ankreiden wollte, ist er in andere Lokale gegangen. Und da hat er sich dann auch den Rausch angetrunken, der ihn über die Kaimauer torkeln ließ. Die Weiber haben ihm nachgetrauert, sie waren rein vernarrt in ihn, obwohl er doch verheiratet war. Aber was fragten die danach.«

Arnold war etwas enttäuscht von dieser Auskunft.

»Sie meinen, die Frau ist auch tot?«

»Hm! Warten Sie, ich werde mal meine Frau rufen, die hat Frau Wendhausen gut gekannt.«

Und als die Wirtin, auch eine Frau von bald siebzig Jahren, herbeikam, fragte ihr Mann sie nach Frau Wendhausen. Die alte Frau zuckte die Achseln.

»Das arme Ding, die ist sicher längst tot. Sie ist nach dem Tod ihres Mannes fortgezogen. War schon damals nur noch ein Schatten, hat schlimme Zeiten durchgemacht. Ja, die ist sicher lange tot, sonst hätte man doch wieder mal von ihr gehört.«

»Wissen Sie vielleicht, wohin sie damals verzogen ist?«

Die Wirtin dachte nach, schüttelte aber dann den Kopf.

»Nein, darauf kann ich mich nicht besinnen, wenn ich es überhaupt je gewußt habe. Man hat so viele andere Dinge im Kopf. Ein armes junges Ding war sie schon. Lieber Gott, hat die ein Leben geführt! Aber dabei hat sie sich nie beklagt – sie biß immer nur die Zähne zusammen und muckte nicht. Nur als das Kind tot zur Welt kam, da hat man sie draußen im Hofe schreien hören; sie lag im Zimmer nach dem Hofe hinaus. Da ging es auf Tod und Leben! Ich glaube, sie war gefallen und hat sich Schaden getan. Es hieß aber auch, der Mann hätte sie wieder mal mißhandelt. Es wird ja so viel geredet. Sie selbst hat es nie zugegeben, hätte es auch nicht getan, wenn es wahr gewesen wäre.«

Damit war die Auskunft, die Arnold bekommen hatte, erschöpft. Er dankte, bezahlte und entfernte sich.

Nachdenklich ging er weiter. Ob er da wirklich der richtigen Spur folgte, wenn er annahm, daß dieser Wendhausen, der gerade damals allein im Vorzimmer saß, als das Geld und der Schmuck aus dem Pult Sehrings verschwanden, beides entwendet hatte? Hatte er sich wirklich den Hergang richtig vorgestellt, als er annahm, dieser Wendhausen habe gesehen, daß der Chef der Firma Hartwig mit dem Geld und dem Schmuck in das Büro Sehrings getreten war, und daß er durch das Schlüsselloch entdeckt hatte, wohin die Wertsachen gelegt wurden? Fünf bis sieben Minuten war Sehring dann aus seinem Kontor verschwunden gewesen, genügend Zeit für Wendhausen, um leise das Büro zu betreten, Schmuck und Geld aus dem unverschlossenen Pult zu nehmen, es wahrscheinlich in seiner Aktenmappe verschwinden zu lassen und dann das Zimmer zu verlassen, als sei ihm die Zeit zum Warten zu lang gewesen.

So hatte sich Arnold den Fall zurechtgelegt; wie genau er dabei die Wahrheit traf, konnte er freilich jetzt nicht mehr feststellen, weil eben Wendhausen gleich danach verunglückt war.

Wo waren aber dann der Schmuck und die Goldstücke geblieben? Die letzteren konnten freilich ausgegeben worden sein, aber der Schmuck? Ob er die wertvollen Stücke an seine Freundinnen verschenkt hatte? Aber wie konnte man das feststellen? Und ob Wendhausens Frau etwas von diesem Schmuck und dem Geld gesehen hatte? Eigentlich unglaublich von der Kriminalpolizei, die damals den Fall untersuchte, daß man Wendhausen nicht wenigstens verhört hatte. Aber Herr Hartwig hatte wohl damals in der Aufregung nicht daran gedacht, daß man Wendhausens Namen eigentlich hätte nennen müssen.

Jedenfalls – er mußte doch versuchen, festzustellen, ob die Witwe Wendhausens noch am Leben war und wenn, wo sie dann hingekommen sein konnte. Rudolf Sehring hätte ihm darüber Auskunft verschaffen können, wenn ihm Lissa Bernd nur ein einziges Mal den Namen ihrer Wirtin verraten hätte, was zufällig noch nie geschehen war.

Aber selbst wenn Rudolf diesen Namen gehört hätte, wie

hätte er annehmen können, daß Arnolds Verdacht sich gerade auf diesen Namen gerichtet hatte? Er wäre höchstens darauf gekommen, als er für Arnold die Notiz gesucht hatte, die von dem Tode Wendhausens berichtete.

Solch kleine Zufälligkeiten erschweren oft im Leben die Aufklärung wichtiger Dinge.

Jetzt beschloß Arnold erst einmal heimzugehen, um sein Frikassee zu verspeisen, das Frau Grabbe vorzüglich zu bereiten pflegte und – um Regina Lüdersen wiederzusehen. Es war ein Gefühl, der Sehnsucht nicht unähnlich, das ihn heute nach Hause trieb. Morgen wollte er dann weitersehen, was er im Fall Sehring tun konnte.

IX

Heinz Arnold fand sein Frikassee erstklassig wie sonst, und es mundete ihm entschieden noch besser, weil er wußte, daß auch Regina Lüdersen an diesem vorzüglichen Mahl teilnahm. Frau Grabbe hatte zuvor ein Hühnersüppchen gekocht, um die Mahlzeit ein wenig zu strecken, weil sie für eine Person mehr reichen mußte. Zum Nachtisch gab es noch ein Omelett, damit ja weder ihr Herr noch der junge Gast zu kurz kamen. Und es sei gleich gesagt, daß Regina entzückt von Frau Grabbes Kochkünsten war. Sie hatte bei der Zubereitung genau aufgepaßt, damit sie so gut kochen lerne wie Frau Grabbe, so, wie es Herr Arnold ihr gesagt hatte. Ein Teil der Wäsche war auch schon auf der Nähmaschine ausgebessert worden.

Und während des ganzen Morgens hatte Regina Frau Grabbe vorgeschwärmt, wie unsagbar gut und hilfreich Herr Arnold gewesen sei, und daß sie ihm nie vergessen würde, was er für sie getan habe. Das hörte Frau Grabbe nur zu gern, und auch sie schwärmte von den guten Eigenschaften ihres Herrn, dem auch sie so viel verdankte.

So war den beiden Frauen der Vormittag sehr schnell und in bester Stimmung vergangen.

Das kleine Zimmerchen für Regina war auch schon eingerichtet, diese hatte das alles allein tun wollen, aber Frau Grabbe ließ sie nur helfen, sie sollte sich noch nicht zu sehr anstrengen.

Nach Tisch ließ Heinz Arnold Regina wieder in sein Zimmer bitten und überreichte ihr mit einigen scherzenden Worten ihre Papiere und auch die Quittung über die hundert Mark mit der Bescheinigung, daß Frau Steinert nun nichts mehr von Fräulein Lüdersen zu beanspruchen habe. Regina wurde sehr rot, sah ihn ungläubig an und sagte leise:

»Ich hatte doch aber zweihundertfünfzig Mark Schulden bei ihr.«

Heinz Arnold lachte spöttisch:

»Mir sagte sie dreihundert, um noch mehr herauszuschlagen. Ich war überzeugt, daß Sie sehr von ihr übers Ohr gehauen worden waren, und da habe ich ihr hundert Mark geboten. Das ist die Art, mit solchen ›Damen‹ umzugehen, Fräulein Lüdersen.«

Regina krampfte die Hände zusammen und sagte heiser:

»Sie war eine sehr schlechte Frau, die meine Notlage ausnutzen wollte.«

»Das ist gewiß, und ich habe ihr ordentlich die Hölle heiß gemacht, damit ihr nicht so bald wieder so ein armes Opfer wie Sie in die Hände fällt.«

»Wie soll ich Ihnen nur danken, Herr Arnold? Sie sind so großmütig, und ich weiß doch nicht einmal, ob ich Ihnen all dies ausgelegte Geld je wieder zurückerstatten kann.«

Er lachte, und es wurde ihm unter ihrem Blick sehr warm ums Herz. In den braunen Augen flimmerten Sonnenlichter, und das Gesicht, das jetzt wieder etwas Farbe hatte, erschien ihm wunderschön. Trotz ihrer siebenundzwanzig Jahre sah Regina noch sehr jung und zart aus.

»Also darüber machen wir uns jetzt gar keine Kopfschmerzen. Ich habe die feste Überzeugung, daß ich schon wieder zu meinem Geld komme. Und wenn nicht, dann werde ich auch nicht verarmen. Haben Sie sich denn schon die nötigen Kleider gekauft?«

»Nein, Frau Grabbe meint, wir wollen am Spätnachmittag gehen, wenn die Küche blank ist und Sie Ihren Nachmittagstee bekommen haben.«

»Nun, auf den Nachmittagstee verzichte ich heute, ich werde ihn mit einem Bekannten im Hotel trinken. Sie können also gleich aufbrechen, wenn die Küche sauber ist. In diesem Kleid können Sie wirklich nicht länger herumlaufen, es paßt Ihnen ja gar nicht mehr.«

Verlegen sah sie an sich herab. Welche Frau merkt und fühlt es nicht, wenn sie unvorteilhaft aussieht!

»Ja, es sieht sehr schlecht aus«, sagte sie überzeugt.

Er lachte. Wenn Sie das schon feststellen konnte, war sie sicher über das Schlimmste hinweg.

Er hätte sich gern noch eine Weile mit ihr unterhalten, wußte aber nicht, wie er es begründen sollte. Da kam sie ihm selber zu Hilfe.

»Ich hätte eine Frage, Herr Arnold.«

»Bitte?«

»Ich habe hier in Ihrem Zimmer Staub gewischt, und da habe ich gesehen, daß Sie allerlei Schriftstücke auf der Schreibmaschine hergestellt haben. Könnte ich das nicht für Sie tun? Mit dem Ausbessern der Wäsche bin ich in einigen Tagen fertig, das könnte ich auch abends machen. Ich möchte mich so gern nützlich machen.«

Er überlegte eine Weile. Es mußte sehr angenehm sein, dieses junge Geschöpf mehr in seiner Nähe zu haben, und solche Abschriften, die ihm ohnedies immer sehr langweilig waren, hätte sie gut für ihn anfertigen können. Aber er ließ sich nicht anmerken, wie sehr er sich über ihr Anerbieten freute und fragte nur:

»Maschinenschreiben können Sie ja auch, wie Sie mir sagten.«

»O ja, sehr gut, ich habe das schon als ganz junges Ding gelernt.«

»Nun, damit könnten Sie mir allerdings einen großen Gefallen tun. Aber Sie müßten sich streng verpflichten, über nichts zu sprechen, was Ihnen zur Abschrift unter die Hände kommt.«

Sie sah ihn groß an, und er fand, daß sie wundervolle Augen mit einem offenen ehrlichen Blick hatte.

»Sie können sich fest auf mich verlassen, Herr Arnold, ich weiß doch, daß über solch dienstliche Sachen nicht gesprochen werden darf.«

»Gut, wir reden noch darüber. Es wird mir wirklich lieb sein, diese Abschriften nicht selber machen zu müssen. Sie sehen, daß Sie schon anfangen, mir sehr nützlich zu werden.«

»Etwas Schöneres kann ich mir nicht denken. Ich verehre Sie als meinen Lebensretter und als Retter aus einer großen Gefahr.«

Er fand aber, daß er mit ihrer Verehrung nicht viel anzufangen wisse. War er wirklich schon so alt, daß eine Siebenundzwanzigjährige ihm Verehrung entgegenbrachte wie einem Greis? Er schalt sich gleich selber aus über solche Gedanken.

»Lassen Sie solche Worte nur beiseite, Fräulein Lüdersen, für etwas Selbstverständliches verdient man weder Dank noch Verehrung.«

Sie seufzte tief auf.

»Es gibt wenig Menschen, die so denken wie Sie.«

»So schlechte Erfahrungen haben Sie gemacht?«

Sie winkte nur matt mit der Hand ab.

»Darüber wollen wir lieber nicht reden.«

Er nickte ihr zu. Das nahm sie als Entlassung und verließ das Zimmer. Er sah ihr eine Weile gedankenverloren nach. Und er wünschte sich sehr, dies arme, verfahrene Leben wieder in ein ruhiges, gesichertes Gleis zu bringen. Vorläufig war sie ja in seinem Haus in sicherem Schutz.

Aber immer konnte er sie doch nicht hierbehalten. Oder doch? Ließ es sich nicht doch vielleicht so einrichten, daß sie für immer in seinen bescheidenen Haushalt eingegliedert wurde, daß sie hier für immer Heimatrecht erhielt? Als er so weit in seinen Gedanken gekommen war, sprang er auf und ging unruhig im Zimmer auf und ab.

Dann setzte er sich wieder an seinen Schreibtisch und erledigte einige Arbeiten. Inzwischen wurde es vier Uhr. Frau Grabbe trat ein und fragte, ob sie jetzt mit Fräulein Lüdersen einkaufen gehen könne. Er nickte ihr zu.

»Gehen Sie unbesorgt. Zum Abendessen komme ich nicht nach Hause, Sie brauchen keine Mahlzeit für mich zu richten, ich esse auswärts.«

Damit war Frau Grabbe entlassen, und Heinz Arnold erhob sich und sah den beiden Frauen vom Fenster aus nach. Regina Lüdersen hatte einen etwas zu weiten Mantel übergezogen, den er als Eigentum von Frau Grabbe erkannte. Und auf dem blonden Haar saß eine recht unkleidsame graue Wollmütze, ebenfalls Frau Grabbes Eigentum. Diese selbst hatte sich in ihren besten Staat geworfen. So gingen sie nebeneinander her, und ein heißes Mitleid mit Regina Lüdersen stieg in Heinz Arnolds Herzen auf, weil sie von der Gnade anderer Menschen abhängig war, bis sie ein anständiges Gewand erhielt. Arme kleine Regina!

Aber nun machte auch er sich zum Ausgehen fertig und begab sich in das Hotel, in dem Rudolf Sehring wohnte.

Als er dort nach diesem fragte, wurde ihm gesagt, daß er sich auf seinem Zimmer befinde.

Arnold fuhr nicht erst im Lift hinauf, die eine Treppe nahm er mit einigen noch sehr jugendlichen Sätzen und empfand es als sehr erfreulich, daß er sich noch so frisch und kraftvoll fühlte. Es strömte durch seinen gestählten Körper wie neues Leben. Was war nur mit ihm? Warum merkte er plötzlich wieder, daß er doch noch kein alter Mann war, sondern sich in seinen besten Jahren befand?

Er hatte nie Raubbau mit seinen Kräften getrieben, sein Beruf als Offizier war im Krieg allerdings ziemlich anstrengend gewesen, und auch als Detektiv war manche Anforderung an ihn gestellt worden. Aber all das hatte ihn doch immer nur gekräftigt. Nur das Gefühl der Einsamkeit war zuweilen belastend auf seine Stimmung gefallen, und er hatte sich dann eingeredet, daß es mit der Jugend vorbei sei. Jetzt plötzlich durchströmte ihn ein erhöhtes Daseinsgefühl, eine Freude an der eigenen Kraft und Frische.

Warum wohl?

Da tauchte ein blondes Köpfchen vor ihm auf, zwei samtbraune Augen mit weichen, lockenden Lichtern, ein blasses, schüchternes und doch so reizendes Lächeln, und da wußte er plötzlich, weshalb er sich so jung fühlte. Dieses junge Leben in seinem Heim klopfte leise und zart an sein einsames Herz.

Es war gut, daß er jetzt Rudolf Sehrings Zimmer betreten mußte und aus dieser Stimmung gerissen wurde, sonst hätte er sich wohl seiner Weichheit geschämt.

Rudolf saß in einem Klubsessel und las in einer Zeitung.

»Ich störe doch nicht, Herr Sehring?«

»Durchaus nicht. Im Gegenteil, ich bin froh, ein wenig Gesellschaft zu bekommen. Die Tage hier sind endlos lang, mich verlangt sehr nach Arbeit, und ich habe eben schon eine Menge Anzeigen gelesen, die alle den geplanten Verkauf von Gütern anzeigen. Man sollte es nicht glauben, wie viele Güter in Deutschland zum Verkauf stehen.«

»Ein Zeichen der Zeit, Herr Sehring. Um ein Gut zu kaufen, muß man schon sehr gut bei Kasse sein, etwa so wie Sie.«

Rudolf lachte.

»Nun, unser Dollar ist ja auch bedeutend gefallen, aber immerhin kann ich das ohne Beschwerde ertragen. Wissen Sie, reich sein ist schon sehr schön, zumal, wenn man erst ein armer Schlucker gewesen ist. Aber zu reich sein, da hört das Vergnügen auf. Wenn man nur immer etwas mehr hat, als man gerade braucht, das ist genug.«

Heinz Arnold lachte.

»Da haben Sie die ganze Weisheit in einer Nußschale. Immer ein wenig mehr haben, als man gerade braucht, wahrhaftig, das ist genug zum Zufriedensein. Nun – und Sie werden wahrscheinlich immer ein recht erhebliches Mehr haben, als Sie brauchen. Haben Sie unter den Anzeigen etwas gefunden, auf das Sie näher eingehen möchten?«

»Drei habe ich mir vorgemerkt. Da wird ein großes Gut in Oberbayern angezeigt, eines in Thüringen und eines in Pommern. Aber ich habe kaum die Hälfte der Anzeigen durchgesehen. Bitte, nehmen Sie Platz, wollen wir den Tee zusammen trinken?«

»Mit dieser Absicht kam ich sogar her, meine Haushälterin hat heute Ausgang, und ich hatte ohnedies vor, Sie aufzusuchen.«

»Haben Sie irgend etwas in Erfahrung gebracht?«

»Ich folge einer neuen Spur, Herr Sehring, aber so schnell, wie ich hoffte, kam ich auf derselben nicht zum Ziel. Die verwünschten dreißig Jahre machen eine Menge aus, aber ich werde es schon noch erreichen und – sehr lange hoffe ich Sie nicht mehr auf die Folter spannen zu müssen. Im übrigen hatte ich gestern ein etwas aufregendes Erlebnis, das aber mit Ihrer Sache gar nichts zu tun hat.«

Rudolf klingelte, und als der Kellner kam, bestellte er zweimal Tee mit Zubehör. Dann fragte er:

»Darf man wissen?«

»Gewiß! Ich habe nämlich gestern abend ein junges Mädchen aus dem Hafenwasser wieder an Land gebracht; es wollte sterben.«

»Lieber Himmel. Aus Liebeskummer natürlich?«

»Nein, aus Angst vor dem Leben; aus Angst vor der Not und aus Angst davor, daß es schlecht werden müsse, wenn es am Leben blieb.«

»Erzählen Sie, Herr Arnold. Kann man da nicht helfen?«

Heinz Arnold berichtete, was gestern abend und heute vormittag in bezug auf Regina Lüdersen geschehen war. Er berichtete auch, was er vorläufig getan hatte, fuhr dann aber fort:

»Das alles genügt nicht. Man muß diesem armen Ding einen neuen Daseinswert erschließen, wenn man es wieder ins Leben zurückgezwungen hat. Es nützt nichts, wenn ich so für sie sorge, daß sie vor Not geschützt ist. Man muß ihr Gelegenheit geben, Arbeit und Verdienst zu finden, ohne daß sie das Empfinden hat, nur einer Gnade teilhaftig zu werden. Soviel ich beobachtet habe, ist sie eine feine, empfindsame Seele, nicht sehr geeignet zu hartem Daseinskampf, aber herzlich gewillt, zu arbeiten und zu schaffen, um sich dadurch ein Recht zum Leben zu erwerben. Was ich ihr biete, wird sie immer nur als Gnade und Almosen empfinden.»

Rudolf reichte ihm über den Tisch die Hand und drückte sie warm.

»Sie sind ein guter Mensch, Herr Arnold. Und ich möchte Ihnen sehr gern helfen, daß Ihr Rettungswerk vollständig ist. Aber, lieber Himmel, Arbeit habe ich ja hier nicht einmal für mich selber genug. Wenn ich sie nach drüben schicken könnte, da könnte ich sie schon in unseren Ölwerken unterbringen.«

Arnold schüttelte den Kopf.

»Sie wäre drüben bestimmt nicht am rechten Platz. Da muß man Ellenbogen haben, um sich nicht unterkriegen zu lassen.«

»Richtig! Aber – warten Sie mal, ich habe es. Vorläufig werde ich sie damit betrauen können, daß sie mir auf alle diese Anzeigen hin Briefe schreibt. Da können wir ihr eine ganze Menge Arbeit beschaffen. Ich vermerke täglich aus den Zeitungen, was für mich von Belang ist, und vielleicht auch noch einige Anzeigen, die es weniger sind. Dann kann sie auf Ihrer oder meiner Schreibmaschine –

Sie sagen ja, daß sie diese beherrscht – alle diese Briefe und Anfragen schreiben und mit den Leuten ausmachen, was nötig ist. Schließlich könnte sie die Zeitungen auch selbst durchsehen. Was meinen Sie dazu?«

»Daß Sie sehr hilfsbereit sind. Aber das ginge doch nur auf eine gewisse Zeit.«

»Nun ja, so lange, bis ich ein Gut kaufe. Und dann – meinen Sie nicht, daß ich auf diesem Gut sehr wohl auch noch eine Hilfskraft ihrer Art einstellen könnte? Darüber besteht bei mir gar kein Zweifel.«

Heinz Arnolds Augen leuchteten auf.

»Das wäre allerdings sehr gründliche Hilfe.«

»Nun also, die Sache ist abgemacht. Und damit sie einen Namen hat, stelle ich Fräulein Lüdersen vorläufig als meine Sekretärin an.«

Heinz Arnold war begeistert.

»Das wäre sehr schön von Ihnen; sie wird sich sehr freuen. Morgen schicke ich sie Ihnen her, oder ich bringe sie besser selber, sie ist ein wenig scheu, und deshalb ist sie wohl auch nirgends angekommen. Unsere Zeit braucht rücksichtslosere Menschen.«

»Gut, mein lieber Herr Arnold. Und bitte, machen Sie alles mit ihr aus. Was werde ich ihr nach deutschen Verhältnissen für ein Gehalt geben müssen?«

Sie berieten darüber, und Arnold sagte bewegt:

»Sie werden große Freude bereiten.«

»Wenn man es auf so wenig beschwerliche Weise tun kann, soll man keine Gelegenheit dazu versäumen.«

Die Herren plauderten bis halb sieben Uhr, dann erklärte Rudolf, daß er eine Verabredung habe und fortmüsse. Arnold verabschiedete sich und versprach, am nächsten Tag mit Fräulein Lüdersen wiederzukommen.

Rudolf machte sich nach Arnolds Weggang fertig, um mit Lissa Bernd zusammentreffen zu können.

Sie war ebenso pünktlich zur Stelle wie er. Und heute

hatte er nur ein kleines grünes Sträußchen mitgebracht. Es duftete wundervoll, so würzig und angenehm, daß sie erfreut ihr Näschen hineinsteckte.

»Oh, das ist ja Melisse!«

»Ja, weil Sie doch Melissa heißen. Ich hoffe, daß ich nun endlich bescheiden genug bin mit meiner Blumenspende.«

Sie nickte ihm strahlend zu und ahnte nicht, daß er dieses Sträußchen Melisse ziemlich teuer hatte bezahlen müssen, weil es aus Oberbayern war, wo es, wie ihm der Gärtner gesagt hatte, am besten und sichersten zu haben sei.

Rudolf verschwieg das natürlich wohlweislich und gab sich den Anschein, als sei dieses Bündelchen Melisse kaum Pfennige wert.

Wieder verging ihnen die Stunde während ihres Spaziergangs gar zu schnell, und Rudolf beschwerte sich sehr darüber, daß gerade diese Stunde in Lissas Gesellschaft so schnell vorübergehe.

Er berichtete ihr auch, daß er eine Sekretärin angestellt habe und unter welchen Umständen das geschehen sei. Lissa schauerte leise zusammen, als sie hörte, daß Regina Lüdersen in das kalte Hafenwasser gesprungen sei.

»Die Ärmste«, sagte sie ergriffen.

»Sie bemitleiden sie auch, nicht wahr?« fragte er.

Mit großen, ernsten Augen sah sie ihn an.

»Wenn ich nicht die lohnenden Aufträge bei der Firma Luther erhalten hätte, wäre mir vielleicht auch eines Tages nichts anderes übriggeblieben. Lange genug war auch ich arbeitslos und ohne Verdienst, ich hatte nur das Glück, daß mein kleines Erbe gerade ausreichte, bis ich selber Verdienst fand.

»Daran dürfen Sie nun nicht mehr denken, jetzt ist doch alles gut.«

»Ja, gottlob! Und nun will ich nur hoffen, daß für diese arme Regina Lüdersen das Leben auch wieder freundlicher wird. Wie gut, daß Sie gerade eine Sekretärin brauchen können.«

Er lachte ein wenig.

»Eigentlich kann ich gar keine brauchen, vorläufig wenigstens nicht. Das kommt vielleicht erst mal in Frage, wenn ich ein Gut gekauft habe und es selbst verwalte. Dann findet sich sicher auch richtige Arbeit für Fräulein Lüdersen. Vorläufig haben wir, der Detektiv Arnold und ich, nur so eine Art Aushilfe geschaffen, damit das arme Wesen wieder Lebensmut bekommt.«

Sie hörte ihm mit strahlenden Augen zu und reichte ihm mit einem warmen Druck die Hand.

»Wie schön und gut, daß es Männer gibt, wie Sie und Detektiv Arnold welche sind. Es muß Ihnen doch wunderbar zumute sein, daß Sie so Schicksal spielen können.«

»Sie müssen davon aber nicht so viel Aufhebens machen. Reichtum verpflichtet. Und es würde mir sehr übel vermerkt werden müssen, hätte ich hier nicht helfend eingegriffen.«

Sinnend sah sie ihn an.

»Man könnte Sie um Ihren Reichtum beneiden, weil Sie so ungehindert Gutes schaffen können. Vielleicht kann ich aber in diesem Fall auch ein klein wenig mithelfen, Gutes zu tun. Sie sagten mir, dieses Fräulein Lüdersen stehe ganz allein in der Welt. Vielleicht kann ich zuweilen mit ihr zusammentreffen, um ihr etwas Mut zu machen. Sie könnte mich in ihrer freien Zeit zuweilen aufsuchen, und wir könnten ein wenig miteinander plaudern, ohne daß ich in meiner Arbeit gestört würde.«

»Ich will dieses freundliche Anerbieten Herrn Arnold übermitteln. Er wird es an Fräulein Lüdersen weiterleiten, oder ich könnte es ihr morgen selber sagen, wenn sie sich bei mir vorstellt. Vorausgesetzt natürlich, daß sie wirklich einen guten, anständigen Eindruck macht. Aber dafür bürgen mir schon Arnolds Worte.«

»Ich denke auch, er wird ja schon von Berufs wegen die Menschen richtig einschätzen.«

Damit war auch dieser Fall erledigt, und sie plauderten

nun noch von Lissas Arbeit, die weiter gute Fortschritte machte. Am nächsten Abend wollten sie sich wie gewöhnlich wieder treffen, und dann wollte Lissa ihm eine fertige Gobelinskizze mitbringen, damit er sie sehen und sein Urteil abgeben konnte.

Als Lissa sich von Rudolf getrennt hatte, dachte sie noch einmal darüber nach, was er ihr von Fräulein Lüdersen berichtet hatte.

»Die Glückliche«, dachte sie seufzend, »sie wird mit ihm auf sein Gut gehen und immer in seiner Nähe bleiben dürfen. Wer das doch auch könnte.«

Und sie wurde sich heute schon klarer, welcher Art ihre Gefühle für Rudolf Sehring waren. Das war nicht nur Freundschaft, meinte sie erkenntnisvoll. Und es war vielleicht gut, wenn sie bald von ihm getrennt wurde, ehe ihre Gefühle für ihn eine solche Trennung nicht mehr erträglich finden würden.

Daß dies schon jetzt der Fall war, wollte sie sich nicht eingestehen. Als sie nach Hause kam, ging sie wieder an ihre Arbeit, und diese lenkte sie wohltätig von anderen Gedanken ab.

Heinz Arnold hatte, ehe er nach Hause zurückkehrte, in einer Gaststätte gespeist. Sobald er aber gegessen hatte, trieb es ihn heim, und er kam gerade zurecht, um Regina Lüdersen in einem neuen Kleid vor dem langen Spiegel auf dem Flur zu überraschen. Sie erschrak heftig, als er plötzlich vor ihr stand, denn sie war gerade dabei, die gekauften Sachen zu probieren. Tief erglühend stand sie nun vor ihm, und er mußte sich sagen, daß sie entzückend aussah in dem schlichten königsblauen Kleid, das mit einem rötlich schimmernden Strichmuster belebt war und Halskragen, Ärmelaufschläge und Gürtel in derselben rötlichen Farbe hatte.

Um ihre Befangenheit wegzuscherzen, sagte er, während er Hut und Mantel ablegte:

»Also da haben wir wieder einmal die Bestätigung des Sprichworts, daß Kleider Leute machen. Wie vorteilhaft haben Sie sich verändert, Fräulein Lüdersen.«

»Es ist ein reizendes Kleid, nicht wahr, und Gott sei Dank nicht teuer. Frau Grabbe erfuhr, als wir die Sachen bezahlten, daß gerade alles, was wir ausgesucht hatten, Ausverkaufspreise hatte. So kauften wir um die Hälfte billiger, nicht wahr, Frau Grabbe?«

Diese war aus ihrem Zimmer herausgetreten und hatte bereits mit ihrem Herrn einen verständnisvollen Blick gewechselt.

»Ja«, sagte sie ohne Wimperzucken, »es ist erstaunlich, wie billig man in so einem Ausverkauf alles bekommt. Wir hätten keinen besseren Tag finden können für unsere Einkäufe. Und Fräulein Lüdersen hat einen sehr guten Geschmack, gleich findet sie immer heraus, was sie am besten kleidet. Gehen Sie nur in Ihr Stübchen, Fräulein Lüdersen, und ziehen Sie gleich noch mal Ihr Sonntagskleid an, das soll Herr Arnold auch sehen und begutachten.«

Regina eilte davon, froh, aus dem Bereich von Heinz Arnolds bewundernden Augen zu kommen. Er sah ihr nach und dachte:

»Wie schön und lieb sie aussieht!«

Frau Grabbe teilte ihm nun gleich heimlich mit, daß die gesamten Einkäufe allerdings dreihundertundzwanzig Mark ausmachten, Fräulein Lüdersen wisse aber nur von hundertundsechzig Mark.

Er nickte ihr einverstanden zu, und sie legte ihm das Geld, das von den fünfhundert Mark, die er ihr gegeben hatte, übriggeblieben war, in die Hand. Schnell steckte er es fort, als Regina nun in einem ganz schlichten, aber reizenden schwarzen Kleid, das einen weißen Kragen und weiße Knöpfe hatte und ganz festlich aussah, erschien. Sie sah darin so vornehm aus, daß man ihr anmerkte, aus welchen Kreisen sie stammte. Das gewisse Etwas, das einer richtigen Dame die Note gibt, hatte aus diesem kleinen, verschüchterten und unglücklichen Geschöpf eine Schönheit gemacht, die unbedingt damenhaft wirkte. Das empfand Heinz Arnold natürlich stärker, als die über ihren Schützling entzückte Frau Grabbe, die unbedingt noch ein wenig an der weißen Schleife herumzupfen mußte, welche den Halskragen abschloß.

Heinz Arnold mußte sein Herz sehr festhalten, denn aus dem Mitleid, das er bis jetzt für Regina empfunden hatte, schoß wie eine starke junge Pflanze die Liebe empor, die selbstlose und opferbereite Liebe des gereiften Mannes. Aber er nahm sich zusammen, nickte wie ein bedächtiger Vater, der mit dem Aussehen seiner Tochter zufrieden ist, und meinte wohlwollend:

»Sehr nett! Wirklich, das ist auch ein sehr nettes Kleidchen, und nun können Sie doch wieder ungeniert unter Menschen gehen.«

Sie sah zaghaft zu ihm auf.

»Aber nun schulde ich Ihnen schon eine ganze Menge Geld. Hundert Mark haben Sie an Frau Steinert bezahlt und hundertundsechzig Mark hat Frau Grabbe heute für mich ausgelegt. Sie hat mir aber auch unbedingt alles kaufen wollen, was ich brauche, bis auf Schuhe und Strümpfe herab.«

Und sie streckte ein sehr schmales, reizendes Füßchen hervor, das in hübschen, wenn auch praktischen Schuhen und Strümpfen steckte.

Er nickte gelassen.

»Schön, Fräulein Lüdersen, so habe ich also zweihundertundsechzig Mark von Ihnen zu bekommen.«

Sie seufzte beklommen.

»Wenn ich die nur schon abgezahlt hätte.«

»Das wird nicht lange dauern, keine Sorge. Denn nun komme ich mit einer ganz großartigen Überraschung heraus: Ich habe eine Stellung für Sie gefunden.«

Regina ließ die Arme schlaff herabsinken, wurde ganz blaß und sah ihn mit erwartungsvollen Augen an.

»Eine Stellung? Für mich? Ach du lieber Gott, ist das denn möglich?«

»Jawohl, aber das wollen wir doch drinnen im Wohnzimmer besprechen. Frau Grabbe kann auch mit hineinkommen und das gleich mit anhören, es wird sie freuen.«

Sie betraten das Wohnzimmer, Heinz Arnold drehte das Licht an und schob den beiden Frauen Sessel zu.

»So, nun nehmen Sie erst mal Platz, ich will es auch tun, dann wird es gemütlicher.«

Das war schnell geschehen, und auch Frau Grabbe sah ihrem Herrn sehr gespannt in die Augen.

»Also – ich habe einen jungen Deutschamerikaner kennengelernt, für den ich eine etwas schwierige Sache bearbeite. Diesem habe ich heute, als er mir sagte, daß er eine Sekretärin brauche, gleich von Ihnen, Fräulein Lüdersen, berichtet. Er wohnt allerdings im Hotel Atlantik, und Sie müssen entweder in Ihrer Wohnung oder dort für ihn arbeiten. Vorläufig kann er Ihnen also keine freie Verpflegung bieten, aber er hat die Absicht, sich in absehbarer Zeit ein großes Gut zu kaufen, und da würden Sie mit ihm auf dies Gut gehen, freie Verpflegung haben und Ihr Gehalt würde dementsprechend niedriger werden.«

Und er nannte ihr das Gehalt.

Regina fuhr erschrocken auf.

»Das ist doch viel zuviel für meine gewiß bescheidene Gegenleistung.«

Er hob lächelnd die Hand.

»Vor allen Dingen müssen Sie sich abgewöhnen, eine Bezahlung für Ihre Dienste als zu hoch anzusehen. Das ist geschäftlich sehr unklug. Ich habe die Sache bereits, Ihr Einverständnis voraussetzend, für Sie angenommen. So ein Glücksfall kommt sicher nur einmal.«

Sie atmete schnell und beklommen und preßte ihre Hände zusammen.

»Mir scheint der Glücksfall allerdings so einzigartig und so groß, daß ich noch nicht daran zu glauben wage. Sind damit nicht etwa Bedingungen verbunden, die ich nicht erfüllen könnte? Ich bin ein wenig – mißtrauisch geworden bei meinen vielen Enttäuschungen.«

Mit einem ruhigen, klaren Blick sah er sie an.

»Glauben Sie, daß ich für Sie abgeschlossen hätte, wenn die Sache nur die geringsten Bedenken in Ihnen auslösen könnte?«

Sie beugte sich vor, faßte seine Hand und drückte sie in ihren beiden weichen Händen.

»Verzeihen Sie mir, ich hätte mir diese Frage sparen können. Aber Sie werden verstehen, daß mich das überwältigt. Werde ich denn auch die nötigen Kenntnisse für diese Stellung haben?«

»Ganz gewiß. Sie werden Briefe auf der Maschine schreiben und wahrscheinlich so allerlei Aufträge bekommen, die Herrn Rudolf Sehring zu zeitraubend oder zu langweilig sind. Das wird er Ihnen morgen alles sagen. Ich will Sie morgen vormittag zu ihm hinbringen, und da ist es gut, daß Sie anständige Kleider haben. Hut und Mantel sind doch auch angeschafft?«

Sie nickte eifrig und nun kam Glanz in ihre Augen.

»Und mein Gehalt? Das ist so viel Geld, dann kann ich doch in einigen Monaten bequem meine Schulden an Sie abzahlen. Ich werde mich ganz einfach einrichten, werde mir ein kleines Zimmerchen mieten und in einem Speisehaus essen.«

»Halt, halt, für die erste Zeit bleiben Sie nur ruhig in meinem Haus. Frau Grabbe kocht für Sie mit. Glauben Sie denn, ich will Sie jetzt gleich wieder aus meinem Schutz lassen? Erst muß ich wissen, daß Sie sich wieder ganz mit dem Leben ausgesöhnt haben. Dann reden wir weiter. Ihr Zimmerchen hier ist freilich sehr klein und einfach, aber um so schneller können Sie dann Ihre Schulden abzahlen, denn wie ich Sie nun schon kenne, ist Ihnen doch sehr darum zu tun.«

Sie nickte eifrig.

»O ja, sehr! Aber kann ich denn das wirklich annehmen?«

»Wenn Sie bleiben wollen, gewiß.«

Sie bekam feuchte Augen und sah ihn an, daß es ihn bis ins Herz traf.

»Ob ich bleiben will? Hier in Ihrem Hause, in Ihrem und Frau Grabbes Schutz – lieber Vater im Himmel, mir war doch heute schon den ganzen Tag, als hätte ich wieder eine Heimat gefunden. Wenn ich bleiben darf, dann – oh, dann will ich es auch von ganzem Herzen gern. Bin ich Ihnen aber auch wirklich nicht lästig?«

Er dachte, wie bitter es für ihn sein würde, ginge sie eines Tages wieder von ihm. Aber er vermochte zu lachen.

»Mir sind Sie gewiß nicht lästig, wir werden uns den ganzen Tag nicht viel zu sehen bekommen, denn ich bin meist unterwegs. Also es bleibt dabei. Frau Grabbe wird Sie auch gern hierbehalten, sie ist ja auch so eine einsame Seele. Nicht wahr, Frau Grabbe?«

Der liefen schon die Tränen über die Wangen.

»Es wird mir sein, als hätte ich mit einemmal mein Trudchen wieder, das mir der liebe Gott genommen hat, als es zwölf Jahre alt war. Nun hat mir der liebe Gott es gleich ganz herangewachsen wiedergeschickt, und da werde ich doch nicht etwa nein sagen, nöch, Herr Arnold?«

Dieser machte eine Handbewegung.

»Da hören Sie es, Fräulein Lüdersen. Und was ich noch sagen wollte, wenn Sie nicht mit Herrn Sehring zu arbeiten haben und er Ihnen Arbeiten mitgibt, die können Sie natürlich hier auf meiner Schreibmaschine erledigen, ich brauche sie doch fast nur abends.«

»Dann gestatten Sie mir aber bitte auch, daß ich dann abends allerlei Arbeiten für Sie erledige. Und in meiner Freizeit werde ich dann die Wäsche vollends ausbessern. Ich muß und muß doch etwas tun, um wenigstens zu versuchen, meiner Dankbarkeit Ausdruck zu geben.«

Heinz Arnold war zumute, als mache man ihm ein köstliches Geschenk. Aber er sagte ruhig, mit einer fast humorvollen Überlegenheit:

»Daran darf ich Sie natürlich nicht hindern, Fräulein Lüdersen, sonst ziehe ich mir Ihren Zorn zu.«

Sie schüttelte den Kopf. Mit großen, dankbar ergebenen Augen sah sie ihn an.

»Nie könnte ich Ihnen zürnen, sowenig, als ich mir je Ihren Zorn zuziehen möchte. Ich wünsche mir nur, daß ich einmal etwas für Sie tun könnte, was recht schwer wäre, damit ich das Gefühl hätte, Ihnen meine Dankbarkeit beweisen zu können.«

Mit einem seltsam versonnenen Blick sah er sie an.

»Wer weiß, vielleicht fordere ich mir eines Tages Ihren Dank ein. Seien Sie nicht so leichtsinnig mit Ihrem Anerbieten.«

Ein leises Schelmenlächeln flog über ihr reizendes Gesicht, und in ihren Augen lag ein vertrauensvoller Ausdruck.

»Nie wird mir etwas zu schwer werden, was ich für Sie tun kann, und nie werden Sie etwas von mir fordern, was ich nicht erfüllen könnte.«

»So groß ist Ihr Vertrauen zu mir?« fragte er, seine Rührung unter einem Lächeln verbergend.

»Es könnte nicht größer sein. Vergessen Sie doch nicht, was Sie schon alles für mich getan haben, und – wie Sie es getan haben.«

Er erhob sich, weil er ihr nicht mehr ruhig gegenübersitzen konnte.

»Ich habe jetzt zu arbeiten. Frau Grabbe, bringen Sie mir noch eine Tasse Tee, es darf auch ein Schuß Rum drin sein.«

Die beiden Frauen gingen schnell hinaus.

Draußen fiel Regina Frau Grabbe um den Hals, barg ihren Kopf an deren Schulter und schluchzte:

»Er ist so gut, so sehr gut. Der liebe Gott war sehr gütig, daß er mich zu ihm und zu Ihnen führte.«

Frau Grabbe ging auch nie einer Rührung aus dem Wege und weinte ein paar Tränen mit.

»Ja, Kindchen, er ist ein grundguter Mensch, das weiß ich schon lange. Was hat er schon an mir alten Frau getan. Und für Sie, da macht es doch viel mehr Vergnügen, wo Sie so ein lüttes, hübsches Mädel sind, nöch, das müssen Sie doch einsehen. Und ich bin so froh, daß Sie nun bei uns bleiben. Hoffentlich für immer.«

Regina lauschte diesen Worten nach. Für immer? Für immer in Heinz Arnolds Schutz? Für immer in seine gütigen ernsten Augen sehen, seine Güte und Fürsorge spüren dürfen? Ach nein, das wäre zuviel des Glücks. Aber nur noch ein Weilchen bei ihm bleiben dürfen, bis man wieder Lebensmut bekam, nur so lange wenigstens, da es doch nicht für immer sein konnte.

Als sie an diesem Abend in ihrem kleinen Zimmerchen auf dem schönen, sauberen weißen Bett lag, schloß sie fest die Augen, damit sie sich Heinz Arnolds gutes charaktervolles Gesicht ins Gedächtnis rufen konnte. Und ihr war, als müsse sie dieses Gesicht sanft und dankbar streicheln, immer wieder, die hohe, gedankenvolle Stirn, die gebräunten Wangen. Sie meinte, noch nie einen Menschen gesehen zu haben, der ihr so ganz das Ideal eines Mannes verkörpert hatte wie er. Und mit einem tiefen, beglückten Atemzug legte sie sich auf die Seite und schlief ein, unter seinem Schutz, wie es ihr noch in ihre Träume hinüberklang.

X

Am nächsten Vormittag machte sich Heinz Arnold mit seiner Schutzbefohlenen auf den Weg zu Rudolf Sehrings Hotel. Dieser hatte sie schon erwartet. Regina hatte das königsblaue Kleidchen angezogen, darüber einen leichten Mantel, den Frau Grabbe ebenfalls für sie angeschafft hatte, und einen kleinen, dazu passenden schwarzen Hut. Was sich Rudolf Sehring eigentlich für eine Vorstellung von Heinz Arnolds Schützling gemacht hatte, wußte er nicht, aber keinesfalls deckte sie sich mit Reginas damenhafter Erscheinung. Er stutzte ein wenig, sah fragend zu Heinz Arnold hinüber und dieser stellte nun vor.

Lächelnd verbeugte sich Rudolf.

»Also Sie wollen das Amt einer Sekretärin bei mir übernehmen, Fräulein Lüdersen?« fragte er, als sei das die einfachste Sache der Welt.

Sie verneigte sich.

»Herr Arnold hat mir gesagt, daß ich das Glück haben soll, diese Stellung bei Ihnen zu bekommen. Ich sage aber gleich, daß ich keine Zeugnisse habe, die mich nur annähernd für diese Stellung empfehlen würden.«

»Oh, Herr Arnold hat sich für Sie verbürgt, das reicht mir vollkommen.«

»Hoffentlich genügen Ihnen meine Kenntnisse für diesen Posten, aber ich verspreche Ihnen, daß ich mir mit heißem Eifer aneignen werde, was mir vielleicht noch dazu fehlt. Ich betrachte es als ein ganz großes Glück, daß Sie mich anstellen wollen, und werde Ihnen sehr dankbar sein, wenn Sie es mit mir versuchen würden.«

Er hatte seine beiden Gäste zum Sitzen eingeladen. Nun nahm er ihnen gegenüber Platz und sagte lächelnd:

»Aber bitte sehr, das ist doch schon alles mit Herrn Arnold abgemacht. Wenn Sie wollen und können, steht es Ihnen frei, schon heute Ihre Stellung anzutreten.«

»Ich bin bereit dazu, je eher ich verdienen kann, desto lieber ist es mir.«

»Gut, da begegnen sich unsere Wünsche. Hier liegt auch schon eine Menge Arbeit für Sie. Sie sehen diesen Stoß Zeitungen. Den müssen Sie vor allen Dingen durchsehen, um Anzeigen zu finden, in denen größere Landgüter zum Verkauf ausgeboten sind. Sie machen mir eine kurze Aufstellung all dieser Güter, vermerken mir alles, was darüber gesagt wird, und wenn das geschehen ist, sprechen wir durch, auf welche der Anzeigen Sie antworten und weitere Erkundigungen einziehen sollen. Werden Sie sich das zutrauen?«

Sie hatte aufmerksam zugehört, warf nun einen fragenden Blick auf Heinz Arnold und sagte dann rasch:

»Ich denke doch, das ist ja nicht schwierig. Das werde ich hoffentlich zu Ihrer Zufriedenheit erledigen können.«

»Gut. Dann fangen Sie doch gleich an. Bitte legen Sie ab. Ich werde inzwischen mit Herrn Arnold zusammen unten im Hotel frühstücken. Da auf dem Schreibtisch finden Sie außer der Schreibmaschine alles Nötige.«

Sie hatte sich schnell erhoben und legte Hut und Mantel ab, während die beiden Herren das Zimmer verließen. Draußen blieben diese einen Augenblick stehen, sahen sich an und lächelten wie zwei Verschwörer.

Aber erst unten im Speisesaal, wo sie sich ein kräftiges zweites Frühstück geben ließen, fanden sie die Sprache wieder.

»Sie haben da eine sehr schöne junge Dame aus dem Wasser gezogen, mein lieber Herr Arnold.«

Dieser sah etwas unruhig und beklommen in Rudolfs Augen.

»Ich hoffe, Herr Sehring, ihre Schönheit bleibt ganz aus dem Spiel bezüglich der Anstellung, die sie bei Ihnen gefunden hat.«

Rudolf merkte sehr wohl den Unterton in dieser Frage. Er schüttelte lächelnd den Kopf.

»Sie können ganz unbesorgt sein. Auch wenn mein Herz nicht bereits sehr stark anderweitig gefesselt wäre, würde Fräulein Lüdersen unantastbar für mich sein. Nicht nur, weil sie ein armes schutzloses Geschöpf ist, sondern auch, weil ich in Ihren Augen lese, daß – nun ja, daß Sie gewillt sind, jeden Mann niederzuboxen, der ihr nur eines ihrer blonden Härchen krümmen will. Verstehen wir uns auch in diesem Punkt?«

Heinz Arnold reichte ihm die Hand über den Tisch.

»Ich danke Ihnen für Ihre Stellungnahme zu dieser Angelegenheit.«

»Das bedarf keines Dankes! Ich kann mich sehr gut in Ihre Lage denken, denn mir erging es ganz ähnlich wie Ihnen. Ich konnte auch einer Frau einen Dienst erweisen, und in demselben Augenblick verlor ich mein Herz an sie. Mir scheint, nachdem Sie Fräulein Lüdersen vom sicheren Tod errettet haben, ist es Ihnen ähnlich ergangen?«

Heinz Arnold sah mit einem sinnenden Ausdruck vor sich hin.

»Ich muß Ihnen gestehen, daß es mich gepackt hat mit einer Kraft, die ich mir selber nicht mehr zugetraut habe. Ich glaubte fertig zu sein mit den Frauen. Seit gestern früh merke ich, daß etwas in mir aufwacht, gegen das alles Wehren nichts hilft. Aber ich bin doch noch vernünftig genug, um mir zu sagen, daß ich wohl zu alt bin für so ein junges Ding. Sie ist zwar siebenundzwanzig Jahre alt, aber dabei ist sie so jung und unberührt geblieben wie ein Kind, trotz aller Kämpfe und Schwierigkeiten. Und soll ich mich lächerlich machen und in meinem Alter eine Torheit begehen?«

»Für eine Torheit würde ich es nur halten, wenn Fräulein Lüdersen es nicht wert wäre, daß ein so vollwertiger Mann wie Sie sich um sie bewirbt.«

Heinz Arnold zuckte die Achseln.

»Wertvoll genug als Mensch erscheint sie mir, und darin täusche ich mich gewiß nicht. Aber soll ich ihr jetzt zeigen, wie es um mich steht, und sie bitten, meine Frau zu werden? Trotz aller Not, sie würde nein sagen, wenn sie nicht glaubte, daß sie mir ihre Dankbarkeit beweisen müßte. Es ist einfach rührend. Aber was finge ich damit an? Ich würde doch den Zwang spüren, den sie sich auferlegt, eben, um mir dankbar zu sein.«

»Ich glaube, Sie haben da irgendwelche unnötigen Minderwertigkeitsgefühle. Ein Mann wie Sie ist ganz dazu geeignet, einer Frau Liebe abzunötigen, und ich habe vorhin gesehen, daß sie mit einer wahrhaft schwärmerischen Innigkeit zu Ihnen emporgesehen hat.«

Arnold wehrte ab.

»Machen Sie mich nicht noch schwächer, als ich diesen flehenden, dankbaren Augen gegenüber schon bin. Ich muß alle Kraft zusammenreißen, um sie nicht wie ein geliebtes Kind in die Arme zu nehmen und um ihre Zuneigung zu betteln. Ja, ja, so sehr hat es mich erwischt, mein lieber Herr Sehring.

Dieser sah ihn mit ernsten Augen an.

»Freuen Sie sich doch daran, daß Sie noch jung so empfinden können. Sie haben anscheinend nach Ihrer ersten Enttäuschung zu früh mit allem abgeschlossen, was Frau und Liebe heißt. Das rächt sich immer und kommt später um so heftiger wieder zum Ausbruch. Ich sehe aber gar keinen Grund ein, daß Sie sich quälen. Warten Sie ruhig ab, bis Ihre neuen Blütenträume reifen. Wenn diese junge Dame so wertvoll ist, wie Sie annehmen, und wie ich bei Ihrer Menschenkenntnis nicht bezweifeln kann, dann wird sie Ihnen nicht gleich von heute auf morgen um den Hals fallen, sondern sich erst klarwerden wollen, ob sie Ihre Liebe erwidern kann. Vorläufig hat sie wahrscheinlich noch keine Ahnung, daß sie von Ihnen geliebt wird. Aber Frauen haben einen feinen Instinkt, solche Gefühle sehr bald zu erraten. Dann brauchen Sie nur achtzugeben, wie sie sich Ihnen zeigt, und Sie werden als echter Mann erkennen, ob Sie wiedergeliebt werden oder nicht. Ich spreche da sehr weise und erfahren, wie ein alter Mann, und befinde mich doch genau in derselben Lage wie Sie und benehme mich wahrscheinlich genauso unvernünftig wie Sie auch. Manchmal müssen wir Männer erst mit dem Kopf gegen die Tür stoßen, um zu erkennen, ob sie offen oder geschlossen ist. Und da Sie mich nun in Ihr Vertrauen gezogen haben, will auch ich ganz offen zu Ihnen sein und Ihnen die Geschichte meiner Liebe erzählen.«

Und er berichtete ausführlich, wie er mit Lissa Bernd bekannt geworden war, daß er sie, um sie nicht abzuschrecken und zutraulich zu machen, mit einer harmlosen Freundschaft gelockt hatte, und wie er sich nun jeden Tag mit einer Stunde und sonntags mit drei oder vier Stunden ihrer Gesellschaft begnügen müsse, weil sie eben ihre Zeit brauchte, um ihren Unterhalt zu verdienen.

»Bedenken Sie, lieber Herr Arnold, ich muß es vorläufig ruhig gestatten, muß ruhig zusehen, wie sich die Frau, die ich liebe, der ich die Hände unterbreiten möchte, für ein armseliges Einkommen müht von früh bis spät. Sie muß sich die paar Stunden für mich abstehlen und betrachtet sie zugleich als körperliche und geistige Erfrischung, damit sie nachher wieder weiterarbeiten kann. Mit all meinem Reichtum kann ich nichts, gar nichts für sie tun, weil sie alles stolz abweisen würde. Die paar armseligen Blumen, die ich ihr bringen darf, sollen um die Welt nicht mehr als fünfzig Pfennig kosten. Ich halte das auch nur aus, um meiner Sache bei ihr durch ein unangebrachtes Ungestüm nicht zu schaden. Sosehr ich sie liebe, darf ich das nicht aussprechen, solange ich nicht die Gewißheit erlangt habe, daß sie mich wiederliebt. Also ich sitze in derselben Zwickmühle wie Sie, mein lieber Herr Arnold. Wir müssen uns miteinander trösten und uns guten Mut zusprechen. Jetzt sind Sie also an der Reihe.«

Heinz Arnold legte die Hand auf Rudolfs Arm.

»Wollen wir uns also damit trösten, daß Liebe Gegenliebe erweckt. Sie haben mir Mut gemacht, ich will Ihnen auch welchen machen und Ihnen sagen, daß diese junge Dame, die Sie als so zurückhaltend und stolz schildern, sicher auch nicht in eine Freundschaft mit Ihnen gewilligt hätte, wäre bei ihr unter dieser Freundschaft nicht noch ein anderes Gefühl verborgen. Freundschaft zwischen Mann und Weib gibt es nur, wenn beide Teile im Herzen anderweit gebunden sind. Ich hoffe also doch, daß Sie mir in nicht zu ferner Zeit Ihre Verlobung melden können. Ich wollte, ich wäre meiner Sache so sicher, wie ich die Ihre ansehe.«

Sie schüttelten sich die Hände und nickten einander zu.

Dann berichtete Rudolf auch, daß er Lissa Bernd veranlaßt habe, sich Fräulein Regina Lüdersens freundschaftlich anzunehmen. »Frauen müssen zuweilen eine Aussprache unter sich haben, wie wir Männer es auch brauchen, und ich glaube damit in Ihrem Sinne gehandelt zu haben.«

»Unbedingt, ich danke Ihnen dafür, mein lieber Herr Sehring.«

»Dessen bedarf es nicht. Ich werde Fräulein Lüdersen mitteilen, daß sie Fräulein Bernd jederzeit besuchen darf. Und – ich werde Fräulein Bernd auch sagen, daß Fräulein Lüdersen bereits von einem andern Mann begehrt wird. Denn wenn Lissa Bernd sieht, wie schön und fein Fräulein Lüdersen ist, dann kommt sie vielleicht auf Gedanken, die mir nur bei ihr schaden können.«

Heinz Arnold lachte.

»Das wollen wir nicht heraufbeschwören.«

»Gewiß nicht. Und nun, da wir uns so tief ins Herz geblickt haben, wie steht es mit Ihrer Einstellung, mir eines Tages auf mein Gut zu folgen? Ich werde jetzt einen starken Anziehungspunkt dort haben, wenn ich Fräulein Lüdersen mit mir nehme.«

Arnold winkte ab.

»Dessen bedarf es gar nicht einmal. Ich würde ja auch ohnedies sehr gern mitkommen. Aber wenn wir nun unsere Aufgabe hier nicht lösen können, was ja immerhin nach so langer Zeit möglich ist?«

»Ich versprach meinem Vater, alles zu tun, was in meinen Kräften steht, diese Sache aufzuklären. Ist es unmöglich, trotz aller Nachforschungen, so war mein Vater nicht der Mann, mir Unmögliches als Aufgabe zu stellen. Wir wollen beide unser Möglichstes tun. Bekommen wir die Gewißheit, daß die Sache nicht mehr aufgeklärt werden kann, dann müssen wir uns mit dem Bewußtsein begnügen, daß es unmöglich war.«

»Und – auch dann würden Sie mich mit auf Ihr Gut nehmen wollen?«

»Selbstverständlich! Auch dann wäre mir Ihre Mitarbeit erwünscht.«

Arnold sah versonnen ins Weite. Dann warf er den Kopf zurück.

»Es wäre zu schön, um Wahrheit zu werden! Regina Lüdersen als meine Frau, als Mutter meiner Kinder, es wäre wirklich viel zu schön.«

»Oh, ich meine, es kann gar nicht schön genug sein, gerade, wenn es Wahrheit wird.«

Sie sahen sich an und lachten, wie nur Menschen in Erwartung eines großen Glücks lachen können.

Rudolf Sehring füllte die Gläser. Sie hoben sie auf und stießen an.

»Es lebe, was wir lieben!«

Und sie leerten ihre Gläser bis zur Neige.

Regina Lüdersen hatte alle Anzeigen durchgelesen und etwa sechs davon herausgesucht. Darüber machte sie nun auf der Schreibmaschine die ausführlichsten und genauesten Aufstellungen. Das erschien ihr als eine sehr leichte und einfache Arbeit. Sie war gerade damit fertig, als die beiden Herren wieder zurückkehrten. Sauber und genau aufgeschrieben war nun alles, was Herr Sehring würde wissen wollen, und sie legte ihm etwas zaghaft die Auszüge vor. Rudolf Sehring nahm einen nach dem andern durch, besprach das alles mit Heinz Arnold und es geschah, Regina zu Gefallen, mit großer Wichtigkeit.

Die Güter, die hier in Frage kamen, lagen über ganz Deutschland zerstreut, und Heinz Arnold mußte Rudolf all die genannten Gegenden erklären. Das tat er mit großer Gewissenhaftigkeit, und Regina Lüdersen bekam immer wieder etwas aufzuschreiben, was Rudolf ihr angab.

Dann war man im klaren, und Rudolf sagte zu Fräulein Lüdersen:

»Also bitte, nehmen Sie nun diese sechs Auszüge mit und schreiben Sie für jede dieser Anzeigen eine Anfrage mit der Bitte um genaue und ausführliche Angaben, vielleicht unter Beifügung von Bildern der vorhandenen Gebäude. Auch Pläne und Grundrisse sind mir erwünscht. Das alles muß aber noch heute erledigt werden. Ihre Anwesenheit hier ist nicht mehr erforderlich. Und – was ich sagen wollte – hier ist Ihr Gehalt für diesen Monat im voraus. Sie werden Geld brauchen, und mir ist es gleich, ob ich im voraus oder nachher zahle. Außerdem wollte ich Ihnen noch sagen, daß eine junge Dame, mit der ich befreundet bin, sich sehr freuen würde, wenn Sie ihr zuweilen einen Besuch machen würden. Sie ist von ihrer Arbeit ans Haus gefesselt, ist Kunstgewerblerin und fertigt Entwürfe an. Dabei würde sie gern zuweilen ein Stündchen mit Ihnen plaudern. Ich habe Ihnen hier die Adresse aufgeschrieben, bitte, nehmen Sie den Zettel an sich. Ich denke mir, daß Sie beide sich gut verstehen und einander etwas sein können, da Sie beide verwaist sind und einsam im Leben stehen.«

Er legte den Zettel mit der Adresse neben das Geld. Regina sah erst wieder fragend in Heinz Arnolds Gesicht, als wolle sie nichts ohne seine Zustimmung tun. Er nickte ihr lächelnd zu. Da nahm sie das Geld und den Zettel an sich und barg alles in einer kleinen Handtasche, die sie gestern gekauft hatte.

Als sie sich entfernen wollte, hielt sie Rudolf noch einen Augenblick zurück.

»Warten Sie, ich will Ihnen gleich noch für morgen Aufträge geben, denn ich werde hier erst von elf Uhr an zu sprechen sein. Also, bitte, kaufen Sie morgen früh alle neu erscheinenden Zeitungen, in denen solche Anzeigen stehen. Die können Sie schon durchgesehen haben, ehe Sie zu mir kommen. Wir besprechen dann hier das Weitere.

Sie machen genau solche übersichtlichen Aufzeichnungen wie heute und legen mir die vor, wenn Sie kommen. Die Briefe, die Sie heute noch absenden, versehen Sie mit Marken. Alle Auslagen an Porto und für die Zeitungen vermerken Sie zu meinen Lasten. Sie unterschreiben als meine Sekretärin. Und nun habe ich für heute keine weiteren Aufträge für Sie.«

Regina hatte ihren Hut wieder aufgesetzt, und Heinz Arnold half ihr in den Mantel. Dabei sagte er:

»Ich komme gleich mit, Fräulein Lüdersen, ein Stück können wir zusammen gehen. Ich habe jetzt hier auch nichts mehr zu tun.«

So gingen sie zusammen fort, und Rudolf sah ihnen lächelnd nach.

Regina blieb stumm, bis sie das Hotel verlassen hatten. Dann blieb sie stehen, nahm von dem Geld und reichte es ihm.

»Bitte, damit will ich anfangen, meine Schulden zu tilgen.«

Er wehrte ab.

»Das eilt doch nicht, und so viel können Sie doch nicht entbehren.«

»Doch – bitte, nehmen Sie, ich werde ja erst wieder aufatmen können, wenn ich keine Schulden mehr bei Ihnen habe. Ich brauche ja nur die kleinen Auslagen für Herrn Sehring. Werde ich denn meine Sache richtig machen?«

Er nahm das Geld, weil er wußte, es würde sie befreien und erlösen. Lächelnd nickte er ihr zu. Gut hatte sie ihre Sache gemacht, sie sollte ruhig sein.

»Mir scheint, daß ich plötzlich nur noch guten Menschen begegne. Auch Herr Sehring muß ein sehr guter Mensch sein. Und nun soll ich auch noch eine junge Dame kennenlernen. Vielleicht ist die auch so ein lieber Mensch. Und das alles danke ich Ihnen – nur Ihnen.«

»Davon wollen wir doch nicht mehr reden.«

Sie sah ihn mit einem seltsam rührenden Blick an.

»Wenn Sie nicht gewesen wären, dann wäre ich jetzt schon tot und begraben. Und dann hätte ich all das Schöne und Gute nicht mehr erlebt. Begreifen Sie nicht, wie traurig das gewesen wäre?«

»Sehr traurig, ich möchte mir das gar nicht ausmalen.«

»Denken Sie nur, wenn ich mein nächstes Monatsgehalt bekomme, kann ich schon wieder Schulden abzahlen. Aber dann müssen Sie mir gestatten, daß ich auch etwas für den Aufenthalt in Ihrem Hause beisteuern darf.«

Er lachte.

»Wollen Sie mir vielleicht für die überflüssige Mädchenkammer eine Bezahlung anbieten?«

»Aber doch wenigstens für alles, was ich in Ihrem Hause genieße?«

»Nun, darüber sprechen wir später, wenn Sie erst Ihrer Schulden ledig sind. Es wird Ihnen nichts geschenkt, nur keine Angst, wir werden Sie schrecklich ausbeuten, Frau Grabbe und ich.«

Nun mußte sie lachen. Und dieses weiche, klare Lachen, das er zum erstenmal hörte, klang ihm noch lange in den Ohren, als er sich schon von ihr getrennt hatte.

Während Regina nach Hause ging, begab sich Heinz Arnold auf die Polizei, um erstens einmal diese Frau Steinert ein wenig unter die polizeiliche Lupe nehmen zu lassen, und dann, um sich auf dem Meldeamt zu erkundigen, ob die Frau des ertrunkenen Wendhausen noch am Leben war und wenn, wo sie sich jetzt befand.

Die Sache mit Frau Steinert wurde glatt erledigt, aber als er zum Meldeamt kam, war das wegen der üblichen Reinigung geschlossen.

Also mußte er unverrichteter Dinge wieder abziehen.

Das konnte er jedoch nachholen. Morgen war auch noch ein Tag. Heute begab er sich nun zu dem ehemaligen Chef dieses Herrn Wendhausen, der, wie er schon gestern festgestellt hatte, noch am Leben und auch noch in der Firma war.

Der schon sehr betagte Herr konnte sich noch auf Wendhausen besinnen. Er war ein sehr kluger Mensch gewesen, und man war zuerst recht zufrieden mit ihm. Als er dann die reiche Frau geheiratet hatte, fing er an zu bummeln, und er mußte vermahnt werden. Noch schlimmer war es geworden, als das erwartete Erbe seiner Frau verlorenging, und man hatte schon in Erwägung gezogen, ihm zu kündigen und hatte ihm auch damit gedroht, wenn er sich nicht wieder eines besseren Lebenswandels befleißige. Dann aber war er plötzlich verunglückt.

Mehr wußte der alte Herr auch nicht. Über die Frau konnte er keine Auskunft geben, sie hatte sich nie an ihn gewandt, etwa um Unterstützung oder dergleichen. Man habe damals bei ihr angefragt, ob sie in Not geraten sei und ob man ihr über das Schlimmste weghelfen könne, aber sie hatte geantwortet, sie habe eine kleine Rente geerbt und damit käme sie gut aus. Sie danke für das Anerbieten, wolle aber keinen Gebrauch davon machen.

Das alles war nun nicht geeignet, Heinz Arnold nennenswerte Aufschlüsse zu geben. Wohin die Witwe Wendhausen gezogen war, wußte der Chef auch nicht. Es ging aus alledem nur hervor, daß dieser Wendhausen sehr verbummelt war, vor einer Kündigung stand und sich sozusagen in Not befand. Das konnte einen so zweifelhaften Charakter schon zu einem Diebstahl verführt haben, zumal wenn er ihn ohne Gefahr für sich ausführen konnte. Aber wie nun weiter?

Heinz Arnold ging nochmals bei dem zuständigen Meldeamt vorüber, und da erfuhr er, was er wissen wollte, nämlich, wohin die Witwe Wendhausen gezogen war, als sie damals die Wohnung verließ, in der sie mit ihrem Mann gewohnt hatte. Sie sei auch noch am Leben und erst siebenundfünfzig Jahre alt.

Befriedigt schrieb Arnold die Adresse auf und zögerte nicht, die Wohnung der Witwe Wendhausen aufzusuchen.

Frau Emilie Wendhausen öffnete am nächsten Tage selbst die Tür, als Heinz Arnold klingelte. Sie sah erstaunt auf den schlanken großen Herrn mit den tiefernsten Augen.

Ein Blick in das stille, leidgezeichnete Gesicht der alten Frau verriet Heinz Arnold, daß deren Leben nicht auf Rosen gebettet gewesen war. Sie erschien trotzdem nicht unsympathisch, und er beschloß, erst einmal mit Vorsicht und Schonung vorzugehen.

»Was wünschen Sie?« So fragte Frau Wendhausen.

Er verneigte sich.

»Verzeihen Sie, wenn ich störe, aber ich möchte Ihnen gern einige Fragen vorlegen. Diese Fragen betreffen Ihren verstorbenen Mann.«

Erstaunt, sogar etwas betroffen, sah sie zu ihm auf.

»Meinen verstorbenen Mann? Der ist aber schon viele Jahre tot.«

»Ganz recht, das weiß ich. Es wäre aber möglich, daß er – beziehungsweise seine Nachkommen in einer Angelegenheit Auskunft geben müßten. Kinder sind wohl nicht vorhanden?«

Frau Emilie konnte nicht blasser werden, als sie ohnehin schon war.

»Bitte, treten Sie ein, mein Herr.«

Sie führte ihn in ihr Wohnzimmer und bat ihn höflich, Platz zu nehmen.

»Was ist das für eine Angelegenheit?« fragte sie so ruhig sie konnte.

Er hatte sich inzwischen überlegt, wie er sich möglichst harmlos einführen könne, und sagte ruhig:

»Es handelt sich da um eine kleine Erbschaftssache. Drüben in Holland ist ein Herr Wendhausen gestorben und hat einige tausend Gulden hinterlassen ohne einen Erben anzugeben. Nun ist es unsere Pflicht – ich bin Kriminalbeamter«, damit schlug er seinen Rockaufschlag um und zeigte nun erst seine Marke, damit sie nicht vorher zu erschrecken brauchte, was auch Menschen mit gutem Gewissen geschehen konnte, »und möchte Erkundigungen bei Ihnen einziehen, ob Ihr verstorbener Mann als einer der Erben in Frage käme. Es gibt anscheinend eine ganze Menge Wendhausen, und ich möchte gleich bemerken, daß Sie sich keine hohen Erwartungen machen dürfen bezüglich dieser Erbschaft.«

Frau Emilie Wendhausen hatte leise aufgeatmet und sah nun ruhig und klar in das Gesicht ihres Besuchs.

»Ich mache mir nicht so leicht irgendwelche Hoffnungen, zumal ich wenig Ansprüche an das Leben habe und das wenige, was ich brauche, durch eine kleine Rente zu decken vermag, die mir eine Tante hinterlassen hat.«

Er verneigte sich, nahm sich aber vor, Erkundigungen einzuziehen, ob es mit dieser Erbschaft seine Richtigkeit hatte, oder ob die Witwe Wendhausen vielleicht aus dem Raub ihres Mannes die Nutznießung zog. Er zeigte sich aber ganz überzeugt von der Wahrheit dieser Aussage und sagte:

»Das ist sehr erfreulich für Sie, Frau Wendhausen, wenn Sie so ruhig auf eine Erbschaft verzichten können, aber es ist doch ganz schön, wenn man sich einige Annehmlichkeiten mehr leisten kann.«

Sie zuckte ergeben die Achseln.

»Ich bedarf dessen wirklich nicht. Denn ich habe von meiner kleinen Wohnung noch zwei Zimmer vermietet, und der Erlös dafür genügt mir für kleine Annehmlichkeiten, die ich aber zur Not auch entbehren könnte.«

»Sie scheinen ein sehr bescheidenes Gemüt zu haben und sind deshalb beneidenswert.«

Es zuckte ein schattenhaftes, bitteres Lächeln um ihren Mund.

»Das Leben lehrt uns, daß wir uns bescheiden müssen.«

»Oh, das klingt sehr entsagungsvoll. Und natürlich – wenn man so jung wie Sie Witwe wird, das ist schmerzlich.«

Wieder irrte das bittere Lächeln um ihren Mund. Heinz

Arnolds sehr sympathische Persönlichkeit machte die alte Frau mitteilsamer, als sie sonst war. Er hatte auch eine besondere Art, um Leute, die er ausfragen wollte, zum Sprechen zu bringen.

»Ich war schon sehr alt, als ich Witwe wurde, wenn auch nicht an Jahren. Manchmal ist man schon verbraucht, wenn das Leben kaum angefangen hat«, sagte sie leise.

Voll Teilnahme sah er sie an. Diese Frau hatte scheinbar in ihrer Ehe schwer gelitten, das bestätigten ihm die Aussagen des Gastwirtes und seiner Frau.

»Und Kinder, die Sie trösten und aufrichten könnten, haben Sie also leider nicht?«

»Nein, ich war nur einmal Mutter eines toten Mädchens.«

Das kam herb und fast schroff über ihre Lippen. Und dann fuhr sie wieder abwehrend fort:

»Also, über was kann ich Ihnen nun noch Auskunft geben?«

Er legte ihr einige belanglose Fragen vor bezüglich der Abstammung ihres Mannes, und sie gab bereitwillig Auskunft. Dann sagte er ihr:

»Ich habe mich zuerst in dem Geschäft, wo Ihr Gatte vor seinem Tode angestellt war, nach ihm erkundigt und konnte da natürlich nicht viel in Erfahrung bringen. Ihr Mann ist, wie man mir sagte, im Hafen ertrunken?«

Das Gesicht der alten Frau erschien wie versteinert.

»Ja, er ist im Dunkeln über die Kaimauer gestürzt.«

Vorläufig wußte Heinz Arnold nun nicht, wie er weiter vorgehen sollte. Er wollte sich erst überlegen, wie er die Rede auf die verschwundenen Wertstücke bringen sollte. Die alte Frau sollte nicht unnötig beunruhigt werden, wenn sie doch nichts davon wußte. Er wollte sich nun erst genau erkundigen, ob das mit dem Erbe der Rente stimmte, und dann würde er sich einen Plan machen, wie er weiterkam. Hatte die Frau nur eine Ahnung davon, daß ihr Mann diese Wertstücke entwendet hatte, vielleicht hatte sie dieselben auch gesehen, dann konnte er schon Licht in die Angelegenheit bringen.

»Ich werde vielleicht noch einige Male wiederkommen und einige Fragen an Sie richten müssen, Frau Wendhausen, bitte, lassen Sie es mich dann nicht entgelten, wenn ich störe.«

Sie schüttelte leicht den Kopf.

»Es ist doch nur Ihre Pflicht, mein Herr.«

Ruhig begleitete sie ihn hinaus und schloß langsam die Tür hinter ihm.

Dann ging sie wieder ins Wohnzimmer, stand eine Weile unbeweglich da und fragte sich: »Wenn dieser Mann nun wegen der Sachen da drinnen in der Aktenmappe gekommen wäre, was hätte ich dann antworten müssen?« Und sie schauerte in einem kalten Angstgefühl zusammen. Schließlich hatte sie sich doch dadurch eine Schuld aufgeladen, daß sie das, was ihr Mann irgendwie entwendet hatte, zurückbehielt und verbarg. Im Grunde hatte sie sich doch schon dadurch strafbar gemacht, daß sie in der Inflation nicht wenigstens die Goldstücke abgeliefert hatte. Aber wie konnte sie denn das tun, ohne zu verraten, woher sie kamen? Es ging doch nicht, daß sie plötzlich zehntausend Mark in Gold ablieferte, deren Ursprung sie nicht erklären konnte. Wer würde an ihre Schuldlosigkeit glauben? Wer würde glauben, daß sie diesen Raub nach ihrem Tod an den rechtmäßigen Besitzer wieder zurückgeben wollte?

Und weiter gingen ihre ruhelosen Gedanken. Wo war damals dieser Sehring hingekommen, den man fälschlich beschuldigt hatte, diese Wertsachen entwendet zu haben? Ob er noch lebte? Einen kleinen Sohn hatte er damals mit seiner Frau zurückgelassen. Dieser Sohn mußte jetzt auch schon Mann geworden sein. Ja, vier Jahre war er damals gewesen; er mußte wohl jetzt reichlich Mitte der Dreißig sein. Aber sie wußte nur, daß die Frau dieses Sehring mit dem Knaben auch bald darauf verschwunden war. Ob sie sich wieder mit ihrem Mann zusammengefunden hatte? Was war aus ihnen geworden? Wie qualvoll das alles war. Wenn sie nur einen Menschen hätte, dem sie sich anvertrauen könnte, mit dem sie über das alles sprechen, der ihr einen Rat geben könnte. Dieser Detektiv hatte einen so guten und sympathischen Eindruck gemacht, der hätte ihr vielleicht helfen können, wenn sie den Mut gefunden hätte, ihm alles zu sagen. Aber das ging eben nicht.

Sie atmete tief auf und ging dann zu Lissa Bernd hinüber, die über ihrer Arbeit saß.

Und sie berichtete ihr, daß ein Kriminalbeamter bei ihr gewesen sei, und aus welchem Grund. Lissa hörte erstaunt zu und sagte lächelnd:

»Da schwebt vielleicht gar eine Erbschaft über Ihrem Haupt, Frau Wendhausen?«

Die alte Frau wehrte ab.

»Es haben sich wohl schon eine ganze Menge Erben gemeldet, und wer weiß auch, ob mein Mann wirklich mit diesem Erblasser zusammengehangen hat. Es gibt viele Wendhausen auf der Welt. Ich bin erschrocken, als der Herr kam.«

»Nun, ich wünsche Ihnen, daß etwas Gutes für Sie dabei herauskommt.«

Damit war die Angelegenheit erledigt, und Frau Wendhausen ließ ihre junge Mieterin wieder allein.

Inzwischen hatte Heinz Arnold die Wohnung von Frau Wendhausen verlassen. Erst auf dem nächsten Treppenabsatz wandte er sich noch einmal um und sah auf die Tür zurück. Und da erst bemerkte er, daß auf der anderen Seite der Tür, dem Wohnungsschild der Frau Wendhausen gegenüber, eine Besuchskarte befestigt war. Eine Weile zögerte er, bis er drinnen eine Tür zuschlagen hörte. Dann ging er schnell und leise wieder die Treppe hinauf und beugte sich zu der Besuchskarte herab. Er las überrascht:

Lissa Bernd, Kunstgewerblerin.

Langsam richtete er sich wieder auf. Sehr nachdenklich

ging er die Treppe wieder hinab. Lissa Bernd, das war doch der Name der jungen Dame, von der ihm Rudolf Sehring erzählt hatte. Und Kunstgewerblerin war diese auch. Wie seltsam, daß gerade diese junge Dame bei Frau Wendhausen wohnte.

Er begab sich nun sofort auf das Nachlaßgericht und erkundigte sich nach dem Erbe der Frau Wendhausen. Es stimmte alles genau, sie hatte wirklich von ihrer Tante eine Rente geerbt.

So hatte er an diesem Vormittag alles mögliche erkundigt, wenn auch nicht das, was er gerade gern wissen wollte.

Schnell sprang er auf die Elektrische und fuhr zu seiner Wohnung. Dort angelangt, erfuhr er von Frau Grabbe, daß Regina Lüdersen noch nicht wieder aus dem Hotel zurückgekehrt sei. Aber zehn Minuten später erschien sie, wieder mit einem ganzen Stapel Zeitungen und Aufträgen für den Nachmittag. Sie berichtete ihm mit glänzenden Augen, was sie alles getan hatte am Vormittag, und er hörte ihr zu und vertiefte sich dabei in ihren Anblick. Dann brachte Frau Grabbe das Essen für ihn, und er fragte Regina nur noch so nebenbei:

»Fräulein Bernd haben Sie wohl noch nicht besucht?«

»Nein, Herr Arnold, in dieser Woche werde ich dazu kaum Zeit haben. Ich werde mir das für den Sonntagvormittag aufheben.«

Er nickte ihr lächelnd zu.

»Wo wohnt doch gleich Fräulein Bernd?«

Unbefangen gab ihm Regina Auskunft, und er konnte sich nun überzeugen, daß es dieselbe Lissa Bernd war, die bei Frau Wendhausen wohnte, die Rudolf Sehring kannte und liebte. Hätte er das vor seinem Besuch bei Frau Wendhausen gewußt, würde er eine andere Möglichkeit gefunden haben, diese Frau Wendhausen kennenzulernen. Immerhin konnte er auch jetzt noch Fräulein Bernd zu einer gewissen Mithilfe für sein Vorhaben heranziehen.

Das mußte er aber erst mit Rudolf Sehring besprechen, und vielleicht war es nun gut, wenn er diesem Aufschluß gab über seinen Verdacht bezüglich Wendhausen.

Regina hatte ihm gesagt, daß sie am Nachmittag nicht wieder zu Herrn Sehring zurückzukehren brauche, sie habe genug für ihn zu tun, und sie bat ihn, seine Schreibmaschine benützen zu dürfen. Das gestattete er gern und freute sich, wie frisch und beglückt sie an ihre Arbeit ging.

XI

Am Nachmittag ging er dann zu Rudolf Sehring ins Hotel. Er traf ihn unten in der Halle und sagte ihm, daß er etwas mit ihm zu besprechen habe. Rudolf ging mit ihm hinauf in sein Zimmer, stellte Zigaretten bereit, und nachdem sich jeder eine angezündet hatte, sagte Rudolf:

»So, mein lieber Herr Arnold, nun schießen Sie los. Was gibt es Neues?«

Arnold zögerte noch eine Weile und sah dem Rauch seiner Zigarette nach. Dann sagte er langsam:

»Es ist sonst nicht meine Art, über eine halbfertige Arbeit zu sprechen, um nicht falsche Hoffnungen zu wekken. Aber ich bin nun doch zu dem Entschluß gekommen, Ihnen alles, was ich bisher erkundet habe, zu sagen, weil ich Ihre Hilfe brauche.«

Rudolf richtete sich gespannt auf.

»Was kann ich tun? Sie wissen, daß ich sehr darauf erpicht bin, in dieser Sache auch das meine zu tun.«

»Ganz recht. Und nun werden Sie staunen, wenn ich Sie bitte, mich irgendwie mit Fräulein Lissa Bernd bekannt zu machen.«

Rudolf stutzte.

»Mit Lissa Bernd? Was hat sie denn damit zu tun?«

»Eigentlich nichts. Also hören Sie zu. Meine Ermittlungen haben in mir den Verdacht – ich sage ausdrücklich nur, den Verdacht – erweckt, daß eine bestimmte Person mit dem Verschwinden der betreffenden Wertstücke im Zusammenhang steht. Und diese Person, aber bitte, nur unter strenger Verschwiegenheit, ist der verstorbene Gatte der Wirtin, bei der Fräulein Lissa Bernd wohnt.«

Rudolf sah ihn fassungslos an.

»Das wäre ja eine seltsame Verkettung von Umständen. Wie kommen Sie darauf?«

»Das will ich Ihnen der Reihe nach berichten. Aber erst versprechen Sie mir, daß Sie über das, was ich Ihnen sagen werde, bei niemand ein Wort verlieren, wer es auch sein möge.«

»Sie haben mein Wort, es ist doch selbstverständlich, daß ich nichts ausplaudere.«

»Gut! Also hören Sie zu.«

Und Heinz Arnold berichtete nun genau, was er bisher in Erfahrung gebracht hatte und welche Vermutungen er an alles das geknüpft hatte. Dann fuhr er fort:

»Ich werde bei meinen Untersuchungen fast immer durch ein bestimmtes Gefühl geleitet, und dieses sagt mir, daß ich nach allem, was ich nun weiß, nur durch diese Frau Wendhausen in Erfahrung bringen kann, ob mein Verdacht auf ihren Mann eine Berechtigung hat. Ich bin in meinem Innern schon fest überzeugt, daß dieser anscheinend sehr minderwertige Wendhausen die günstige Gelegenheit, seine sicher sehr verfahrenen Verhältnisse in Ordnung zu bringen, benützt hat. Er kann durch das Schlüsselloch beobachtet haben, daß der Chef der Firma Hartwig Ihrem Vater diese Wertstücke auslieferte. Wahrscheinlich hat er auch erlauscht, was damit geschehen sollte und hat dann auch gesehen, daß Ihr Vater die Sachen in sein Pult legte und dieses entweder nicht verschloß oder den Schlüssel steckenließ. Als Herr Hartwig das Büro Ihres Vaters verließ, saß dieser Herr Wendhausen noch auf seinem Platz im Wartezimmer. Als Herr Hartwig wieder sein Büro betreten hatte, sah Wendhausen nochmals durchs Schlüsselloch und erblickte da entweder Ihren Vater, wie er das Zimmer verließ oder daß er es schon verlassen hatte.

Nun war die günstige Gelegenheit für ihn gegeben, sich aus seinen Nöten zu befreien. Er brauchte nur leise in das Büro Ihres Vaters zu treten, aus dem offenen Pult die Wertsachen herauszunehmen und sie entweder in seinen Taschen oder in einer Aktenmappe, die er sicher bei sich hatte, zu verbergen. Das konnte in einer Minute geschehen. Ihr Vater blieb aber mindestens fünf Minuten weg. So hatte Wendhausen genug Zeit, sich in Sicherheit zu bringen. Wie er sehr richtig angenommen hatte, konnte Herr Hartwig nur denken, das Warten habe ihm zu lange gedauert, und er habe sich entfernt. Als Herr Hartwig dann von Ihrem entsetzten Vater wieder in sein Büro geholt wurde, war Wendhausen schon über alle Berge. In all dem Durcheinander hat dann leider niemand an ihn gedacht. Ihr Vater wußte überhaupt nichts von dessen vorübergehender Anwesenheit, und Herr Hartwig legte diesem Umstand keinen Wert bei. Ich aber habe so oft schon gerade aus solch kleinen Umständen, die andere übersehen, einen Fall aufgeklärt. Ich bin ganz fest davon überzeugt, daß Wendhausen der wirkliche Täter war, aber beweisen kann ich es noch in keiner Weise. Und auf die Beweise kommt es an.«

Rudolf hatte ihm die Worte von den Lippen gelesen und sagte nun sehr erregt.

»Wenn Ihre sehr scharfen und klaren Schlußfolgerungen nur wirklich die Wahrheit an den Tag brächten. Aber, sagen Sie mir, was könnte Fräulein Bernd dabei tun?«

»Das weiß ich selbst noch nicht. Sie wohnt aber bei dieser Frau Wendhausen und doch sicher schon längere Zeit. Sie wird irgendwie mit den Gewohnheiten der alten Frau vertraut sein, hat vielleicht auch einmal eine Andeutung gehört, vielleicht ist ihr sonst etwas aufgefallen, was sie gar nicht besonders beachtet hat. Sie sollen mir also nur dazu helfen, daß ich mit Fräulein Bernd bekannt werde und daß ich ihr einige Fragen vorlegen kann. Wann treffen Sie wieder mit ihr zusammen?«

»Heute abend um sieben Uhr. Aber lieber Herr Arnold, ich möchte nicht, daß sie irgendwie beunruhigt oder belästigt wird.«

»Seien Sie ganz ruhig, ich werde schon vorsichtig sein in meinen Forschungen. Aber ich kann mich auch hier nur von meinen augenblicklichen Eingebungen leiten lassen. Sie müssen also heute abend unbedingt einmal auf das Alleinsein mit Fräulein Bernd verzichten und mich mit ins Schlepptau nehmen.«

Rudolf lächelte ein wenig.

»Gern tue ich das nicht, mein lieber Herr Arnold, denn die Zeit, die Fräulein Bernd mir widmen kann, ist leider immer sehr knapp bemessen. Immerhin, im Dienst der guten Sache muß man Opfer bringen. Und Sie werden eine sehr verständige und hilfsbereite junge Dame in ihr kennenlernen.«

»Was mir sehr lieb sein wird. Und nun: wie sind Sie mit Ihrer Sekretärin zufrieden?«

Rudolf lächelte.

»Sie geht mit Eifer an ihre Aufgabe heran, und ich muß sagen, ihr Gefühl läßt sie gewissermaßen immer das Richtige tun. Sie hat mir wirklich alles aus den Zeitungen herausgesucht, was nur irgend in Frage kommen könnte, und das bringt sie mir dann in knappen, sauberen und doch erschöpfenden Auszügen zu Gesicht. Auch mit dem Inhalt ihrer Briefe bin ich sehr zufrieden. Sie wird sich schon machen, und ich bekomme an ihr vielleicht mit der Zeit eine sehr brauchbare Sekretärin, wenn – nun ja, wenn mein künftiger Gutsverwalter sie nicht diesem Posten abwendig macht.«

Heinz Arnold holte tief Atem.

»Was, wie ich offen gestehe, mein heißester Wunsch ist, darauf machen Sie sich nur schon gefaßt.«

»Nun, für mich wird es dann eher eine andere Hilfe geben, als für Sie eine andere Frau.«

Schließlich tranken die Herren unten in der Halle zusammen Tee, und als es dann halb sieben geworden war, machte sich Rudolf zum Ausgehen fertig und bat Heinz Arnold, dasselbe zu tun.

Auf dem Weg zum Treffpunkt mit Lissa besprachen sie noch, wie weit sie diese in die ganze Sache einweihen sollten. Rudolf überließ das dem Detektiv, aber der wollte wissen, ob Rudolf etwas dagegen habe, wenn er die junge Dame so weit wie nötig in alles einweihte.

Rudolf meinte, er könne ihr alles sagen, sie sei sicher keine Plaudertasche.

»Wird sie aber Frau Wendhausen nichts verraten von dem, was ich ihr sage?«

»Wenn Sie ihr sagen, was dabei auf dem Spiel steht, sicher nicht.«

Lissa Bernd erschien gleich nach den beiden Herren an der bestimmten Stelle. Sie sah etwas erstaunt auf Rudolfs Begleiter, dankte aber freundlich für seinen Gruß und Rudolf stellte vor. Da sah sie interessiert zu Heinz Arnold auf. Daß Rudolf einen Detektiv mit seiner Angelegenheit betraut hatte, wußte sie ja. Als Rudolf ihr aber sagte, Herr Arnold habe eine besondere Bitte an sie und sie könne ihm vielleicht helfen, in seiner Sache zu einem Ergebnis zu kommen, blickte sie Heinz Arnold forschend an.

»Zwar weiß ich nicht, wie ich Ihnen helfen kann, Herr Arnold, aber wenn ich irgendwie Herrn Sehring von Nutzen sein kann, dürfen Sie unbedingt auf mich rechnen. Ich habe ihm ohnedies eine große Dankesschuld abzutragen.«

»Das ermutigt mich, mein gnädiges Fräulein, Ihre Liebenswürdigkeit in Anspruch zu nehmen.«

»Aber vielleicht verzichten Sie heute ausnahmsweise

auf Ihren Spaziergang, Fräulein Bernd, und begleiten uns in ein kleines Café, wo wir uns ungestörter unterhalten können. Ich weiß freilich, daß Ihnen Ihr Spaziergang sehr nötig ist, aber –«

»Sprechen Sie gar nicht weiter, Herr Sehring, ich verzichte natürlich gern, zumal ich Ihnen ohnedies meinen fertigen Entwurf vorlegen wollte. Das kann ich auf der Straße nicht gut tun.«

Und so waren sie bald in einem hübschen kleinen Café zusammen, und Lissa packte die Rolle aus, in der sie ihren Entwurf verwahrte. Die beiden Herren betrachteten ihn mit großer ehrlicher Bewunderung, und Rudolf Sehring sagte begeistert:

»Sie sind ja eine große Künstlerin, Fräulein Bernd.«

Lachend sah sie ihn an.

»Sagen Sie, eine leidlich tüchtige Kunstgewerblerin, das würde richtiger sein. Aber nun packe ich meinen Entwurf wieder ein, und Sie sagen mir, womit ich Ihnen dienen kann.«

Heinz Arnold hatte mit großem Wohlgefallen in Lissas Gesicht gesehen. Er erkannte sofort, daß sie nicht nur ein schönes, sondern auch ein kluges und wahrhaftes Geschöpf war. Mit dieser Frau konnte man ein vernünftiges Wort reden, ohne fürchten zu müssen, daß sie nicht darüber schweigen würde.

»Darf ich ohne Umschweife mit der Tür ins Haus fallen, damit ich Ihre Zeit nicht zu lange in Anspruch nehme?«

Sie sah ihn ruhig und ernst mit ihren großen grauen Augen an.

»Bitte, sagen Sie mir ohne Umschweife alles, was ich wissen muß, um Ihnen helfen zu können.«

»Gut! Sie wissen, zu welchem Zweck Herr Sehring nach Deutschland gekommen ist?«

Lissa sah Rudolf an und nickte ihm zu.

»Ja, das weiß ich.«

»Wissen Sie auch, daß er seinem Vater versprochen hat,

dessen Ehre wieder reinzuwaschen, weil dieser zu Unrecht verdächtigt worden war?«

»Einzelheiten weiß ich nicht, doch kommt es vielleicht auch gar nicht so genau darauf an in diesem Fall.«

»Es erscheint mir nur nötig, daß Sie, wie auch Herr Sehring und ich, überzeugt sind, daß man seinen Vater zu Unrecht beschuldigt hat.«

»Da Herr Sehring davon überzeugt ist, bin ich es auch.«

Heinz Arnold nickte ihr freundlich zu, und Rudolf konnte in diesem Augenblick schnell einen ergebenen Handkuß bei Lissa anbringen.

»Sie können es auch sein, mein gnädiges Fräulein. Ich habe nun aber durch allerlei Nachforschungen eine Vermutung – einen Verdacht bekommen auf einen Mann, der mit dieser Sache im Zusammenhang zu stehen scheint. Dieser Mann ist der verstorbene Gatte der Frau Wendhausen, bei der Sie Wohnung genommen haben.«

Lissa horchte gespannt auf.

»Ah, nun weiß ich, weshalb Sie mich brauchen können. Und ich weiß noch etwas.«

»Nun?«

»Daß Sie es wohl waren, der heute bei ihr gewesen ist, angeblich in einer Erbschaftssache?«

»Sie sind außerordentlich scharfsichtig, mein gnädiges Fräulein. Es ist so.«

Sie nickte. Dann sagte sie bedachtsam:

»Aber Herr Wendhausen ist schon seit reichlich dreißig Jahren tot.«

»Das wissen wir, auch wie er starb. Spricht sie zuweilen von ihm?«

»Sehr selten und nur wenige Worte. Trotzdem weiß ich, daß ihre Ehe eine sehr traurige und unglückliche gewesen sein muß. Auch leidet sie heute noch sehr darunter, daß ihr einziges Kind nicht leben durfte. Diese Frau wäre eine sehr gute Mutter geworden, und das Glück, das ihr als Frau versagt blieb, hätte sie wohl als Mutter gefunden. Sie ist mir gegenüber sehr mütterlich und gut. Ich möchte nicht gern etwas unternehmen, das ihr Schaden brächte.«

»Das sollen Sie auch nicht. In diesem Fall bin ich nur Privatdetektiv und könnte alles, was ich in Erfahrung bringen würde, ganz geheim behandeln. Was ich von Ihnen will ist nur, mir zu sagen, ob Ihnen sonst etwas in dem Wesen dieser Frau aufgefallen ist. Haben Sie den Eindruck – daß sie etwas zu verbergen haben könnte?«

Lissa sah wieder Rudolf an, atmete tief auf und sagte:

»Sie versprechen mir, daß alles, was ich Ihnen sage, Frau Wendhausen nicht schaden soll?«

»Ich gebe Ihnen mein Wort darauf.«

»Und ich gleichfalls«, warf Rudolf beruhigend ein.

Sie nickte den beiden Herren zu.

»Ich weiß ja nicht, ob das, was ich Ihnen sagen kann, mit Ihrer Sache zusammenhängt, aber vielleicht ist es doch der Fall. Frau Wendhausen leidet an asthmatischen Anfällen. Ich wache manchmal nachts einige Stunden an ihrem Lager, wenn so ein Anfall kommt. Und dann glaubt sie zuweilen, daß sie in solch einem Anfall einmal sterben könnte. Letzthin war es wieder so, und da sagte sie mir, auf einen kleinen Schlüssel deutend, den sie an einer Kette um den Hals trägt, ich möchte darauf achten, daß dieser Schlüssel nicht mit ihr begraben werde. Was nach ihrem Tod damit geschehen solle, das enthalte ihr niedergeschriebener Letzter Wille, der in ihrem kleinen Schreibtisch verwahrt sei. Ich versprach ihr das. Und – immer schon habe ich das Gefühl gehabt, daß irgendein Geheimnis sie umschwebt. Sie ist oft sonderbar in sich versunken, und dann entflieht ihr zuweilen ein mir unverständliches Wort. Einmal glaube ich verstanden zu haben: ›Es kann erst nach meinem Tod gesühnt werden.‹ Aber beschwören kann ich das nicht, es kann auch anders geheißen haben.«

Die beiden Herren hatten ihr aufmerksam zugehört, und Heinz Arnold starrte nun versonnen vor sich hin, als müsse er aus alledem seine Schlüsse ziehen. Dann richtete er sich plötzlich auf.

»Mir scheint, was wir wissen möchten, hängt mit diesem Schlüssel zusammen. Sie glauben aber nicht, daß sie sich weiter darüber äußern wird?«

»Nein, das glaube ich nicht. Aber sie meinte heute, nachdem Sie in der Erbschaftssache dagewesen waren, sie sei sehr erschrocken, als Sie sich als Kriminalbeamter zu erkennen gegeben hätten. Mir fiel das aber nicht weiter auf, denn ich an ihrer Stelle wäre auch mit dem ruhigsten Gewissen etwas vor einem solchen erschrocken.«

Wieder sah Heinz Arnold sinnend vor sich hin. Dann sagte er:

»Sie hat sich aber außerordentlich gut beherrscht und mich von diesem Schreck nichts merken lassen. Das erscheint mir bezeichnender, als wenn sie offensichtlich erschrocken wäre. Nun aber, mein gnädiges Fräulein, werden Sie mir kaum noch etwas zu sagen haben. Trotzdem möchte ich Sie bitten, jetzt schärfer auf alles zu achten, was Frau Wendhausen sagt und tut. Es geschieht alles zu einem guten Zweck, zu dem Zweck, einem Unschuldigen seine Ehre wiederzugeben. Daß Frau Wendhausen, wenn unsere Vermutungen richtig sind, wahrscheinlich nur die Schuld eines andern – ihres Mannes – deckt, erscheint mir sicher. Denn anscheinend ist von diesen Wertstücken, die verschwunden sind, nichts ausgegeben, verkauft oder verpfändet worden, sonst hätte ich es wohl ausfindig gemacht. Keinesfalls dürfen Sie ihr verraten, daß Sie mich kennen und mit mir darüber gesprochen haben.«

»Das werde ich natürlich nicht tun, aber es erscheint mir sehr schwer, Frau Wendhausen zu beobachten. Ich komme mir dabei falsch und hinterlistig vor. Und so gern ich Herrn Sehring helfen möchte –«

Rudolf faßte ihre Hand.

»Sie sollen und dürfen sich zu nichts zwingen, das will ich nicht.«

Heinz Arnold sagte sich, daß die junge Dame, obwohl sie klug und scharfsichtig war, sich nicht zur Spionin mißbrauchen ließ. Deshalb winkte er sofort ab.

»Nein, nein, die Fingerzeige, die Sie mir geben konnten, sind mir schon sehr wertvoll. Ich will Sie nicht weiter bemühen. Nur, sollten Sie durch Zufall etwas erkunden, dann lassen Sie es mich durch Herrn Sehring wissen. Und jetzt will ich Sie nicht länger aufhalten, Sie können nun doch noch einen kleinen Spaziergang machen. Falls Sie mich in den nächsten Tagen in der Wohnung von Frau Wendhausen antreffen sollten, erschrecken Sie nicht und kennen Sie mich nicht!«

Sie nickte ihm lächelnd zu, und er verabschiedete sich.

Rudolf hatte inzwischen gezahlt und ging mit Lissa noch ein Stück um die Alster.

»Es tut mir sehr leid, daß ich Sie dem aussetzen mußte. Ich weiß, daß es Ihnen nicht angenehm war«, sagte er.

Sie lächelte ihm zu.

»Unangenehm war mir nur, daß ich Ihnen nicht besser helfen konnte. Es wäre mir doch eine so große Genugtuung gewesen.«

»Sie haben schon gut vorwärtsgeholfen. Herr Arnold wird schon allerlei damit anzufangen wissen. Er ist ein sehr kluger Mensch.«

»Das scheint mir auch so. Was noch mehr ist, er scheint mir auch ein guter Mensch zu sein, und ich glaube, er gehört zu den Detektiven, die jeden Verbrecher, den sie dingfest gemacht haben, am liebsten wieder laufenließen.«

»Es freut mich, daß Sie ihn so gut beurteilen.«

»Warum freut Sie das?«

»Weil ich ihn in Zukunft stärker an mich zu fesseln gedenke.«

»Wie das?«

»Er übt seinen jetzigen Beruf nicht mit großer Vorliebe aus, war früher Offizier und von Anfang an zum Landwirt bestimmt. Das Gut seines Vaters ist aber zugrunde gegangen, und nach dem Kriege mußte er sich einen Beruf suchen, der ihm seinen Lebensunterhalt einbrachte. So wurde er Detektiv. Aber viel lieber möchte er sich wieder als Landwirt betätigen. Und da ich mich doch ankaufen möchte und selber noch nicht viel von Landwirtschaft verstehe, wäre es mir sehr wertvoll, einen so vertrauenswürdigen Gutsverwalter zu bekommen. Ich habe ihm das schon angeboten, und deshalb ist es mir lieb, daß er auch Ihnen gefällt.«

Sie wurde ein wenig rot, obwohl sie nicht verstand, daß er damit andeuten wollte, daß sie vielleicht eines Tages auf seinem Gut näher mit Arnold zusammenkommen würde. Sie nahm nur an, daß er viel auf ihr Urteil gab, und das freute sie. Wehmütig dachte sie bei sich, daß nun auch dieser Herr Arnold, wie schon die neue Sekretärin Rudolf Sehrings, einen Platz in seiner Zukunft einnahmen. Nur sie würde daraus verbannt sein. Und bald würde er sie wohl vergessen haben.

Wenn Rudolf geahnt hätte, wie sehr sie dieser Gedanke bekümmerte, hätte er nicht länger gezögert, ihr klarzumachen, daß es für ihn nur eine Zukunft, nur ein Glück gab: an ihrer Seite.

Eine Weile gingen sie schweigend nebeneinander her. Lissa barg immer wieder ihr Gesicht in dem duftenden Melissenstrauß, den er ihr bei der Begrüßung ausgehändigt hatte. Von diesem würzigen Duft wehte es zu ihm herüber. Der Duft verband sich für ihn so innig mit ihrer Persönlichkeit, daß er jetzt auch immer in seinem Zimmer einen Büschel dieses Krautes in einer Schale mit Wasser stehen hatte. Und ganz von diesem Gedanken hingenommen, sagte er plötzlich:

»Melisse muß ich auch anpflanzen auf meinem Gut.«

Sie wurde dunkelrot, fragte aber scheinbar unbefangen:

»Versprechen Sie sich so viel davon?«

»Sehr viel! Ich habe jetzt selbst eine große Liebhaberei für dieses Gewürzkräutlein.«

Sie kämpfte ihre Verlegenheit nieder.

»Meine Mutter sagte, es wächst und gedeiht von selbst wie Unkraut. Sie werden nicht viel Mühe damit haben.«

»Oh, ich werde mir aber gerade damit viel Mühe geben, denn es soll doch für Sie immer vorhanden sein.«

Sie wandte ihm rasch ihr blaß gewordenes Gesicht zu.

»Für mich? Oh, wie weit werde ich von dieser Melisse getrennt sein, wenn sie auf Ihrem Gut wachsen wird.«

Dabei zuckte ein schmerzliches Lächeln um ihren schönen Mund.

Darüber wurde er ganz übermütig und sagte lächelnd:

»Sie müssen mich doch besuchen, sehr oft, darauf rechne ich stark.«

Aber sie glaubte, das sage er nur so hin und ging nicht näher darauf ein. Schnell sprach sie von etwas anderem, und bald darauf trennten sie sich.

Lissa ging etwas trübselig nach Hause.

In der folgenden Nacht hatte Frau Wendhausen wider Erwarten einen neuen Anfall ihres Leidens, und diesmal noch stärker als sonst. Lissa hatte sich schnell ihren warmen Morgenrock übergezogen und war zu ihr geeilt. Sorglich mühte sie sich um die alte Dame und richtete ihr die Kissen, wie es sein mußte, um ihr Erleichterung zu bringen. Sie gab ihr die immer bereitstehende Arznei und rieb ihr Brust und Schläfen mit Kölnischem Wasser. Es dauerte aber diesmal sehr lange, bis Frau Wendhausen wieder freier atmen konnte. Und da sah sie halb irr vor Angst zu Lissa auf.

»Daran ist ja nur die Angst schuld – die Angst«, stieß sie hervor.

»Was denn für eine Angst, liebe, arme Frau Wendhausen, es tut Ihnen doch kein Mensch etwas.«

»Kann man das wissen? Ich bin so unruhig, seit der Kriminalbeamte hier war. Solche Detektive, die kümmern sich doch um alles, auch um Dinge, die sie nichts angehen.«

Lissa strich ihr das Haar aus der feuchten Stirn. Anscheinend hatte Heinz Arnold doch recht. Die arme Frau hatte Angst vor ihm und hatte sie so gut verborgen, wie sie konnte. Aber gerade das Unterdrücken solcher Gefühle konnte so einen Anfall hervorrufen. Mitleidig beugte sie sich zu der Kranken herab.

»Sie haben aber doch bestimmt nichts zu verbergen, lassen Sie ihn doch tun, was er will.«

Da sah die Kranke gramvoll zu ihr auf.

»Mein gutes, liebes Kind, möge Ihnen nie verständlich werden, daß man solche Angst auch haben kann, wenn man selber nichts Böses getan hat. Manchmal leidet man unter Dingen, die ein anderer verschuldet hat und wovon man nicht loskommt, so gern man auch möchte.«

»Und so geht es Ihnen, Sie Ärmste?«

»Ja, so geht es mir, Kindchen. Wenn ich mir doch bloß das Herz frei machen dürfte, dann – ja, ich glaube, dann würde ich wieder ganz gesund.«

»So machen Sie sich doch das Herz frei!«

»Ich – ich kann ja nicht, weil ich alles das schon so lange verschwiegen habe. Nun habe ich mich selbst mitschuldig gemacht. Ich – ich habe mich doch so geschämt für ihn, ja für meinen Mann. Er hat etwas getan, was ihm Schande macht, und ich habe doch geglaubt, weil er mein Mann war, dürfe ich ihn nicht anklagen. Und es hätte ja doch nichts mehr geholfen. Und ehe ich mir über das alles klar wurde, war es schon zu spät, und ich war mitschuldig geworden. Und nun kann ich das alles erst wieder loswerden, wenn ich tot bin. So lange wird es auf mir lasten, so lange werde ich diese Angst nicht los. Ach, Kindchen, sehen Sie mich nur nicht so mitleidig an. Wenn Sie wüßten, was ich mit mir herumschleppe, würden Sie mich noch mehr bedauern oder – vielleicht auch verurteilen.«

Hätte Lissa gestern nicht mit dem Detektiv gesprochen, dann hätte sie wohl die alte Dame nicht verstehen können, so aber war ihr nun ganz klar, daß Arnold mit seinen

Vermutungen recht haben müsse. Sie überlegte, wie sie nicht nur Frau Wendhausen, sondern auch Rudolf und dem Detektiv helfen könne. Sie setzte sich auf den Bettrand der Kranken und streichelte mitleidig und beruhigend ihre Hand.

»Ich glaube, Ihre Angst ist ganz überflüssig. Warum machen Sie sich das Herz nicht leicht? Niemand kann Sie doch für die Schuld eines andern verantwortlich machen. Und – daß Sie die Schuld Ihres Mannes verschwiegen haben, dafür kann man Sie auch nicht bestrafen. Ich glaube, es besteht da im Strafgesetzbuch irgendein Paragraph, daß die Frau und der Mann gegenseitig nicht verpflichtet sind, einander vor Gericht zu belasten. Das gilt wohl überhaupt für alle Familienmitglieder. Ich bin fest überzeugt, Sie könnten sich das Herz leicht machen und Ihre Angst loswerden, ohne daß Ihnen irgend etwas geschieht.«

Ein tiefer, zitternder Atemzug hob die Brust der Kranken.

»Ach, Kind, das wäre viel zu schön, aber – für mich trifft das wohl kaum zu. Leider – nun ja, nun habe ich so viel verraten, jetzt kann ich auch noch mehr enthüllen –, es ist nämlich – ich habe etwas nicht ausgeliefert, was –, mein Mann – sich widerrechtlich angeeignet hat –, ich hätte es unbedingt ausliefern müssen – aber –, ich war damals in einer so schrecklichen Verfassung, war so gequält und gepeinigt worden – und – ja –, ich habe fast den Verstand verloren. Und das, was ich nicht ausgeliefert habe – das habe ich meinem Manne heimlich fortgenommen, weil ich dachte – er vergeude es. Er war doch in so schlechte Gesellschaft geraten – und –, da habe ich es versteckt vor ihm – er hat gesucht und gesucht, weil er es eben vergeuden wollte, und da es fremdes Eigentum war, wollte ich das nicht zulassen. Und – dann hat er sich betrunken und ist in den Hafen gestürzt. Sie haben ihn mir gebracht – und –, aller Haß, alle Rachegedanken waren plötzlich weggewischt, und ich wollte ihn nicht noch im Grabe beschimpfen lassen. Da – ja, da habe ich geschwiegen. Und als dann die weiche Stimmung wieder weg war und ich wieder daran denken konnte, was er mir angetan hatte all die Zeit – er war ja auch schuld, daß mein Kind tot zur Welt kam –, da war es zu spät und ich sagte mir, nun müsse ich warten, bis ich selber sterben würde. Ich glaubte damals, das würde sehr bald geschehen, ich war doch so elend, so heruntergekommen, aber ich habe anscheinend doch ein zähes Leben. Und nun werde ich das nicht los, nicht die Angst und nicht, was ich damals nicht ausgeliefert habe. Ach, Kindchen, Gott bewahre Sie vor solchem Kummer, solchem Herzeleid, wie es mir beschieden war. Und bitte, denken Sie nun nicht schlecht von mir, ich bin nur unglücklich und schwach, nicht schlecht. Ich war immer ehrlich und anständig, und bin doch in so schwere Schuld verstrickt. Nichts habe ich angerührt von dem unrechten Gut. Ich habe es bewahrt, so wie es war, und so soll es nach meinem Tod an den rechten Besitzer zurückkommen. Der andere, der soll – ja, der soll seinen ehrlichen Namen wiederbekommen, der andere, auf den der Verdacht fiel.«

Die letzten Worte drangen am schwersten über die Lippen der Kranken.

Erschüttert hatte Lissa diese qualvolle Beichte angehört. Und nun stand es bei ihr ganz fest, daß Arnold alles richtig erraten hatte. Aber noch etwas stand fest, daß sie der alten Frau helfen mußte, sich Ruhe und Frieden zu schaffen. Arnold hatte ihr versprochen, daß Frau Wendhausen straffrei ausgehen solle, wenn alles so war, wie er angenommen. Auch Rudolf hatte es ihr zugesichert. Und darauf baute sie. Sie wollte diese Gelegenheit nicht vorübergehen lassen, ohne die Angelegenheit soweit wie möglich in Ordnung zu bringen. Denn das sah sie ein, daß sie nicht nur Rudolf Sehring damit einen Dienst leisten konnte, sondern auch der alten Frau selber.

Sie war in ein nachdenkliches Schweigen versunken. Da faßte Frau Wendhausen angstvoll ihre Hand.

»Nun verachten Sie mich wohl und wollen nichts mehr von mir wissen?«

Lissa raffte sich aus ihrer Versunkenheit auf.

»Wie können Sie das denken, liebe Frau Wendhausen? Es jammert mich nur, daß Sie sich so lange ganz nutzlos gequält haben, und ich will und werde Ihnen helfen und habe mir eben nur überlegt, wie das am besten zu machen ist.«

»Ach lieber Gott, mir ist nicht zu helfen. Wenn alles herauskommt, wird man mich wahrscheinlich ins Gefängnis stecken, und – das überlebe ich nicht.«

»Nein, das wird man gewiß nicht tun. Hören Sie zu: ich werde mich bei einem Rechtsverständigen befragen, wie Sie am besten und ohne jede Strafe aus der Sache herauskommen. Mein Wort darauf, ich helfe Ihnen so gut ich kann, und ich leide es nun gar nicht mehr, daß Sie sich mit der dummen Sache herumquälen. Ich erwähne natürlich Ihren Namen vorläufig gar nicht, befrage mich nur, was in so einem Fall zu tun ist, ohne daß Sie bestraft werden. Ich glaube, wenn man sich freiwillig meldet, dann geschieht einem überhaupt nichts. Aber wir wollen erst ganz sichergehen. Bekomme ich nicht die feste Versicherung, daß Ihnen gar nichts geschehen kann, dann können wir ja noch immer von einer Eröffnung absehen, und dann muß eben alles so bleiben, wie es ist. Das ist aber jedenfalls das Schlimmste. Nun beruhigen Sie sich. Hier ist noch einmal Ihre Arznei. So, und nun wollen wir beide noch ein paar Stunden schlafen. So ein böser Anfall wird gar nicht wiederkommen, wenn Sie Ihr Herz erleichtert und alles gutgemacht haben.«

Tränen rannen über die Wangen der alten Frau.

»Kindchen – Sie sind so lieb und gut! Ein eigenes Kind könnte nicht mehr für mich tun. Haben Sie vielen Dank, der liebe Gott wird es Ihnen lohnen, wie Sie zu mir sind.

Ich glaube ja auch, wenn ich meine Angst loswerden könnte, dann würde es noch einmal besser mit mir.«

»Natürlich wird es besser. Sie werden aufleben, sind ja noch nicht so alt, daß Sie keine Freude mehr am Leben haben könnten. Nun gute Nacht. Schlafen Sie gut!«

Lissa drehte das Licht ab und ging in ihr Schlafzimmer zurück. Aber schlafen konnte sie so bald nicht. Sie mußte überlegen, wie sie nun alles recht machen konnte, daß nur Nutzen und für niemand Schaden daraus entstehen konnte.

Erst in den Morgenstunden schlief sie ein, nachdem sie sich alles klargemacht hatte.

Am nächsten Morgen, als sie sich erhob, merkte sie, daß Frau Wendhausen schon in der kleinen Küche hantierte. Sie ging hinaus und schalt die alte Frau in ihrer lieben, sorglichen Art aus.

»So eine Unvernunft! Warum sind Sie nicht im Bett geblieben, ich kann doch das Frühstück besorgen wie immer, wenn Sie eine schlechte Nacht hatten.«

»Ach, liebes Fräulein Lissa, lassen Sie mich nur, ich hielt es im Bett nicht mehr aus. Und ich fühle mich gar nicht schlecht, im Gegenteil; weil Sie mir Hoffnung gemacht und mir so gut zugeredet haben, ist mir, als könnte ich wirklich doch noch von meiner Pein erlöst werden.«

»Das werden Sie ganz bestimmt, seien Sie nur guten Mutes. Ich habe mir das über Nacht reiflich überlegt, seien Sie versichert, ich helfe Ihnen, daß alles ohne Schaden und Gefahr für Sie geregelt wird.«

»Aber Sie wissen doch noch nicht alles, nicht, worum es sich handelt?«

»Ich weiß so viel, wie ich wissen muß, um Ihnen helfen zu können, alles andere wird sich dann weiter finden. Noch heute abend werde ich die nötigen Erkundigungen einziehen, und wenn ich heimkomme, erhalten Sie Bescheid.«

Frau Wendhausen atmete tief auf.

»Wenn es doch wahr würde, was Sie mir versprechen. Wie dankbar wollte ich Ihnen sein. Denken Sie doch, dreißig Jahre ruht diese Last auf meinem Herzen.«

XII

Als Lissa am Abend zur gewohnten Zeit mit Rudolf Sehring zusammentraf und ihr Sträußchen Melisse erhalten hatte, sagte sie mit schlecht verhehlter Erregung:

»Lieber Herr Sehring, ich habe Ihnen allerlei Wichtiges mitzuteilen, möchte das aber zugleich in Gegenwart des Herrn Arnold tun. Wäre dieser wohl telefonisch zu erreichen, damit er wieder in demselben Café mit uns zusammentreffen könnte? Ich hätte ihm auch so gern einige Fragen vorgelegt.«

»Selbstverständlich, Fräulein Bernd. Bitte, warten Sie hier eine Minute, ich werde ihn gleich anrufen.«

Das geschah, Heinz Arnold war zu Hause und erklärte sich sofort bereit, in das Café zu kommen, in einer Viertelstunde sei er dort. Rudolf bat aber nun, daß Lissa diese Viertelstunde mit ihm spazierenging. Er drang auch gar nicht in sie, etwas vorweg zu erfahren, sondern sprach mit ihr über ihre Arbeit, die ihn jetzt noch mehr interessierte, nachdem er gestern den fertigen Gobelinentwurf gesehen hatte. Sie berichtete ihm, daß sie bald den zweiten fertig habe, da schon alle Vorarbeiten fertig seien und nur alles noch in Farbe gesetzt werden müsse. Dieses Gespräch lenkte Lissa auch ein wenig ab von dem, was sie seit gestern nacht in ihrem Kopf herumtrug.

Aber dann war es Zeit, das Café aufzusuchen, und sie fanden Heinz Arnold schon dort vor. Als er Lissa begrüßte, sagte er:

»Ich bin sehr erwartungsvoll, gnädiges Fräulein, weil ich mir einbilde, Sie haben mir Wichtiges zu sagen.«

Ihre schönen grauen Augen sahen freundlich zu ihm auf.

»Ja, es ist etwas sehr Wichtiges. Aber ehe ich berichte, müssen Sie mir einige Fragen beantworten.«

Sie ließen sich an einem Ecktisch nieder, und da das Café jetzt fast gar keine anderen Gäste hatte, waren sie ziemlich ungestört.

Nachdem ihnen eine Erfrischung gebracht worden war, sagte Lissa:

»Also erst verlange ich Ihr Ehrenwort, Herr Arnold, daß, gesetzt den Fall, ich hätte etwas Schwerwiegendes gegen Frau Wendhausen auszusagen, dieser nichts geschieht, weil sie selbst im Grunde ganz schuldlos ist und nur eine Sache verschwiegen hat, um ihren Mann nicht anzeigen zu müssen.«

»Dieses Ehrenwort kann ich Ihnen geben, mein gnädiges Fräulein, denn eine Ehefrau ist nicht gezwungen, etwas auszusagen, was ihrem Mann schaden könnte. Im übrigen habe ich Ihnen schon gestern gesagt, daß ich Mittel in der Hand habe, Frau Wendhausen vor allen Unannehmlichkeiten zu schützen, da das auch Herrn Sehrings Wille ist. Ich merke nun schon, daß Sie mir etwas zu sagen haben, was Frau Wendhausen belastet und deren Mann betrifft. Vertrauen Sie es mir ruhig an, ich gebe Ihnen mein Wort, die alte Dame wird keinerlei Schwierigkeiten bekommen.«

Sie nickte ihm aufatmend zu.

»Also, ich kann Ihnen bestätigen, daß Ihre Vermutungen genau die Wahrheit getroffen haben. Ein Zufall ist mir zu Hilfe gekommen. Frau Wendhausen hatte sich – aus Angst vor Ihnen – so in einen Anfall ihres Leidens hineingesteigert, daß sie mir mehr von ihrem Geheimnis enthüllte, als ich je für möglich gehalten habe, und durch mein Zureden habe ich sie so weit gebracht, daß sie wahrscheinlich, wenn man ihr Straffreiheit zusichert, sich durch ein volles Geständnis erleichtern wird. Ich werde Ihnen jetzt möglichst wortgetreu berichten, was wir diese Nacht miteinander gesprochen haben.«

Rudolf sah sie besorgt an.

»Hatten Sie schon wieder eine unruhige Nacht?«

»Ja, aber ich bin froh darum, denn nun weiß ich schon, daß ich Ihnen wirklich nützlich sein und einen Teil meiner Dankesschuld abtragen kann.«

Und Lissa berichtete ausführlich, was sie mit Frau Wendhausen beredet hatte.

Aufmerksam hörten die beiden Herren zu, und als Lissa mit ihrem Bericht zu Ende war, fuhr sie fort:

»Ich habe ihr nun gesagt, daß ich mich heute abend durch einen rechtskundigen Herrn aufklären lassen will, ob sie völlig straffrei ausgehen wird, und was sie zu diesem Zweck tun und sagen muß. Sie, Herr Arnold, sind dieser rechtskundige Herr, und da Sie jetzt alles wissen, erbitte ich mir Belehrung, wozu ich Frau Wendhausen bewegen soll, damit sie endlich ihre Ruhe wiederbekommt und eine Strafe nicht zu fürchten braucht.«

Arnold und Rudolf Sehring sahen sich mit strahlenden Augen an, und jeder erfaßte eine Hand Lissas und zog sie an seine Lippen.

»Das haben Sie wunderbar gemacht, Fräulein Bernd, Sie haben mich sehr zu Dank verpflichtet, und Herr Arnold wird Ihnen ganz genaue Anweisungen geben«, sagte Rudolf und sah Lissa mit einem Blick an, daß sie erschrokken die Augen niederschlug.

Heinz Arnold sagte lächelnd:

»Ich kann mich meinem geehrten Vorredner nur anschließen, mein gnädiges Fräulein, Sie haben uns herrlich geholfen, und nun hören Sie zu, was Sie weiter tun sollen. Sagen Sie Frau Wendhausen, der betreffende rechtskundige Herr habe Ihnen geraten, ihr zu sagen, daß sie unverzüglich ein volles Geständnis der Tatsachen ablegen und das, was sie so lange heimlich bewahrt hat, abliefern müsse. Sie habe keinerlei Strafe zu befürchten, da sie ja nur ihren Mann habe schützen und sich nicht an den Sachen habe bereichern wollen.«

»Da fällt mir ein, daß sie mir heute morgen noch gesagt hat, sie habe ein volles Geständnis schriftlich niedergelegt, damit es nach ihrem Tod gefunden werden solle. Das enthalte alles, was über diesen Fall zu sagen sei.«

Arnold sah Lissa nachdenklich an.

»Das erleichtert die Sache noch erheblich. Bringen Sie ihr also bei, daß sie, wenn der bewußte Detektiv wiederkomme, diesem eine volle Beichte ablegen soll. Sagen sie ihr, daß sie dadurch, daß sie freiwillig alles gesteht, ihrer Sache nur nützen kann, und daß man dadurch erkennen könne, daß sie wirklich nicht die Absicht gehabt habe, sich an den Sachen zu bereichern. Sie soll ihren Letzten Willen und die Aufzeichnung ihrer Beichte an mich ausliefern, ehe ich selbst hinter die Sache komme und sie ihr auf den Kopf zusage. Alles übrige lassen Sie meine Sorge sein.«

Lissa strich sich über die Stirn. Ihr Blick flog etwas hilflos zu Rudolf hinüber.

»Es ist eine Komödie, die ich da spielen muß; gern tue ich es nicht, das muß ich sagen. Aber um etwas Gutes zu tun, muß man auch mal Komödie spielen, es hilft ja nichts. Ich möchte Herrn Sehring helfen und zugleich auch der armen Frau Wendhausen. Sie scheint ein schlimmes Schicksal getragen zu haben. Nicht wahr, Herr Arnold, Sie gehen sanft mit ihr um?«

»Mein Wort darauf. Frau Wendhausen wird selbst wie von einem Alpdruck befreit sein, wenn sie aus dieser Geschichte heraus ist. Und ich werde schon dafür sorgen, daß die Sache nicht an die große Glocke kommt. Dank der verständigen und großmütigen Auffassung des Herrn Hartwig ist es ja damals erreicht worden, daß die Angelegenheit niedergeschlagen wurde, ehe sie bekannt geworden war. Es genügt, wenn die Personen, die darum wußten, verständigt werden, und das sind nicht eben viele. So wird die Ehre von Herrn Sehrings Vater wieder rein und fleckenlos werden, und – der wahre Täter ist der irdischen Gerechtigkeit bereits entzogen. Ihn trifft es auch nicht mehr. Ich werde das alles in Ordnung bringen, ohne daß viel darüber geredet werden wird. Sie sollen mit mir zufrieden sein.«

Lissa reichte Arnold nach diesen Worten die Hand mit festem Druck.

»Ich bin so froh, und auf alle Fälle werde ich ihr und Ihnen morgen zur Seite stehen, dann wird schon alles gut werden.«

Sie besprachen noch einiges in dieser Angelegenheit, dann verabschiedete sich Heinz Arnold und ließ Rudolf mit Lissa allein.

Er sah sie besorgt an.

»Das wird noch ein schwerer Tag für Sie, der Ihnen bevorsteht.«

»Das Schwerste, meine ich, ist schon überwunden.«

»Und bei alledem haben wir so wenig voneinander gehabt. Ich bin sehr froh, daß bald wieder Sonntag wird.«

Sie lächelte ihm zu.

»Ich freue mich auch darauf, Herr Sehring. Bis dahin bin ich hoffentlich aller Lasten ledig und habe meine arme Frau Wendhausen von allem Gram und Kummer befreit.«

Wieder faßte er ihre Hand und küßte sie fast andächtig.

»Sie lieber, großer Mensch«, sagte er leise.

Das traf sie bis ins Herz, weil so viel Wärme und Herzlichkeit darin lagen. Fast zärtlich hatten seine Worte geklungen. Sie sah hastig nach der Uhr.

»Ich muß jetzt heim, die Stunde ging so schnell vorbei.«

»Aber heute begleite ich Sie bis ganz nahe an Ihre Wohnung, damit mir noch einige Minuten länger bleiben.«

Sie widersprach nicht. Heute hatte sie keine Kraft, sich gegen das Warme, Wohlige aufzulehnen, das in seiner beschützenden Art lag. Aber sie sprachen nur wenig auf dem Weg. Eine heiße Freudigkeit stieg in ihr auf, daß sie ihm hatte helfen können. Sie hätte für ihn gern noch Schwereres vollbracht, das wußte sie.

Und als sie sich dann verabschiedeten, hielt er ihre Hand viel länger fest, als er es sonst wagte. Und sie ließ die ihre willenlos in der seinen ruhen. Dabei sah sie scheu und fragend in seine Augen und erschrak, als diese heiß und fordernd in die ihren trafen. Da machte sie sich schnell los und eilte davon.

Als Heinz Arnold wieder nach Hause kam, fand er Frau Grabbe in der Küche und Regina Lüdersen an der Schreibmaschine. Sie erledigte eine Arbeit für ihn, und er ließ es sich gefallen, weil sie dann bei ihm im Zimmer saß. Erstens war sie da besser untergebracht als in Frau Grabbes oder ihrem Zimmer, und zweitens machte es ihn froh und glücklich, sie ansehen zu dürfen.

Er störte sie auch heute nicht, setzte sich so, daß er sie betrachten konnte, ohne daß es auffiel, und gab sich den Anschein, in eine Zeitung vertieft zu sein.

Regina wurde immer ein wenig unruhig, wenn er anwesend war, und ihr Herz klopfte hart und laut in ihrer Brust. Und plötzlich merkte sie, daß er seine Shagpfeife nicht angezündet hatte. Da sie wußte, wie schwer er sie entbehrte und – daß er es nur ihretwegen tat, erhob sie sich plötzlich, legte die Pfeife, den Tabaksbeutel und das Feuerzeug vor ihn hin und sah ihn lächelnd an.

»Meinetwegen können Sie ruhig rauchen.«

Er faßte ihre Hand und drückte sie warm.

»Werden Sie wirklich nicht gestört?«

»Nein, ich rieche Ihren Tabak sogar sehr gern.«

»Wenn Sie mich aber so verwöhnen, dann werde ich Sie sehr vermissen, wenn Sie fortgehen.«

Das sagte er, indem er sie forschend ansah.

Sie wurde sehr blaß und sah ihn mit großen erschreckten Augen an.

»Ach, ich weiß, ich habe Ihre Gastfreundschaft schon

viel zu lange in Anspruch genommen. Ich – ich sollte wohl längst fort sein?«

Arnold schüttelte den Kopf.

»Kind, wie kommen Sie auf solche Gedanken? Nein, nein, ich meine, wenn Sie mit Herrn Sehring auf sein Gut gehen. Das wird wohl bald gekauft werden, und dann sollen Sie doch als seine Sekretärin mit ihm gehen.«

Sie senkte den Kopf, nickte traurig und sagte leise:

»Ja freilich, dann – dann muß ich fort.«

»Sie werden es doch viel besser haben als hier, werden auf dem freien Land sein, sicher ein sehr hübsches, großes Zimmer bekommen und alle Annehmlichkeiten eines solchen Landaufenthaltes genießen.«

Ihre Augen feuchteten sich, aber sie schluckte tapfer die Tränen hinunter und erwiderte leise:

»So schön, wie hier bei Ihnen und Frau Grabbe, wird es nirgends für mich sein. Hier ist mir so heimatlich zumute, ich fühle mich unter Ihrem Schutz so geborgen.«

»Unter Herrn Sehrings Schutz werden Sie auch geborgen sein«, sagte er scheinbar ruhig, aber das Herz schlug ihm bis zum Halse hinauf, er wußte nicht, warum er sie so quälte, denn daß er es tat, merkte er nur zu gut an ihrem zuckenden Gesicht, an ihren traurigen Augen.

»Ach«, sagte sie seufzend, »das wird doch ganz anders sein. Herr Sehring ist gewiß ein vornehmer und feiner Herr, dem ich sehr dankbar dafür bin, daß er mich angestellt hat, aber so wie Sie ist er doch nicht zu mir und – das soll er auch gar nicht, das sollen nur Sie, mein Lebensretter, mein Wohltäter.«

Er kämpfte mit sich, bis er mit leisem Spott sagen konnte:

»Nun ja, ich bin eben ein alter Herr und habe etwas Väterliches an mir, das Ihnen Vertrauen abnötigt.«

Sie sah ihn erstaunt und befangen an.

»Ein alter Herr? Ach, Sie sind doch so jung, sicher sind Sie kaum älter als Herr Sehring?«

»Gutes Kind«, sagte er seufzend, »ich bin fast siebenundvierzig und mindestens zehn Jahre älter als Herr Sehring.«

Bei diesen Worten sah er sie an, als müsse er ihre Gedanken ergründen. Und da merkte er, daß ein leises Schelmenlächeln um ihren Mund huschte und daß Sonnenlichter in ihren Augen funkelten.

»Ach, mit siebenundvierzig Jahren sind heute doch sogar die Frauen noch jung, ein Mann aber erst recht.«

Er fuhr sich mit der Hand über die Stirn.

»Ich könnte ja Ihr Vater sein«, sagte er rauh.

Wieder lächelte sie schelmisch.

»Dann müßten Sie aber in sehr jungen Jahren Vater geworden sein, ich bin doch schon siebenundzwanzig, und – bei mir zählen die letzten Jahre überhaupt doppelt.«

Damit wurde sie wieder sehr ernst. Er zog die Stirn in Falten.

»Und sind noch wie ein Kind, sehen noch so blutjung aus.«

»Bei Lampenlicht! Sehen Sie mich nur mal bei hellem Tageslicht an. Sie sehen mich meist nur am Abend.«

Er richtete sich plötzlich straff auf.

»Also Sie würden wirklich lieber hierbleiben, als mit Herrn Sehring auf sein Gut zu gehen?«

Mit einer bedauernden Bewegung hob sie die Schultern.

»Es wird mir ja doch nichts anderes übrigbleiben. Ich muß doch Geld verdienen, und wo bekäme ich eine ähnlich gute Stellung wie bei Herrn Sehring?«

Seine Augen blickten fest und erwartungsvoll in die ihren.

»Ja, wenn also Herr Sehring fortgeht, dann – ja, dann können Sie auch nicht mehr hierbleiben.«

Ihre Arme fielen schlaff herab.

»Ja«, sagte sie ergeben, »das habe ich mir schon gedacht. Es ist ja schon viel, wenn ich solange bei Ihnen bleiben kann.«

»Es wird dann alles anders werden, Fräulein Lüdersen. Ich gehe nämlich auch mit auf das Gut des Herrn Sehring, als Gutsverwalter!«

Da zuckte sie zusammen, wurde erst blutrot, dann sehr blaß, und ihre Augen weiteten sich in heißer Freude. Ja, er sah es ganz deutlich, es war Freude, was sie zu überwältigen drohte, Freude, nein, Glück. Ja – Glück leuchtete ihr aus den Augen, ein großes, volles Glück. Und ihre Stimme zitterte, als sie erwiderte:

»Ist das wahr? Ist – ach nein, Sie scherzen?«

Es zuckte in seinem Gesicht in verhaltener Erregung. Und doch versuchte er zu scherzen:

»Es darf Ihnen aber nicht unangenehm sein!«

Sie mußte krampfhaft ihre Erregung hinunterschlucken.

»Oh, das ist – das kann ich noch gar nicht fassen! Das ist doch viel zu schön, um wahr sein zu können.«

Sein Herz klopfte, als wollte es zerspringen. Sie verriet ihm zu viel in ihrer Erregung, ihrer verhaltenen Freude. Das konnte doch nur Glück sein über sein Mitkommen, das ihr aus den Augen leuchtete. Am liebsten hätte er sie jetzt in seine Arme gezogen und ihren Mund mit Küssen bedeckt. Daß er es nicht tat, war eine Kraftleistung. Aber er vermochte wirklich ganz ruhig zu sagen:

»Also Sie freuen sich, daß ich mitkommen werde?«

Sie konnte nicht antworten, nickte nur mit dem Kopf und setzte sich schnell wieder an die Schreibmaschine. Er sah ihr zu und fragte sich, warum er nicht den Mut gefunden hatte, ihr zu sagen, daß er hoffe, sie werde als seine Frau mit auf Sehrings Gut kommen. Aber er wollte sie nicht überrumpeln. Vielleicht war es doch nur Dankbarkeit, was sie so innig mit ihm verband, daß sie sich freute über sein Mitkommen. Vielleicht fühlte sie sich auch nur in seinem Schutz geborgen, weil sie bisher so schutzlos gewesen war.

Mit heißen Augen sah er zu ihr hinüber, und da merkte er, daß sie wohl mit ihren Gedanken nicht bei der Arbeit war, denn die nächsten zwei Bogen, die sie eingespannt hatte, riß sie durch und warf sie in den Papierkorb. Er merkte, wie sie sich endlich, ärgerlich über sich selbst, einen Ruck gab und nun tapfer und gesammelt drauflosschrieb. Dadurch hatte er sie noch eine Viertelstunde länger bei sich. In Glücksträume eingesponnen, rauchte er seine Pfeife und malte sich aus, wie das werden würde, wenn sie wirklich seine Frau werden sollte. Es waren wunderschöne Träume, die ihn wieder ganz jung machten und ihm das Herz weiteten.

Endlich war Regina mit ihrer Arbeit fertig und legte sie vor sich hin.

»Ich bin fertig, Herr Arnold! Gute Nacht!«

Er wagte nicht, sie anzusehen.

»Gute Nacht, Fräulein Lüdersen!«

So sagte er, und es klang ihm selber hölzern und steif. Und als sie verschwunden war, hätte er sich am liebsten selbst geohrfeigt, weil er nicht den Mut gefunden hatte, sie festzuhalten.

Er sprang auf und ging im Zimmer auf und ab, jetzt heftig an seiner Pfeife ziehend. Solange Regina im Zimmer gewesen war, hatte er es mit Rücksicht auf sie vermieden, ungehindert zu rauchen.

Lange lief er hin und her, um sich zu beruhigen. Und dabei stieß er schließlich an den Papierkorb, der neben dem Schreibtisch stand. Mit einem Lächeln bückte er sich und nahm die beiden Papierbogen heraus, die sie vorhin zerrissen und weggeworfen hatte. Es waren ganz unzusammenhängende Worte, die sie getippt hatte, alles durcheinander, und plötzlich weiteten sich seine Augen, und ein unbeschreiblicher Laut kam über seine Lippen. Mitten zwischen den anderen törichten Worten las er: »Heinz Arnold – Heinz – Heinz – ach lieber, lieber Heinz –« dann kam eine Weile wirres Zeug und endlich ganz unten, ganz verschoben und verrückt: »Er geht mit – Heinz geht mit – Vater im Himmel, Heinz geht mit – ich bin so glück ...«

Da war die Seite und die Zeile zu Ende.

Und dieser reife Mann tat, was jeder Pennäler an seiner Stelle gemacht hätte, er drückte dies dumme kleine Blatt an seine Lippen, lachte leise und glücklich in sich hinein und glättete dann den Bogen wieder, um ihn fein säuberlich zu falten und in seine Brieftasche zu legen.

Heinz Arnold liebte – liebte dieses arme kleine Mädchen, das er sich aus dem Wasser geholt hatte, und das so hilflos dem Unbill des Lebens preisgegeben war, ehe er es in seinen Schutz genommen. Aus Mitleid war, wie so oft, Liebe geworden. Nun glaubte er, daß Regina ihn wiederliebte, obwohl er fast zwanzig Jahre älter war als sie. Und beglückt erkannte er, wie jung ihn diese späte Liebe machte. So lange war er einsam durchs Leben gegangen, nachdem jene erste Frau ihn so schwer enttäuscht hatte. Er hatte nicht geglaubt, daß er je wieder eine Frau so lieben könne.

Er malte sich aus, wie er Regina hegen und pflegen und wie gut sie es bei ihm haben würde, wie froh und glücklich er sie machen wollte. Er fühlte die Kraft in sich, ihr alles zu geben, was ein Mann einer geliebten Frau nur zu geben hatte. So unverbraucht war er noch in seiner reifen Männlichkeit, so kraftvoll, und seine Liebe würde ihn um viele Jahre verjüngen. So viel hatte er nachzuholen, so viel zu geben. »Liebe kleine Regina, mein geliebtes Weib sollst du werden, ganz einhüllen will ich dich in meine Liebe, daß du nie mehr frieren und darben sollst.«

Und er war froh und glücklich, daß sie unter seinem Dach Frieden und Ruhe gefunden hatte, da drüben in dem kleinen armseligen Zimmer. Bald sollte das anders werden, bald wollte er sie überschütten mit allem, was eine Frau glücklich machen kann.

Dieser ernste Mann, dem das Leben schwer mitgespielt hatte, war ganz verwandelt, weil er liebte und geliebt wurde.

Lissa Bernd war von Frau Wendhausen unruhig erwartet worden. Mit bangen Augen sah diese ihr entgegen, als sie zu ihr ins Wohnzimmer trat.

»Was bringen Sie mir für Nachrichten, Fräulein Lissa?«

Diese nickte ihr beruhigend zu.

»Die allerbesten, liebe Frau Wendhausen. Sehen Sie nur nicht so ängstlich drein. Alles wird gut, nichts kann Ihnen geschehen, wenn Sie nur freiwillig jetzt noch ein Geständnis ablegen und das herausgeben, was Sie so lange verborgen haben.«

Blaß und erregt sah die alte Dame zu ihr auf.

»Ist das wirklich wahr? Irrt sich auch Ihr Gewährsmann nicht?«

»Ganz gewiß nicht. Er hat es mir mit seinem Ehrenwort bekräftigt. Ich habe ihm alles gesagt, außer Ihrem Namen. Er ist auch der Ansicht, daß der Kriminalbeamte, der hier war, gar nicht wegen einer Erbschaft kam. Irgendwie hat der wohl einen Verdacht auf Sie gehabt. Er wird sicher wiederkommen und Sie langsam in die Enge treiben wollen. Wenn er nun auf diese Weise herausbekommt, was Sie zu verbergen haben, wird er annehmen, daß Sie aus anderen Gründen alles verheimlicht haben. So sagt mein Gewährsmann. Aber wenn Sie ihm freiwillig alles beichten und ausliefern, dann kann er Ihnen gar nichts anhaben. Geben Sie ihm Ihre niedergeschriebene Beichte und alles, was damit zusammenhängt. Mein Gewährsmann sagt, man könne dem Beamten noch das Wort abnehmen, daß er sehr schonungsvoll verfährt, Ihnen keine Ungelegenheiten macht und alles so ordnet, daß Sie nicht den geringsten Schaden davon haben. Hoffentlich bin ich zu Hause, wenn er kommt, und wenn es Ihnen zu schwer wird, das alles mit ihm zu erledigen, dann will ich es an Ihrer Stelle gern tun, vielleicht mache ich das alles etwas besser, weil Sie in der Aufregung doch einen Fehler machen könnten.«

Die alte Frau umklammerte Lissas Hände.

»Würden Sie das wirklich tun? Würden Sie mir helfen?

Und würden Sie für mich die besten Bedingungen herausholen? Ich weiß, daß ich in meiner Angst dummes Zeug machen würde.«

»Ich helfe Ihnen, damit Sie endlich Ihre Ruhe wiederbekommen und ein friedliches und unbeschwertes Leben führen können. Sie haben wirklich genug gelitten.«

Frau Wendhausen stürzten die Tränen aus den Augen.

»Das weiß Gott, liebes Kind, das weiß Gott!«

Am nächsten Tag, es war ein Sonnabend, kam Heinz Arnold gegen elf Uhr vormittags an die Wohnung von Frau Wendhausen. Er wollte das Eisen schmieden, solange es warm war, und wollte ihr nicht lange Zeit lassen, sich das alles anders zu überlegen.

Wieder machte sie ihm selbst auf, und heute merkte er ganz deutlich, wie sie zusammenschrak und ihn mit großen, verängstigten Augen anstarrte.

Er verneigte sich.

»Sie werden erstaunt sein, Frau Wendhausen, daß ich Sie schon wieder aufsuche.«

Frau Wendhausen ließ ihn eintreten, sah aber angstvoll nach der Tür zu Lissas Zimmer. Und diese mußte wohl schon auf der Lauer gelegen haben, denn sie öffnete ihre Tür und sah heraus.

»Ach, bitte, Fräulein Lissa, ich – ja, ich habe Besuch. Sie wissen schon, der Herr Kriminalbeamte – wegen der Erbschaft. Bitte, kommen Sie doch mit in mein Wohnzimmer – Sie, ja, Sie wollten doch –«

Lissa kam schnell herbei, legte ihren Arm um die bebende Gestalt der alten Frau und neigte gegen Heinz Arnold den Kopf, ohne sich merken zu lassen, daß sie ihn kannte. Auch er verneigte sich ganz förmlich.

Sie betraten das Wohnzimmer, und Lissa ergriff sogleich das Wort und sagte:

»Frau Wendhausen hat mir erzählt, Sie kommen wegen einer Erbschaft oder wenigstens unter dem Vorwand, daß es sich um eine Erbschaft handelt.«

Die alte Frau war kraftlos in einen Sessel gefallen und machte nur eine unsichere Handbewegung, daß die andern Platz nehmen möchten.

Heinz Arnold wandte sich nun an Lissa.

»Sie sagen, unter dem Vorwand? Wie meinen Sie das?«

»Ich möchte Sie bitten, die ganze Verhandlung mit mir zu führen, Frau Wendhausen hat mich dazu ermächtigt.«

Er wandte sich der alten Dame zu.

»Ist das so?«

Sie nickte zaghaft.

»Ja, Fräulein Bernd kann besser mit einem Herrn wie Sie umgehen, ich bin zu ungewandt und zu verzagt. Deshalb bat ich Fräulein Bernd, Ihnen alles zu sagen.«

Er sah sie forschend an.

»Also Sie haben auch schon gemerkt, daß die Erbschaftssache mich nur harmlos einführen sollte?«

Lissa antwortete nun wieder.

»Ja, mein Herr, wir wissen nämlich noch mehr, daß Sie in einer ganz bestimmten Absicht hierhergekommen sind.«

»So so, dann brauche ich Ihnen also meinen wirklichen Zweck gar nicht erst zu erklären?«

»Nein, das brauchen Sie nicht. Ich will Ihnen gleich sagen, daß Frau Wendhausen sehr froh ist, daß sie endlich eine schwere Last los wird, die ihr lange Jahre auf dem Herzen gelegen hat. Und Sie brauchen gar nicht zu fragen und zu forschen, Frau Wendhausen hat mich ermächtigt, Ihnen alles ganz freiwillig und ohne daß Sie eine Frage dazu tun müssen, zu beichten. Bitte beachten Sie, daß sie ganz freiwillig alles sagen will, daß sie also bei alledem straffrei ausgehen muß, auch wenn sie sich, um ihren Mann zu schonen, dazu herbeiließ, mancherlei zu vertuschen und zu verschweigen, was sie eigentlich hätte anzeigen müssen.«

Er merkte, daß Lissa die alte Frau erst beruhigt zu sehen wünschte und ging auf ihren Wunsch ein.

»Das macht mir die Sache leicht. Es wäre mir leid gewesen, Frau Wendhausen durch Drohungen ihr lange gehütetes Geheimnis entreißen zu müssen. Lange genug habe ich Forschungen angestellt im Auftrag des Sohnes jenes Mannes, dem man damals zur Last gelegt hat, was ihr Mann getan hat.«

Frau Wendhausen fuhr empor.

»Sie hatten Auftrag von dem Sohn des armen Herrn Sehring?« fragte sie mit zitternden Lippen.

»Allerdings!«

»Lebt denn sein Vater noch, kann ich wenigstens an ihm gutmachen?«

»Der Vater ist tot, aber Sie können dafür sorgen, daß der Sohn erfährt, daß seines Vaters Ehre rein ist.«

»Oh, mein Gott, wie froh bin ich, daß ich das noch tun kann. Ich will ja gern alles sagen. Schwer genug ist mir das Schweigen geworden, aber nach meinem Tod wäre doch alles bekannt geworden. Ich habe eine ausführliche Beichte niedergeschrieben.«

Heinz Arnold nickte der verstörten Frau beruhigend zu.

»Das vereinfacht die Sache sehr. Sie brauchen mir nur Ihre Beichte und die Wertstücke, die Sie verwahrt haben, auszuliefern, damit sie dem rechtmäßigen Besitzer wieder zugestellt werden und die Beteiligten – es sind nur wenige, die um die Sache gewußt haben – erfahren, wer der wahre Täter war. Verjährt ist die Tat ohnedies, und wenn Sie nun alles wiedergutmachen, wird Ihnen kein Mensch dafür etwas zuleide tun. Sie haben sich doch nicht daran bereichert, nicht wahr?«

Abwehrend hob sie die Hände.

»Verhüte Gott, so, wie ich die Wertstücke meinem Mann fortgenommen habe, weil ich ahnte, daß es unrecht Gut war, liegen sie noch an dem Platz, wo ich sie an jenem Tage barg, als er sie in seiner alten Aktenmappe nach Hause brachte. Nie hatte ich die Absicht, mich daran zu bereichern, ich hätte sie gern sofort wieder abgeliefert, aber dann hätte es mein Mann erfahren, und ich hatte immer so große Angst vor ihm. Und als er dann bald darauf verunglückte und der arme Herr Sehring verschwunden war, da habe ich mich nicht getraut, die Sachen herauszugeben. Wenn Herr Sehring verhaftet worden wäre, ja – dann hätte ich wohl den Mut dazu gefunden.«

Heinz Arnold und Lissa wechselten einen verständnisvollen Blick.

»Der liebe Gott wird wissen, warum er alles so und nicht anders gefügt hat. Also, liefern Sie mir Ihre Beichte und die Wertstücke aus, und ich gebe Ihnen mein Wort, daß Ihnen kein Haar gekrümmt wird. Es wird alles gutgehen, und Sie werden endlich wieder ein ruhiges Gewissen haben.«

Lissa beugte sich zu der vor Angst und Unruhe ganz Erschöpften hernieder.

»Sehen Sie wohl, liebe Frau Wendhausen, nun wird doch noch alles gut, und Sie werden diese Sorge los und wieder ganz gesund werden. Ihr Lebensabend kann noch ein lichter und friedlicher werden.«

Emilie Wendhausen barg ihr Gesicht an der Schulter der jungen Dame.

»Mein liebes, gutes Kind, wie gut, daß ich auf Sie gehört habe. Ich bin so froh, daß ich das alles ohne Not und Gefahr loswerde.«

Und von Lissa unterstützt erhob sie sich und wollte den Kasten aus dem Wäscheschrank ziehen. Aber sie hatte nicht die Kraft dazu. Da bat sie Arnold, es zu tun, und als er den Kasten herausgezogen hatte, bat sie ihn, hineinzufassen in das Geheimfach. Er förderte die Aktenmappe heraus und legte sie auf den Tisch.

»Darin ist wohl alles enthalten?«

Frau Wendhausen nickte, nahm den Schlüssel von ihrem Hals und öffnete die Aktenmappe. Sorglich, wenn auch mit bebenden Händen, legte sie alles, was die Aktenmappe barg, vor den Detektiv hin. Erst die zehn Goldrollen, dann die Schmuckstücke eines nach dem andern. Heinz Arnold entnahm seiner Brieftasche die Zeichnungen von den Schmucksachen, die ihm Herr Hartwig ausgehändigt hatte, und verglich sie mit den Originalen. Dabei sagte er lächelnd:

»Sehen Sie, Frau Wendhausen, da habe ich von jedem Stück eine Zeichnung, und Sie können mir glauben, eines Tages hätte ich das alles entdeckt. Und dann hätte ich strenger mit Ihnen verfahren müssen. Nun läßt sich das alles viel leichter in Ordnung bringen. Sie werden keine Scherereien davon haben, werden aber den Sohn des Herrn Sehring sehr froh und glücklich machen, denn er hat seinem sterbenden Vater auf dem Totenbett versprochen, seine Ehre wieder reinzuwaschen. Das wird nun geschehen.«

Frau Wendhausen faltete die Hände.

»Ach, Herr Detektiv, wollen Sie mir nicht sagen, wie es dem armen Herrn Sehring draußen in der Welt ergangen ist? Ich habe mich sehr um sein und seiner Familie Ergehen gesorgt.«

Ein gutes Lächeln zuckte um Heinz Arnolds Mund.

»Nun, darüber kann ich Sie jedenfalls beruhigen. Er hat sich in Amerika wieder mit Frau und Sohn vereinigt, und wenn es ihm dann auch jahrelang sehr schwer ergangen ist, schließlich ist er doch ein reicher Mann geworden und hat seinem Sohn ein reiches Erbe hinterlassen können.«

Die Tränen stürzten ihr aus den Augen.

»Lieber Gott, wie danke ich dir!« sagte sie tief ergriffen, und Lissa mußte sie stützen und beruhigen.

Es war nun nicht mehr viel zu erledigen. Lissa konnte sich bald der noch immer fassungslosen Frau Wendhausen widmen, denn Heinz Arnold empfahl sich schnell.

Wohl hätte Lissa Frau Wendhausen nun gestehen können, wie das alles zusammenhing, aber das hätte die fassungslose Frau wieder in eine neue Aufregung gestürzt. Damit hatte es Zeit, sie konnte das alles erfahren, wenn sie wieder ganz ruhig geworden war.

Lissa ließ es sich nicht nehmen, heute das bescheidene Mittagessen für sich und Frau Wendhausen zurechtzumachen. Die alte Dame mußte sich in ihren Lehnstuhl setzen und ruhen.

Als die beiden Frauen dann zusammen das Mittagessen einnahmen, konnte Frau Wendhausen gar nicht aufhören, Lissa zu danken und das Lob des so guten und verständnisvollen Detektivs in allen Tonarten zu singen.

Auch Lissa fiel ein Stein vom Herzen, daß alles so gut ausgegangen war.

Nach dem Essen mußte Frau Wendhausen ein Mittagsschläfchen halten, und Lissa konnte nun ungestört an ihre Arbeit gehen.

Aber zur Teestunde hatte sich Frau Wendhausen wieder erhoben und den Tee bereitet. Sie brachte ihn Lissa in ihr Zimmer und sagte lächelnd:

»So seltsam ist der Mensch, Fräulein Lissa, nun ich mein Sorgenbündel los bin, fehlt mir ordentlich etwas. Ich muß nun erst wieder versuchen, mir einen Lebensinhalt zu schaffen, denn meine Sorgen waren auch mein Lebensinhalt.«

»Sie werden sich schon einen andern Lebensinhalt schaffen. Denn Sie werden wieder Lebensmut bekommen und gesünder werden.«

»Einen großen Wunsch habe ich nun noch.«

Lissa sah von ihrer Arbeit auf.

»Darf man wissen, was das für ein Wunsch ist?«

»Ich möchte gern Herrn Sehring um Verzeihung bitten, daß ich so lange verschwiegen habe, daß sein Vater unschuldig war. Der Herr Detektiv sagte doch, der junge Herr Sehring weile jetzt in Hamburg.«

Lissa dachte nach. Dann sagte sie ruhig:

»Auch dieser Wunsch kann Ihnen sicher erfüllt werden.

Sie brauchen ihn nur Herrn Arnold, dem Detektiv, mitzuteilen, er wird das sicher vermitteln.«

»Herr Sehring wird mir natürlich sehr böse sein, das kann ich verstehen, aber es würde mir doch noch viel leichter ums Herz werden, könnte ich ihn um Verzeihung bitten.«

Lissa dachte, wie leicht es sein würde, ihr diesen Wunsch zu erfüllen, aber sie blieb natürlich dabei, daß dies nur Herr Arnold vermitteln könne.

XIII

Heinz Arnold war mit seinem Schatz erst einmal nach Hause gefahren, denn ihn verlangte danach, Regina wiederzusehen. Heute morgen, als er sein Frühstück einnahm, war sie schon fortgewesen, um wieder neue Zeitungen für Herrn Sehring zu kaufen und diesen dann im Hotel aufzusuchen. Nun hoffte er, sie wieder zu Hause zu finden. Er sehnte sich nach ihrem Anblick. Und sie war wirklich zu Hause und saß wieder an der Schreibmaschine, um Auszüge für Herrn Sehring zu machen.

Heinz Arnold vermochte sich ganz ruhig zu zeigen, obwohl er am liebsten das ganze reizende Persönchen in seine Arme, an sein Herz genommen hätte. Er fragte sie, ob sie neue Aufträge habe und Herr Sehring etwas für ihn bestellt habe. Da sagte sie, etwas unsicher zu ihm aufsehend:

»Herr Sehring läßt Sie bitten, ihn sogleich anzurufen, wenn Sie nach Hause kommen.«

»So? Dann werde ich das gleich tun. Und bitte, gehen Sie inzwischen zu Frau Grabbe und sagen Sie ihr, ob es möglich wäre, daß ich schon jetzt etwas zu essen bekäme, ich habe dann noch einige Wege vor.«

Regina erhob sich sofort und ging, seinen Auftrag auszuführen.

Heinz Arnold wählte Rudolf Sehrings Nummer. Als dieser sich meldete, fragte er gleich:

»Hatten Sie den erwünschten Erfolg, Herr Arnold?«

»Jawohl, es ging alles tadellos, Fräulein Bernd hatte vorzüglich vorgearbeitet und stand mir großartig bei. Ich habe alles in den Händen, auch die schriftliche Beichte der alten Frau, die glücklich ist, ihre Last losgeworden zu sein. Kann ich nachher zu Ihnen kommen und Ihnen diese Beichte vorlegen? Wir werden sie zusammen durchsehen, denn Einzelheiten kenne ich selber noch nicht.«

»Bitte, kommen Sie nur, sobald es geht.«

»Ich will nur erst noch zu Mittag essen, dann komme ich ins Hotel.«

»So werde ich das inzwischen auch tun. Also auf Wiedersehen!«

»Auf Wiedersehen.«

Als Heinz Arnold abgehängt hatte, trat Regina wieder ein und berichtete, Frau Grabbe werde in fünf Minuten das Essen auftragen.

Er nickte ihr zu.

»Um so besser. Was haben Sie heute wieder für Angebote in den Zeitungen gefunden, Fräulein Lüdersen? Ich glaube, die Sache wird nun ernst und etwas eilig werden, denn die Angelegenheit, die Herr Sehring hier durch mich erst noch erledigt wissen wollte, ist heute zum Abschluß gekommen. Er wird nun nicht mehr lange zögern, sich anzukaufen.«

Regina sah zu ihm auf.

»Heute habe ich nichts Besonderes gefunden, aber gestern habe ich auf zwei Angebote geschrieben, die ich für sehr vorteilhaft hielt und die auch Herrn Sehring sehr verlockend erschienen. Er weiß nur noch nicht, welches ihm am meisten zusagen wird. Ein Gut lag im nördlichen Thüringen und eins in der Nähe des Starnberger Sees. Das letztere würde ihm wegen der Lage mehr zusagen.«

Er lachte ein wenig.

»Mir auch! Da ist man nahe bei den Bergen. Was würden

Sie dazu sagen, wenn unser künftiger Wohnort da unten läge?«

Sie wurde sehr rot und atmete schnell.

»Ich wage noch immer nicht daran zu glauben, daß – nun ja, daß Herr Sehring mich mitnimmt.«

»Das hat er aber sehr ernsthaft vor; genau wie er mich unbedingt mitnehmen will.«

»Es wäre ja viel, viel zu schön. So viel Glück kann man doch gar nicht haben nach allem Unglück.«

Er war froh, daß Frau Grabbe ihn jetzt zum Essen hinüberrief. Aber im Abgehen meinte er noch:

»Nur fest daran glauben, Fräulein Lüdersen, bange Herzen mag der liebe Gott gar nicht haben.«

Als er verschwunden war, drückte sie die Hände aufs Herz, und ihre Augen wurden feucht.

»Wie ist er gut und stark. Lieber Gott, laß es nicht zu, daß ich aus seiner Nähe verbannt werde. Wo er auch ist, laß mich bei ihm – bei ihm.«

Sie wischte hastig die Tränen fort und vertiefte sich wieder in ihre Arbeit.

Als Heinz Arnold seine Mahlzeit eingenommen hatte, kam er noch einmal herein zu Regina.

»Sind Sie heute nachmittag zu Herrn Sehring bestellt?«

»Nein, er hat mir Aufträge mitgegeben, ich soll erst übermorgen früh wieder zu ihm kommen, morgen soll ich feiern, weil Sonntag ist.«

»Ach richtig. Und morgen vormittag machen Sie wohl Ihren Besuch bei Fräulein Bernd. Sie werden in ihr einen selten wertvollen und tüchtigen Menschen kennenlernen.«

Damit verabschiedete er sich. Regina empfand entschieden eine leise Eifersucht, weil er so von Lissa Bernd sprach. Aber dann schämte sie sich dessen. Konnte er zu einem Menschen liebenswürdiger und gütiger sein, als er gestern abend zu ihr gewesen war?

Aber freilich, sie war ja ein kleines, wesenloses Nichts in seinem Leben, er hatte sich ihrer erbarmt, er zeigte ihr seine große, wundervolle Güte, sein Mitleid und half ihr, wo und wie er nur konnte. War das nicht genug des Guten? Mußte sie noch mehr verlangen? Das war eben von ihrer Seite aus Überheblichkeit. Und sie durfte doch mit ihm gehen auf das Gut, das Herr Sehring kaufen würde. Dieses Fräulein Bernd aber mußte hier in Hamburg bleiben. Wie konnte sie sich da noch beklagen?

Und ernstlich bekämpfte sie ihre Bangigkeit.

»Bange Herzen mag der liebe Gott gar nicht haben«, so hatte er ihr gesagt, um sie aufzumuntern. Das konnte er so wundervoll, man lebte schon auf, wenn er einen nur ansah. Heinz Arnold: was war sie ohne ihn auf der Welt? Er war ihr Retter aus aller Not, ihr Beschützer, ihr – ja, ja – der Mann, den sie liebte mit der ganzen Glut ihres dankbaren Herzens. Und das konnte ihr zum Glück niemand verwehren, niemand. Sie wollte ja nichts, als ihn lieben dürfen und unter seinem Schutz leben. Das freilich, das meinte sie nun nie mehr entbehren zu können, diesen starken, wunderbaren Schutz, der sich so selbstverständlich zwischen sie und alle Unbill der Welt stellte.

Arnold war inzwischen mit der alten Aktentasche, die ihm Frau Wendhausen samt Inhalt ausgeliefert hatte, auf dem Wege ins Hotel. Seine Gedanken waren freilich ebenso lebhaft mit Regina Lüdersen beschäftigt, wie die ihren mit ihm. Und zuweilen flog ein glückliches Lächeln über sein Gesicht. Dann drückte er die Hand auf die Stelle, wo seine Brieftasche steckte, in der der wunderlich törichte und doch so bezaubernde halb zerrissene Briefbogen mit dem verwirrten Geschreibsel steckte, den er aus dem Papierkorb geholt hatte. Wie ein stolzes Triumphgefühl kam es über ihn. Nun sollte sie ihm nicht mehr vormachen können, daß sie ihn nicht liebe. Er hatte es doch schwarz auf weiß. Daran würde er sich halten, wenn es soweit war. Daraufhin mußte sie Farbe bekennen.

In sehr beglückter Stimmung kam er bei Rudolf Sehring an. Dieser schüttelte ihm die Hand.

»Also meines Vaters Ehre ist wiederhergestellt?«

»Einwandfrei, mein lieber Herr Sehring. Dank Fräulein Bernds Hilfs ist alles überraschend leicht gegangen. Sie hatte schon alles so gut vorbereitet, daß mir nur noch wenig zu tun blieb.«

Und er legte die Aktenmappe vor Rudolf Sehring hin, breitete alles vor ihm aus und reichte ihm den noch verschlossenen Umschlag.

»Da, bitte, das ist die umfassende Beichte von Frau Wendhausen. Wir werden daraus erkennen, wie alles zugegangen ist.«

Die beiden Herren vertieften sich in das Schriftstück, das mehrere große Bogen umfaßte und in einer klaren, sauberen Handschrift niedergeschrieben war. Sie erkannten erschüttert das Leiden dieser armen, gepeinigten Frauenseele mit all ihrem Lieben, Hassen und aller Angst und Furcht.

Als sie zu Ende waren, sahen sie einander an.

»Die arme Frau! Nein, ich kann ihr nicht grollen, daß sie nicht den Mut fand, die Wahrheit zu offenbaren. Und schließlich kann man nicht wissen, ob sie nicht dadurch, daß sie schwieg, meines Vaters Glück begründet hat. Hätte er damals nicht fliehen müssen, so wäre er wahrscheinlich bis an sein Ende ein kleiner, unbedeutender Angestellter geblieben. Er hat zum Glück nicht darunter leiden müssen, daß er die Schuld eines andern tragen mußte. Nur vor seinem Tod hatte er Zeit, sich noch einmal daran zu erinnern, was ihn aus der Heimat trieb.«

»Das habe ich mir auch schon gesagt.«

»Was werden Sie nun mit diesen Wertstücken beginnen?«

Heinz Arnold lächelte.

»Dies alles samt der Beichte trage ich gleich nachher noch zu Herrn Hartwig. Er soll sein Eigentum wieder ausgeliefert erhalten, aber erst, wenn er mir versichert, daß er nichts gegen Frau Wendhausen unternehmen wird. Ich werde ihm natürlich sehr nachdrücklich klarmachen, daß er die zehntausend Mark in Gold der Reichsbank ausliefern muß. Bedenken Sie nur, diese Zwanzigmarkstücke haben den ganzen Weltkrieg überdauert, haben friedlich und blank und glänzend in einem sehr einfachen Geheimfach des Wäscheschrankes einer alten Frau ihr beschauliches Dasein geführt. Herr Hartwig hat dieses Vermögen, das wahrscheinlich auch der Inflation zum Opfer gefallen wäre, gerettet, und wenn er auch keine Zinsen dafür bekommen hat, so erhält er es doch in vollem Wert wieder. Immerhin eine erfreuliche Überraschung, die wir ihm bereiten, nicht wahr?«

Rudolf Sehring mußte lachen.

»So wird es sein. Bitte, grüßen Sie den alten Herrn von mir, und wenn er mir einen Abend schenken will, würde ich mich freuen, dies Ereignis mit ihm und Ihnen bei einem guten Tropfen zu feiern. Sehen Sie zu, ob sie ihn dazu bringen, meine Einladung anzunehmen, denn er hat schließlich meinem Vater gegenüber sehr menschlich gehandelt. Ohne seine Großherzigkeit hätte man meinen Vater vielleicht doch irgendwie und irgendwo verhaftet.«

»Ich werde ihm das ausrichten und hoffe, Ihnen eine Zusage zu bringen. Welcher Abend würde Ihnen passen?«

»Jeder, mit Ausnahme der Sonntage, da bin ich nicht frei.«

»Gut! Und nun will ich mich gleich aufmachen und zu ihm gehen. Ich werde anklingeln, wenn er sich vielleicht für den heutigen Abend entscheiden sollte.«

»Das tun Sie, bis halb sieben bin ich hier im Hotel. Und nun, mein lieber Herr Arnold, wird es schnell Ernst mit unseren landwirtschaftlichen Plänen. Wir sind schneller zum Ziel gekommen, als ich zu hoffen wagte, und ich bin sehr froh darüber. Ganz offen, dies untätige Leben, zu dem ich jetzt verdammt war, ist mir zuwider, mich verlangt, unter Ihrer werktätigen Hilfe ehrlich im Schweiße meines Angesichts meinen Kohl bauen zu können.«

Sie drückten sich sehr kräftig die Hände und lachten sich tatenfroh an.

»Ich werde dann auch im Anschluß an die Unterredung mit Herrn Hartwig die ganze Angelegenheit in Ordnung bringen. Auf dem Polizeiamt vor allen Dingen muß der Name Ihres Vaters aus der Liste der Angeschuldigten gestrichen werden.«

»Und Sie meinen, daß man Frau Wendhausen ungeschoren läßt?«

Heinz Arnold lachte.

»Die Sache ist längst verjährt, sie hätte gar keine Angst mehr zu haben brauchen. Die arme Frau war ganz aufgelöst vor Angst und Reue, aber Fräulein Bernd hat sie lieb und wundervoll getröstet. Das ist eine bewundernswerte junge Dame, mein lieber Herr Sehring. Wer die heimführen darf, hat in den Glückstopf gegriffen. Und was mich anbelangt, ich habe Aussichten, große Aussichten, bei meiner kleinen Schutzbefohlenen. Zu alt erscheine ich ihr jedenfalls nicht, das habe ich schon festgestellt.«

Die beiden Männer drückten sich noch einmal fest die Hände und sahen sich mit strahlenden Augen an, ehe sie sich trennten.

Herr Hartwig empfing Heinz Arnold sogleich und sah ihn lachend an.

»Nun, verehrter Herr Detektiv, haben Sie schon irgend etwas Nennenswertes in Erfahrung gebracht?«

Heinz Arnold verneigte sich ebenfalls lachend.

»Sie scheinen sehr davon überzeugt zu sein, daß dies nicht der Fall ist.«

Hartwig bot ihm einen Sessel an.

»Das soll nicht etwa Ihre Fähigkeiten, dunkle Sachen ans Licht zu bringen, anzweifeln, aber lieber Himmel, die Sache liegt doch über dreißig Jahre zurück.«

»Allerdings. Und doch bin ich durchaus nicht gewillt, mich geschlagen zu bekennen. Ich wollte mir nur von

Ihnen des Versprechen holen, daß Sie die ganze Sache still erledigen, ohne auf eine Entschädigung oder sonstige Vorbehalte zu dringen, wenn Sie Ihr Eigentum, das Ihnen damals entwendet wurde, unbeschädigt zurückerhalten.«

Nun stutzte der alte Herr.

»Machen Sie keinen Scherz mit mir altem Mann! Das klingt ja gerade, als sähen Sie eine Möglichkeit, mir mein Eigentum wiederbeschaffen zu können?«

»Es liegt nur an Ihnen. Ich bitte um Ihr Ehrenwort, daß Sie alles vergessen und vergeben, daß eine Frau, unter Zwang handelnd, Ihnen dadurch schadete, daß Ihnen die ganzen Jahre die Zinsen an Ihrem Eigentum verlorengingen. Ich betone besonders, daß der wirkliche Täter wenige Tage nach seiner Tat gestorben ist, also auch dann nicht mehr zur Rechenschaft gezogen werden könnte, wenn die Sache nicht ohnedies verjährt wäre. Ich lege Wert darauf, daß sie dieser Frau, die in Angst und Not Ihr Eigentum all die Jahre verwahrt hat, Ihre Verzeihung zusichern. Es liegt ihr nämlich viel daran. Und wenn Sie auch Zinsen eingebüßt haben, so ist Ihnen doch das Kapital trotz der Inflation im vollen Wert erhalten geblieben. Das müssen Sie einsehen.«

Der alte Herr fuhr sich über die Stirn, als sei ihm zu heiß.

»Ich sehe alles ein, was Sie wollen, und verzeihe alles, was damit zusammenhängt, wenn Sie mir wirklich mein Eigentum wieder verschaffen können. Zehntausend Goldmark, das ist ein gutes Stück Geld, das man immer gebrauchen kann beim heutigen Stand der Geschäfte, aber ich glaube kaum, daß Ihnen das Kunststück gelingen wird.«

Heinz Arnold sah ihn lachend an.

»Es ist mir schon gelungen.«

»Donnerwetter! Das ist doch nicht möglich?«

»Doch, mein verehrter Herr Hartwig, und ich freue mich sehr, Ihnen das alles wieder verschaffen zu können. Ihre Frau Gemahlin wird ihren Schmuck wiederbekommen.«

Wieder strich sich der alte Herr über den Kopf.

»Na, wissen Sie, meine Frau ist ja nun inzwischen über die Jahre hinaus, wo ihr Herz noch an Schmuck hing. Aber da sind meine Tochter und meine Schwiegertochter, die könnte man damit schon bannig erfreuen. Wo steckt denn der Schmuck mit dem Geld?«

Lächelnd deutete Heinz Arnold auf die Aktenmappe.

»Da drinnen!«

Der alte Herr erhob sich fassungslos.

»Was denn? Da drinnen in der Tasche? Da soll alles drin sein, was mir entwendet wurde?«

»Bis auf den letzten Heller. Nichts fehlt daran.«

Heinz Arnold öffnete die Tasche und entnahm ihr Stück für Stück alles, was sie barg, zuletzt noch das Bekenntnis Emilie Wendhausens.

Der alte Herr schüttelte ihn an den Schultern.

»Alle Achtung, Herr Arnold, da haben Sie ein schweres Stück Arbeit geleistet, das muß ich sagen.«

»Es war nicht so schwer, wie Sie denken, nachdem ich mir bei meinem ersten Besuch bei Ihnen einigermaßen klargemacht hatte, wie der Diebstahl wohl vor sich gegangen war.«

»Das haben Sie damals schon gewußt?«

»Sagen wir geahnt, vermutet.«

»Aber wer war der Spitzbube? Doch nicht der Sehring?«

»Nein, aber der Mann, der im Vorzimmer auf der Bank saß, um Ihnen Angebote zu machen, der mit dem Raub verschwand, als Sehring sein Büro verlassen und Sie das Ihre wieder aufgesucht hatten. Mit einem Wort: Wendhausen, der wenige Tage später im Hafen ertrank.«

Hartwig fiel wie erschöpft in seinen Sessel zurück.

»Nun sagen Sie mir bloß, wie Sie das herausbekommen haben.«

Heinz Arnold berichtete zuerst von seiner Vermutung bezüglich des Mannes, der auf der Bank neben Sehrings Büro gesessen hatte, dann Schritt für Schritt von seinen

Erkundigungen, erst bei den Hehlern, dann immer weiter und zuletzt von seinem Versuch, Frau Wendhausen auszuforschen. Wie ihm dann eine kluge junge Dame geholfen, alles aufzuklären und wie er nun heute Frau Wendhausens Beichte erhalten hatte.

»Diese Beichte, mein lieber Herr Hartwig, die erst nach dem Tod dieser geängstigten Frau den Behörden zur Kenntnis kommen sollte, befindet sich hier in dem Umschlag. Ich habe sie Ihnen zum Lesen mitgebracht, um Ihnen zu zeigen, daß diese Ärmste wahrscheinlich am meisten unter alledem gelitten hat. Ich lasse dies Schriftstück heute hier und hole es mir morgen wieder ab, da ich es vielleicht doch noch brauchen kann.«

Der weiße Schopf des alten Herrn zeigte seine Aufregung, er war bedenklich in Unordnung geraten, weil er mit den Händen darin gewühlt hatte. Seine Brust hob sich unter einem tiefen Atemzug, und er sagte:

»Nun bin ich doch sehr froh, daß ich Sehring seine Flucht leichter machte, als sie wohl sonst gewesen wäre. Auf Wendhausen habe ich keinen Augenblick Verdacht gehabt, habe nicht einmal daran gedacht, ihn mit der Sache in Verbindung zu bringen. Aber selbstverständlich werde ich der armen Frau keine Schwierigkeiten machen. Es ist ja allerhand, daß sie in ihren sicher mehr als bescheidenen Verhältnissen dies Geld nicht angerührt hat. Die Goldstücke hätte sie damals doch leicht genug ausgeben können, wenn sie auch den Schmuck nicht so leicht losgeworden wäre. Aber nun freut es mich doppelt, daß Sehrings Ehre wiederhergestellt ist. Und sein Sohn freut sich natürlich auch sehr?«

»Das können Sie sich denken, Herr Hartwig. Ich soll Ihnen übrigens von ihm eine Empfehlung bestellen, und er würde sich sehr freuen, wenn Sie eine Einladung von ihm für einen Ihrer freien Abende annehmen würden. Wir drei wollen dann das freudige Ereignis mit einem guten Tropfen begießen.«

»Wird gemacht, mein lieber Herr Arnold. Und ich hoffe dann auch, daß ich Sie und ihn einmal in meinem Haus begrüßen kann, ehe er Hamburg wieder verläßt.«

Die Herren kamen überein, daß sie sich zunächst am Dienstag abend in einem Weinlokal treffen würden.

»Nun habe ich nur noch eines mit Ihnen zu erledigen, Herr Hartwig: dieser wiederaufgefundene Goldschatz muß der Reichsbank überliefert werden.«

»Das ist selbstverständlich. Wollen Sie das tun, oder soll ich es selber veranlassen?«

Heinz Arnold lachte.

»Am besten ist wohl, ich erledige das gleich mit der nötigen Aufklärung, damit man Ihnen nicht etwa bezüglich dieses späten Auftauchens der Goldstücke noch Schwierigkeiten macht. Ich werde das Gold abliefern und es auf Ihr Bankkonte in Reichsmark überweisen lassen. Einverstanden?«

»Mit Vergnügen.«

Die Herren unterhielten sich noch ein Weilchen, dann verabschiedete sich Heinz Arnold, um noch allerlei Nebensächlichkeiten in dieser Angelegenheit erledigen zu können.

Er telefonierte mit Rudolf Sehring und teilte ihm mit, daß alles erledigt sei. Er möge die Güte haben, Fräulein Bernd mitzuteilen, daß sie Frau Wendhausen nun ganz beruhigen könne, es sei alles so, wie er gehofft hatte, beigelegt worden.

Nun endlich konnte Heinz Arnold befriedigt in seine Wohnung zurückkehren, wo er Regina wieder an der Schreibmaschine fand, während Frau Grabbe in der Küche das Abendessen bereitete.

Er sprach erst einige freundliche Worte mit seiner Haushälterin, und diese erklärte ihm bestimmt, heute abend müsse er aber eine kräftige Mahlzeit erhalten, denn heute mittag habe er ja kaum drei Bissen zu sich genommen. »Das Kind« – so bezeichnete sie Regina jetzt immer – habe auch nur wie ein Spatz gegessen. Er möge doch einmal ein Machtwort sprechen. Und heute abend müßten sie beide tüchtig zulangen, sonst würde sie sehr böse sein.

Er versprach ihr lachend alles, was sie wollte, und als er Regina mit vor Eifer geröteten Wangen an der Maschine sitzen sah, stülpte er einfach die Haube über die Schreibmaschine und drehte das Licht der Arbeitslampe aus.

»Aber, Herr Arnold, ich habe noch einige Briefe zu schreiben«, versuchte sie zu widersprechen.

Er zuckte mit einem sehr übermütigen Blick die Achseln.

»Es tut mir leid, ich habe strengen Befehl von Frau Grabbe, Sie nicht länger arbeiten zu lassen. Morgen ist auch noch ein Tag.«

»Aber Sonntag! Da bleiben die Briefe auf der Post liegen.«

»So sollen sie liegenbleiben. Heute abend wird nichts mehr getan. Ich will heute abend zusammen mit Ihnen und Frau Grabbe zu Abend speisen, allein mag ich heute nicht sitzen. Und nach Tisch bleiben wir noch ein Stündchen beisammen und erzählen uns was. Punktum!«

Sie sah unsicher zu ihm auf, sah das Funkeln in seinen Augen und sagte ganz versonnen:

»Jetzt sehen Sie aus wie ein Junge, der irgendeinen Unfug anstellen will.«

Das freute ihn so sehr, daß er sie am liebsten in seine Arme gerissen hätte. Aber er griff statt dessen mit unsicheren Händen nach seiner Shagpfeife.

»Darf ich ein paar Züge tun?« fragte er scheinbar unbefangen.

»Aber, bitte, Sie sollen doch auf mich gar keine Rücksicht nehmen, sollen sich doch behaglich zu Hause fühlen, sonst muß ich fürchten, Sie zu belästigen.«

Wieder funkelte er sie an.

»Jawohl, das Lied kennen wir nun schon. Sie müssen doch endlich wissen, wie das ist mit dem Belästigen. Merken Sie denn noch immer nicht, wie ich leide – unter Ihrem Hiersein – Sie kleiner, törichter Angsthase?«

Da erzitterte sie unter seinem Blick, wurde blutrot und stieß hastig hervor:

»Da will ich aber wenigstens Frau Grabbe beim Abendessen helfen.«

Gern ließ er Regina nicht gehen, aber sie war schon draußen, und er fand nun doch, daß es gut so war. Kaum eine Woche kannten sie sich – und schon wollte er am liebsten Sturm laufen auf ihr junges Herz. Das ging doch wirklich nicht.

Aber auf heute abend freute er sich unbändig, dagegen halfen auch seine siebenundvierzig Jahre nicht. Er fühlte sich wie ein Schuljunge, der unerwartet Ferien bekommen hat. Sein letzter Fall war nun erledigt, wahrscheinlich wirklich sein allerletzter Fall in seinem alten Beruf. Er gab ihn nicht ungern auf, so gute Erfolge er auch gehabt hatte. Er hatte entschieden ein zu gutes Herz für einen Detektiv und hätte wirklich oft am liebsten die Verbrecher wieder laufenlassen, die er eingefangen hatte. Zum Glück war im Falle Wendhausen der Verbrecher schon von der himmlischen Gerechtigkeit ereilt worden. Das sollte ein guter Abschluß sein. Und das mußte auch gefeiert werden heute abend mit Regina und Frau Grabbe als Ehrendame. Und dabei wollte er sich an Regina freuen. Es war so wundervoll, das süße Mädchengesicht zu betrachten, in den samtbraunen Augen die warmen Lichter funkeln zu sehen, das zarte Rot auf ihre Wangen zu zaubern und den kleinen Mund in verhaltener Erregung zucken zu sehen. Frau Grabbe war ja dabei, da konnte er sich schon im Zaum halten, so sehnsüchtig er auch nach diesem schlanken, kindlichen Mädchen verlangte. Lange durfte das nicht mehr dauern. Er hatte keine Zeit zu verlieren und sie? Sie war auch siebenundzwanzig Jahre alt geworden, ohne die Liebe kennenzulernen. Und bei aller Kindlichkeit ihres Wesens lag doch jetzt eine süße Reife über ihr. »Kleine

Regina, süße kleine Regina, das Schicksal hat es so gewollt, daß ich dich aus dem kalten Wasser holte. An meinem Herzen will ich dich wärmen«, dachte er.

In solchen Gedanken verbrachte er die Wartezeit, bis er zu Tisch gerufen wurde. Und er staunte, so festlich hatte Regina die kleine Tafel gedeckt, als hätte sie geahnt, daß es etwas zu feiern gab. Blühende Fliederzweige, mit roten Tulpen gemischt, standen in einer Vase auf dem Tisch. Diese Blumen hatte Frau Grabbe heute bei einer Blumenfrau erstanden und für Regina mitgebracht.

Heinz Arnold wurde ganz wunderlich weich zumute. Wie lange war es her, daß man für ihn einen Tisch mit Blumen geschmückt hatte.

Und es duftete sehr appetitlich nach allerlei guten Sachen, die Frau Grabbe bereitet hatte. Diese und Regina hatten in aller Eile auch noch ihrem Anzug durch weiße Kragen etwas Festliches gegeben.

Es wurde ein herrlicher, unvergeßlicher Abend für alle drei Teilnehmer, obwohl nichts weiter geschah, als daß man beisammensaß und ein wenig scherzte und lachte, ein wenig ernst und versonnen vor sich hinblickte, und – daß zwei Augenpaare zuweilen vergehend in Sehnsucht ineinandertauchten.

XIV

Rudolf war wieder pünktlich mit Lissa zusammengetroffen und hatte ihr ausgerichtet, was Heinz Arnold ihm aufgetragen hatte. Das freute Lissa sehr, weil sie nun Frau Wendhausen außer aller Gefahr wußte. Rudolf dankte Lissa für ihre kluge und gewandte Mithilfe.

»Ohne Ihr Eingreifen wäre dieser Fall nicht so schnell erledigt worden, liebe Freundin.«

Sie zuckte leicht die Achseln.

»Sagen Sie ohne den Zufall, der mich hinter dies Geheimnis kommen ließ oder ohne die Fügung des Schicksals. Es sollte wohl alles so kommen, damit das Unrecht an Ihrem Vater gutgemacht werden konnte.«

»Jedenfalls haben Sie dazu sehr viel beigetragen. Und nun bin ich schneller als ich geglaubt meiner Pflicht entbunden worden. Ich kann nun wieder an mich selbst denken. Sie werden verstehen, daß dieses untätige Leben, zu dem ich hier verurteilt war, mich nicht befriedigen konnte.«

»Ja, das kann ich sehr gut verstehen. Sie – ja, Sie werden Hamburg nun bald verlassen?«

»Erst einmal will ich mit Heinz Arnold eine Reise durch Deutschland machen, um mir verschiedene Güter anzusehen. Da scheint mir besonders eines passend zu sein, das in der Nähe des Starnberger Sees, also in Bayern liegt. Kennen Sie diese Gegend?«

»Ja, als Kind war ich einmal mit meinem Vater dort, aber das ist lange her.«

»Gefiel es Ihnen dort?«

»Sehr! Man ist so nahe an den Bergen, es kann nirgends schöner sein.«

Eine Weile blieb es still zwischen ihnen. Dann sagte er halblaut, wie in Gedanken versunken:

»Dort wird auch Melisse gedeihen.«

Etwas in diesen Worten trieb ihr das Blut ins Gesicht.

Sie lenkte aber schnell ab und sagte:

»Ich wünsche Ihnen von Herzen, daß Sie einen Wirkungskreis finden, der Ihnen zusagt.«

»Das hoffe ich auch. Ich erhoffe auch sonst so manches von der Zukunft, aber davon will ich noch nicht sprechen. Ich denke, das wird alles spruchreif, wenn wir von unserer Reise zurückkommen.«

Schnell sah sie ihn an.

»Sie kommen also noch einmal nach Hamburg zurück?«

»Sicher, ich werde hier viel zurücklassen, was ich mir noch holen muß, sobald ich wieder eine Heimat habe.«

Das klang so seltsam bedeutungsvoll, und doch wußte sie nicht, was er meinte. Er sprang dann auch gleich von diesem Gesprächsstoff ab und sagte:

»Morgen ist gottlob wieder ein Sonntag, die Woche schien kein Ende zu nehmen.«

Sie zwang die törichte Befangenheit nieder und meinte:

»Was werden wir morgen anfangen mit unserer vielen Zeit?«

»Darf ich einen Vorschlag machen?«

»Bitte sehr!«

»Also, wir fahren nach Blankenese und suchen uns in einem netten Lokal ein schönes Plätzchen am Elbufer. Vielleicht wissen Sie eines?«

»Wir werden schon etwas Passendes finden, ich bin noch nicht oft dort gewesen.«

»Gut! Also einverstanden?«

»Gern!«

»Eben fällt mir ein, ich soll auch noch von Arnold bestellen, daß morgen vormittag Fräulein Lüdersen Ihnen einen Besuch machen will. Wird es Ihnen passen?«

»Gewiß, ich bin sehr gespannt, ihre Bekanntschaft zu machen.«

»Sie werden sicher Gefallen an ihr finden, und Arnolds wegen möchte ich das wünschen. Es würde ihn freuen, wenn sein Schützling Anschluß an eine andere junge Dame bekäme.«

»Ich denke wohl, daß sie mir gefallen wird. Was ich von ihr weiß, hat meine herzliche Teilnahme geweckt.«

»Es wäre auch mir aus einem bestimmten Grund sehr lieb, wenn sie sich gegenseitig gut verstehen könnten.«

Er meinte damit, daß zwischen Lissa und Fräulein Lüdersen, falls sie beide auf seinem Gute leben würden, ein freundschaftlicher Verkehr stattfinden könnte, damit sie sich nicht so leicht einsam fühlten, wenn die Männer bei der Arbeit waren.

»Was ist das für ein Grund?« fragte Lissa rasch.

Aber das wollte und konnte er ihr jetzt nicht sagen.

»Ich werde Ihnen das später einmal mitteilen. Vorläufig bitte ich, Ihre Frage unbeantwortet lassen zu dürfen.«

»Das klingt ja ganz geheimnisvoll«, scherzte sie.

»Nein, nein, geheimnisvoll ist es nicht, nur – man mag zuweilen nicht über eine Sache sprechen, die noch nicht spruchreif ist.«

Sie fragte nun nicht weiter. Eine Weile hingen sie ihren Gedanken nach, dann bemühten sie sich beide, wieder in eine angeregte Unterhaltung zu kommen, und das ging dann auch sehr gut. Sie sprachen noch einmal ausführlich über den Fall Wendhausen, und Lissa bedauerte die alte Frau, die so unbeschreiblich unter der Bosheit ihres Mannes zu leiden gehabt hatte.

»Jetzt endlich wird sie wieder ein wenig aufleben, und was ich dazu tun kann, soll gern geschehen. Sie ist ein so dankbares Gemüt.«

»Nun, sie hat Ihnen auch viel zu danken.«

»Ich ihr auch. Sie gibt mir Schutz und Halt in ihrem Heim, ich brauche nicht allein zu sein.«

»Das wird ja nicht mehr lange nötig sein«, entfuhr es ihm.

Sie wußte nicht, wie er das meinte und hob zagend die Schultern.

»Wenn Sie erst fort sind, bin ich wieder ganz auf Frau Wendhausen angewiesen. Denn selbst, wenn Fräulein Lüdersen mir lieb werden sollte, sie geht ja mit Ihnen auf Ihr Gut, als Ihre Sekretärin.«

»Sagen wir genauer, als die Frau meines Gutsverwalters. Aber das dürfen sie ihr um keinen Preis verraten. Sie weiß es nämlich selbst noch nicht.«

»Oh, wie glücklich kann sie sich schätzen, Herr Arnold ist ein sehr angenehmer, kluger und tüchtiger Mann.«

»Ja, das ist er sicher.«

Damit waren sie aber an dem Punkt angelangt, wo sie sich verabschieden mußten, und nun fiel Lissa ein, daß

Frau Wendhausen Rudolf Sehring so gern um Verzeihung bitten wollte. Sie sagte ihm das und bat ihn, der alten Frau diesen Wunsch nicht zu versagen.

»Sie wird Herrn Arnold darum bitten, Ihnen das auszurichten, aber ich will Sie schon jetzt darauf vorbereiten. Werden Sie es tun?«

Rudolf überlegte, daß er dann vielleicht Gelegenheit haben würde, Lissa einmal außer der Zeit zu sehen, und das machte ihn natürlich gleich willfährig.

»Selbstverständlich werde ich gern einmal zu ihr kommen. Irgendwie sind wir beide doch schicksalsverbunden.«

Sie dankte ihm herzlich, aber er wehrte beschämt ab.

Lissa freute sich, Frau Wendhausen dazu verholfen zu haben, daß sie ihr Herz auch in dieser Beziehung entlasten konnte. Sie nahm sich vor, der alten Dame alles zu beichten, was sie ihr bisher verschwiegen hatte, um sie nicht noch mehr aufzuregen.

Als Lissa am nächsten Morgen erwachte, dehnte sie sich in stillem Behagen. Heute war Sonntag, ein Freudentag für sie, da sie länger mit Rudolf Sehring zusammensein durfte. Wie viele solche Freudentage würden ihr noch beschieden sein? Vor seiner Abreise nach den ausgeschriebenen Gütern sicher keiner mehr. Aber vielleicht dann doch noch einmal, wenn er zurückkam. Daß er das tun würde, hatte er ja versprochen.

Schnell erhob sie sich nun, machte sich fertig, und da brachte ihr Frau Wendhausen auch schon ihr Frühstück. Sonntags gab es reinen Bohnenkaffee, darauf freuten sie sich schon die ganze Woche. Lissa frühstückte mit großem Behagen und ließ sich auch dabei etwas länger Zeit. Aber dann ging sie wieder an ihre Arbeit.

Gleich nach elf Uhr erschien Regina Lüdersen, und Frau Wendhausen, die Lissa schon auf diesen Besuch vorbereitet hatte, ließ sie in Lissas Wohnzimmer treten.

Dort empfing Lissa ihren Besuch, indem sie Regina

schnell entgegenging und ihr die Hand reichte. Regina machte gleich einen sehr angenehmen Eindruck auf sie, und Regina faßte auch gleich ein Herz zu ihr. Eine Weile sahen sie sich forschend an, dann zog Lissa ihren Besuch neben sich auf das Sofa.

»Ich freue mich, daß Sie zu mir gekommen sind.«

»Und ich freue mich, daß Sie es mir erlaubten. Ich habe so viel Trübes hinter mir, so lange hatte ich keinen Menschen, mit dem ich mich hätte aussprechen können. Nun ist plötzlich, als die Not am größten war, alles so viel besser geworden. Und alles danke ich Herrn Arnold, der mich ins Leben zurückgeholt hat.«

Lissa streichelte ihr die Hand.

»So einen schweren Entschluß hatten Sie gefaßt, Sie Ärmste?«

Regina schüttelte den Kopf.

»Das Schwerste war vorher, der Entschluß war für mich eine Notwendigkeit. Und jetzt weiß ich, der liebe Gott hat mich zu diesem Entschluß geführt, damit ich den Weg zum Glück finden würde. Ja, ich bin jetzt glücklich, habe Arbeit und Verdienst, habe Herrn Arnold und Frau Grabbe, bei denen ich in treuer Hut bin, und – nun habe ich auch noch Sie gefunden. Seit meiner Schulzeit hatte ich nie mehr eine Freundin.«

»So will ich Ihnen eine Freundin sein, und Sie sollen es mir sein, denn auch ich stehe ganz allein im Leben, habe nur Frau Wendhausen, die mich mütterlich betreut. Und dann – Herrn Sehring. Auch er hat mich vor einem schlimmen Schicksal bewahrt. Wissen Sie davon?«

Regina sah sie erstaunt an.

»Nein, davon hat er mir nichts gesagt.«

Lissa lächelte.

»Ja, so ist er, davon spricht er nicht.«

Und sie berichtete Regina, wie sie mit Rudolf Sehring bekannt geworden war. Diese hörte aufmerksam zu und drückte ihr die Hand.

»Wie gut, daß er gerade an Ihrem Weg stand, so, wie Herr Arnold an meinem Weg war an jenem fürchterlichen Abend.«

Lissa nickte wehmütig.

»Sie haben es gut, Fräulein Lüdersen! Sie gehen mit auf das Gut, das Herr Sehring kaufen wird, und Ihr Beschützer geht auch mit dahin. Da steht Ihnen keine schmerzliche Trennung bevor. Aber ich werde wieder ganz allein sein.«

Lissas Augen glänzten feucht, aber dann riß sie sich zusammen.

Regina wußte nicht, was sie sagen sollte. Sie wußte ja selbst, wie beneidenswert ihr Schicksal in Zukunft sein würde, obwohl sie noch nicht einmal ahnte, welches Glück ihr bevorstand. Nur daß sie bleiben durfte, wo Heinz Arnold sein würde, war schon Glücks genug für sie. Und sie fühlte hellseherisch, wie Frauen in solchen Dingen sind, daß Rudolf Sehring Lissa Bernd wahrscheinlich auch im Herzen so nahe stand, wie ihr Heinz Arnold, und sie bedauerte Lissa sehr, daß sie zurückbleiben müsse. Ihr gutes Herz suchte nach einem Trost für Lissa und fand doch keinen. Sie drückte ihr nur ganz fest und warm die Hand.

Eine Weile schwiegen die beiden jungen Damen, sahen sich nur an und fühlten sich zu einander hingezogen. Und plötzlich umfaßten sie sich beide, einem inneren Drang folgend, und weinten, weinten im Überschwang ihres Empfindens. Selbst die sonst so beherrschte Lissa konnte ihre Fassung nicht wahren. Und diese Umarmung, dieses gemeinsame Weinen sollte der Grundstein für eine Freundschaft sein, wie sie unter Frauen selten ist. Nur Frauen, die ein schweres Schicksal getragen haben, sind einer solchen Freundschaft fähig.

Lissa faßte sich zuerst und schüttelte den Kopf.

»Nun wollen wir aber wieder ganz vernünftig sein. Ich weiß gar nicht, warum wir eigentlich geweint haben. Jetzt geht es uns doch wieder gut. Ich habe sichere Arbeit und

Verdienst, auch Sie haben Ihre gute Anstellung, wir können für unseren Lebensunterhalt sorgen. Also, was wollen wir noch?«

Regina trocknete ihre Tränen.

»Eigentlich weinte ich gar nicht um mich, sondern weil Sie so einsam zurückbleiben müssen. Es wäre so schön, wenn Herr Sehring auch Sie noch mit auf sein Gut nehmen würde.«

Lissa mußte ein wenig lachen.

»Er kann ja schließlich nicht alles auf seinem Gut unterbringen, was ihm über den Weg läuft. Sie und Herrn Arnold kann er gut brauchen, aber mich nicht. Das ist der springende Punkt. Und nun wollen wir darüber gar nicht mehr sprechen.«

Sie kamen nun darauf, die beiden Männer, die ihnen teuer waren, mit dem ganzen Zauber der Liebe zu umgeben. Jede wußte so viel Liebes und Gutes von dem Mann ihres Herzens zu berichten, daß sie kein Ende finden konnten. So waren sie sehr einig, und da Lissa gern noch arbeiten wollte, aber gern auch noch eine Weile mit Regina geplaudert hätte, bat sie diese, ihr noch ein wenig bei ihrer Arbeit Gesellschaft zu leisten. Das tat Regina gern, und sie staunte nun sehr, als sie sah, welcher Art Lissas Arbeit war. Sie bewunderte deren künstlerische Fähigkeiten, stellte viele Fragen und betrachtete mit großem Interesse allerlei Entwürfe und Zeichnungen, die Lissa in einer Mappe aufbewahrte und schon früher angefertigt hatte, ehe sie bei Luther & Sohn die lohnenden Aufträge erhielt.

Erst als es für Regina Zeit wurde, zum Mittagessen heimzukehren, verabschiedete sie sich von Lissa mit einem Kuß und einer herzlichen Umarmung. Sie versprach, so bald wie möglich wiederzukommen, vielleicht hatte sie mehr Zeit dazu, wenn Herr Sehring mit Herrn Arnold auf Reisen ging, um die Güter zu besichtigen.

Lissa war froh über dies Versprechen Reginas, hoffte sie

doch, durch sie zuweilen Kunde zu bekommen, wie diese Besichtigung ausfallen würde.

Lissa und Rudolf Sehring fuhren wirklich nach Blankenese hinaus. Da fanden sie auch ein reizendes Plätzchen auf einer Terrasse an der Elbe. Es war wundervoll warm, schon ein richtiger Sommerabend, und ringsum herrschte frohes Leben und Treiben, obwohl sie ganz ungestört und allein an ihrem Tisch saßen.

Sie genossen beide diese gemeinsamen Stunden mit der ganzen Inbrunst ihrer starken Zuneigung. Zuweilen ruhten Rudolf Sehrings Augen mit einem Ausdruck in denen Lissas, daß ihr das Blut verräterisch ins Gesicht stieg. Und auch Lissa vermochte nicht immer kühl und beherrscht in das Gesicht Rudolfs zu sehen. Sie wußten nun beide, daß ihre sogenannte Freundschaft nur ein Vorwand war, um tiefere Gefühle zu verbergen, aber Lissa wagte gar nicht daran zu glauben, daß Rudolfs Gefühle für sie die gleichen waren wie die ihren für ihn.

Rudolf aber wurde seiner Sache immer sicherer. Daß Lissa ihm nicht in ruhiger Gleichgültigkeit gegenüberstand, merkte er an vielen kleinen Zeichen. Aber er wollte ihr noch Zeit lassen, sich über sich selber klarzuwerden, bis er zurückkam von seiner Reise.

Immerhin war Lissa Frau genug, um zu spüren, daß auch Rudolfs Gefühle für sie nicht nur die einer Freundschaft waren. Zuweilen flammte es in seinen Augen sehr unbeherrscht auf, und ab und zu verriet er sich auch mit einem raschen Wort. Aber Lissa war weit davon entfernt, anzunehmen, daß er ernste Heiratsabsichten hatte. Dieses Feuer würde nur so lange anhalten, bis sie ihm wieder ganz aus den Augen war. Männer sind rasch entflammt und rasch wieder ernüchtert. Sie wußte, lange würde sie sich seiner Gesellschaft auch dann nicht mehr freuen können, wenn er in Hamburg bleiben würde. Aus der Freundschaft würde etwas anderes werden, und dazu war sie sich zu gut.

Vielleicht hätte sie schon jetzt nicht mehr gewagt, durch weitere Zusammenkünfte ein Feuer zu schüren, das für sie gefährlich werden konnte, wenn sie sich nicht gesagt hätte, daß ja doch bald alles aus sein würde. So wollte sie sich noch fest an das freundschaftliche Aussehen ihrer Zusammenkünfte klammern, bis es zum Abschied für immer kam.

Und so schob sie auch alles von sich, was sie warnen wollte, sich zu tief in dieses Gefühl zu verstricken. Es war so süß, bei ihm zu sein, in seine Augen zu sehen, seinen Händedruck zu spüren, seine lieben, gütigen Worte zu hören. Was danach kam, wenn er fortgegangen war aus ihrem Leben, daran wollte sie jetzt nicht denken, um sich nicht auch noch die wenigen Glücksstunden trüben zu lassen.

Hätte Rudolf Sehring nur eine Ahnung gehabt, wie sehr er Lissa damit quälte, daß er ihr nicht sagte, was er von der Zukunft erhoffte, er hätte nicht eine Stunde mehr gezögert, sie von dieser Unruhe zu befreien. Sein ehrenhafter Sinn hielt es aber gar nicht für möglich, daß er ihr gegenüber anders als zartfühlend sein könne.

Trotz allem verlebten sie diese Sonntagsstunden mit einer Hingabe und Innerlichkeit, daß sie Schätze sammelten in ihrem Innern und sich gegenseitig bewußt wurden, wie unentbehrlich sie sich waren.

Rudolf berichtete Lissa, daß er heute auf eine Anzahl Angebote, über die Regina Lüdersen nähere Berichte erbat, Antworten erhalten hatte. Mitte der Woche hoffte er auch die andern noch zu erhalten.

Am Mittwoch wollte er mit Heinz Arnold abreisen. Weitere Antworten konnte Fräulein Lüdersen noch nachsenden.

Lissa berichtete ihm, was für einen guten Eindruck Regina auf sie gemacht hatte und daß sie einen Freundschaftsbund mit ihr geschlossen habe.

»Wir wollen auch, wenn Fräulein Lüdersen mit Ihnen

und Herrn Arnold fortgeht, in Briefwechsel miteinander bleiben. So werde ich durch sie doch zuweilen auch von Ihnen hören«, sagte sie.

Er sah sie sonderbar an, und es zuckte in seinem Gesicht. Dann faßte er rasch ihre Hand und sagte mit unterdrückter Erregung:

»Meinen Sie, ich würde es Fräulein Lüdersen überlassen, in Zukunft eine Verbindung zwischen uns herzustellen? Lissa Bernd – können Sie glauben, daß ich Sie je wieder aus meinem Leben lasse?«

Er fühlte, wie ihre Hand in der seinen zitterte. Seine Worte wirkten so stark auf sie ein, daß sie sich kaum zu fassen vermochte. Was wollte er damit sagen? Wie sollte sie das verstehen? Sie vermochte nicht zu antworten, sah ihn nur mit bangen Augen an. Da preßte er seine Lippen auf ihre bebende Hand und sagte:

»Nichts und niemand kann uns trennen, Lissa, als Sie selbst. Bitte, machen Sie sich das klar.«

Und als habe er schon zuviel gesagt, sprach er schnell von etwas anderem. Sie aber lauschte seinen Worten nach.

»Nichts und niemand kann uns trennen, Lissa, als Sie selbst.«

Konnte sie das so auffassen, wie ihr zitterndes Herz es wünschte? Oder was wollte er sonst damit sagen? Es klang wie eine Verheißung kommenden Glücks, aber sie wagte es nicht als solche anzusehen. Irrte sie sich, dann würde die Enttäuschung zu groß sein.

So zwang sie sich, auf seinen unbefangenen Ton einzugehen. Aber es lag für den Rest des Abends etwas Verhaltenes über ihnen beiden, und ihr sonst so reges Gespräch verstummte mehr und mehr, bis sie schweigend hinunter auf die Elbe starrten. Dann richteten sie sich wie auf Verabredung beide empor, sahen sich an und lächelten versonnen.

»Friedlich ist das da unten, bei allem Lärm«, sagte Rudolf, auf eine Schar junger Menschen deutend, die sich am Strand der Elbe tummelten.

Sie nickte ihm lächelnd zu und dachte:

»Möchte dieser Abend doch niemals zu Ende gehen.«

Aber das tat er nur zu rasch. Sie mußten zur Heimkehr aufbrechen. Und es kam dann zu keinem ungestörten Gedankenaustausch mehr. Die Dampfer waren überfüllt, und es herrschten überall Jubel und Trubel. Aber sie hatten beide das Gefühl, daß ihnen dieser Abend viel gegeben hatte. Lissa hörte noch immer, als sie schon auf ihrem Lager ruhte, Rudolfs Stimme:

»Lissa Bernd, können Sie glauben, daß ich Sie je wieder aus meinem Leben lasse?«

Ach, wie wunderbar glücklich ihr dabei zumute gewesen war. Hatte das nicht wie ein feierliches Gelöbnis geklungen? Konnte es möglich sein, daß er das ganz ernst genommen hatte? Sie schlang die Arme um ihr Kopfkissen, legtc ihre Wange schmeichelnd daran, als sei es die seine, und flüsterte:

»Rudolf Sehring, laß mich nicht allein. Ich liebe dich, ich liebe dich, und das Leben wird schal und leer für mich sein, wenn du daraus verschwindest.«

Am nächsten Vormittag kam Heinz Arnold noch einmal zu Frau Wendhausen und berichtete ihr ausführlich, daß alles gut und günstig für sie geordnet war und daß sie nun ganz außer Sorge sein könne.

Lissa kam auch herüber, um ihn zu begrüßen, und er versprach auf Frau Wendhausens Bitte, am nächsten Vormittag Rudolf Sehring mitzubringen, denn am übernächsten Morgen werde er mit ihm verreisen.

Als Lissa ihn hinausbrachte, sagte sie leise zu ihm:

»Bitte, grüßen Sie Regina Lüdersen herzlich von mir, wir haben Freundschaft geschlossen.«

Mit strahlenden Augen sah er sie an.

»Ich werde es bestellen. Sie ist tief beglückt, daß sie eine Freundin gefunden hat. Sie ist ein liebes Ding, nicht wahr?«

Sie nickte ihm lächelnd zu.

»Gottlob, daß Sie ihr ins Leben zurückgeholfen haben. Es wäre schade um sie gewesen.«

»Jammerschade«, bekräftigte er.

Und sie drückten sich beide die Hände zum Abschied.

Im Verlauf dieses Tages, es war um die Teezeit, sagte Lissa zu Frau Wendhausen:

»Sie fühlen sich nun wohl um zehn Jahre jünger, Frau Wendhausen?«

Die alte Frau lächelte ihr dankbar zu.

»Das reicht gar nicht, Fräulein Lissa, ich fühle mich wie neugeboren.«

»Dann darf ich es vielleicht wagen, Sie noch einmal ein wenig aufzuregen, diesmal mit einem Bekenntnis von mir?«

»Ach, was von Ihnen kommt, kann mich doch nur wohltätig aufregen.«

»Ich hoffe es, also bitte, setzen Sie sich zu mir. Jetzt ist die Reihe zu beichten an mir.«

Und sie berichtete ihr alles, wie es in Wahrheit gekommen war, daß Frau Wendhausen ihr bedrücktes Gemüt hatte erleichtern können. Als sie damit fertig war, sagte sie:

»Sehen Sie, liebe Frau Wendhausen, so habe ich ein wenig in der Sache mitgespielt, die zu Ihrem Besten ausfallen sollte.«

Frau Wendhausen hatte vor Aufregung rote Wangen.

»Ach, Kindchen, das alles war eine Fügung des Himmels. Es mußte so kommen, daß es gerade Rudolf Sehring war, der Sie vor dem Überfahrenwerden beschützte. So ist dann eines nach dem andern gekommen. Aber es ist alles gut geworden, und das danke ich doch nebst dem lieben Gott nur Ihnen. Möge er Ihnen dafür ein großes Glück schenken, Sie haben es schon um mich verdient.«

»Es geht ja nicht nach Verdienst zu in der Welt, Frau Wendhausen, sonst hätte Ihr Leben ein ganz anderes sein müssen.«

»Und wenn morgen Herr Sehring kommt, dann müssen Sie dabeisein und mir ein wenig helfen, daß er mir nicht zürnt.«

Lissa lachte.

»Das hat er mir ja auch schon versprochen. Er und Sie sind schicksalsverbunden, das haben wir schon festgestellt. Und er ist ein guter und großherziger Mensch und wird sehr lieb und gut zu Ihnen sein.«

Damit hatte Lissa die Wahrheit gesagt. Als Rudolf am nächsten Vormittag mit Arnold kam, nahm er der alten Frau gleich jede Befangenheit und sprach so gut und herzlich zu ihr, daß sie gar keine Zeit hatte, sich vor ihm zu fürchten. Er rechnete es ihr im stillen hoch an, daß sie Lissa all die Zeit ein Schutz und Hort gewesen war. Das sprach er freilich nicht aus. Die Herren verweilten fast eine Stunde in dem bescheidenen Heim der beiden Frauen, und Lissa holte alle ihre Entwürfe herüber, die sie fertig und in Arbeit hatte. Sie wurden sehr bewundert und bestaunt. Und als die Herren sich entfernten, sagte Rudolf zu Lissa:

»Heute abend sehen wir uns vor meiner Abreise das letztemal, Lissa Bernd.«

Sie nickte ihm zu und vermochte zu lächeln.

»Auf Wiedersehen also!«

»Auf Wiedersehen!«

Und Lissa blieb an der geschlossenen Flurtür stehen und lauschte seinen Tritten nach. Sie meinte die seinen ganz genau von denen Heinz Arnolds zu unterscheiden.

Am Abend sahen sie sich an der alten Stelle wieder, und Rudolf erzählte Lissa, daß er nachher mit Heinz Arnold und dem alten Herrn Hartwig zusammentreffe.

»Das wird dann der Abschluß sein von dem alten Leben, ein neues soll anfangen. Und ich freue mich so sehr, Lissa Bernd, daß ich nach Deutschland gekommen bin. Sonst hätten wir uns nie gefunden.«

Sie sah ihn mit großen ernsten Augen an.

»Um uns wieder zu verlieren.«

Er schüttelte den Kopf. »O nein, nie!«

»Ich wüßte nicht, wie das möglich sein sollte?«

»Aber ich weiß es. Und davon werden wir erst reden, wenn ich von meiner Reise zurück bin. Nur eines möchte ich Ihnen noch sagen, um eines Sie bitten: vergessen Sie mich nicht, während ich fort bin.«

Der Ton seiner Stimme bei diesen Worten ging ihr wieder tief zu Herzen. Sie wagte nicht ihn anzusehen, als sie erwiderte:

»Trauen Sie mir zu, daß ich vergeßlich bin?«

Er schob seine Hand in ihren Arm. Das war das erstemal, daß er das tat. Und er fühlte, wie sie leise zusammenschauerte bei dieser kleinen Vertraulichkeit.

»Nein, ich traue Ihnen das nicht zu und wollte Ihnen durch meine Bitte nur zeigen, wie wichtig es mir ist, nicht von Ihnen vergessen zu werden.«

Diese Worte von ihm lösten wieder das beredte Schweigen zwischen ihnen aus, und Lissa dachte bei sich:

»Kann es möglich sein, daß er mich je wieder allein läßt? Er ist doch kein leichtsinniger Schwätzer. Bedeuten seine Worte nicht so viel wie ein Gelöbnis? Und wenn sie es tun, wie soll ich das Glück ertragen, das dann zu mir käme?«

Lange gingen sie so nebeneinander her, beide schon beeindruckt von dem Gedanken, daß sie jetzt eine Weile getrennt würden, sich nicht mehr, wenigstens auf kurze Zeit, täglich sehen konnten. Und endlich sagte Rudolf, immer noch seine Hand in ihrem Arm, was sie willenlos gestattet hatte:

»Ich hoffe, Sie werden sich jetzt etwas öfter mit Fräulein Lüdersen treffen, es wäre mir eine Beruhigung, wüßte ich, daß Sie bei Ihren abendlichen Spaziergängen Gesellschaft hätten. Soll ich Herrn Arnold nachher noch Bescheid sagen, daß er Fräulein Lüdersen veranlaßt, sich jeden

Abend um dieselbe Zeit an dem gleichen Ort mit Ihnen zu treffen, wie wir das bisher getan?«

Sie nickte ihm zu.

»Wenn Fräulein Lüdersen Zeit hat, wäre das sehr nett, ich würde mich freuen, nicht ganz allein sein zu müssen.«

»So werde ich das erledigen.«

Dann war es Zeit zur Trennung, und Lissa sagte, während er ihre Hand fest und warm umschlossen hielt:

»Ich wünsche, daß Sie auf dieser Reise finden, was Sie suchen, und daß Sie die rechte Wahl treffen.«

Er sah sie mit einem so zärtlichen Blick an, daß sie erzitterte.

»Ich werde hauptsächlich darauf achten, daß auf meinem Grund und Boden Melisse gut gedeiht.«

Da flammte ihr Gesicht auf. Sie konnte ihm nur stumm zunicken und riß sich los, um davonzugehen. Mit strahlenden Augen sah er ihr nach.

»Es hilft kein Wehren mehr, Lissa Bernd, du gehörst mir«, sagte er leise vor sich hin.

Und dann ging auch er schnell davon, um nicht zu spät zum Weinlokal Pforte zu kommen, wo er mit Arnold und Hartwig verabredet war.

Die beiden Herren waren schon anwesend, und sie begrüßten sich herzlich. Sie fanden so viel Gefallen aneinander, daß es ziemlich spät wurde, ehe sie sich trennten.

Damit die Köpfe wieder etwas klarer wurden, gingen Rudolf und Heinz Arnold auf einem kleinen Umweg zu Fuß nach Hause. Und es ergab sich, daß sie beide ihren Gedanken freien Lauf ließen. Heinz Arnold sprach von seiner Liebe, von seinen Wünschen und Hoffnungen und gestand Rudolf, daß ihn diese späte Liebe zwanzig Jahre jünger gemacht habe. Und Rudolf blieb dann auch nicht mehr so zurückhaltend und schwärmte von Lissa Bernd, wie nur ein liebendes Herz zu schwärmen vermag. Dann lachten sie sich plötzlich beide übermütig an.

»Wir gebärden uns wie zwei Primaner bei der ersten

Liebe. Und jetzt wollen wir schleunigst zur Ruhe gehen, sonst reisen wir morgen früh mit einem schweren Kopf ab.«

So sagte Heinz Arnold. Und sie drückten sich die Hände und schieden voneinander.

Heinz Arnold sah, als er nach Hause kam, daß alles dunkel war. Er blickte lächelnd nach der Tür, die zu Reginas Zimmer führte. Sie lag wohl in tiefem Schlummer, meinte er. Aber er täuschte sich. Sie hatte nicht einschlafen können, weil er nicht daheim war. Das kam des Abends so selten vor. Und nun war sie in Sorge, es könne ihm was geschehen sein. Als sie aber endlich hörte, wie er leise die Flurtüre öffnete, strahlte ihr Gesicht in stiller Freude. Und dann kuschelte sie sich befriedigt zusammen und schlief ein.

Am nächsten Morgen war sie schon wach, ehe Frau Grabbe sich erhob und hantierte bereits mit dem Frühstücksgeschirr.

»Sie hätten ruhig noch liegenbleiben können, Frau Grabbe, ich mache schon alles zurecht.«

»Aber, Kindchen, meinen Sie, daß ich die Abreise meines Herrn verschlafe? Er ist das doch nun mal gewöhnt, daß ich ihm alles zurechtlege und ihm gute Reise wünsche, nöch?«

Regina nickte. Fast neidete sie der alten Frau dieses feste Zugehörigkeitsgefühl. Aber dann schämte sie sich und dachte: »Ich darf doch mit ihm gehen, wenn er fortgeht. Was wird aber dann mit der armen Frau Grabbe?«

Einträchtig machten sie nun alles bereit, und als Heinz Arnold, bereits fertig zur Abreise, an den Frühstückstisch kam, stand dort schon der dampfende Kaffee, die Brötchen waren gestrichen, so wie er es gern hatte, und in Butterbrotpapier lagen zwei weitere belegte Brötchen bereit, die er in seine Aktenmappe stecken konnte.

Lächelnd nickte er den beiden Frauen zu, die ihn umsorgten, und zog Regina im Übermut ein wenig an den blonden Locken, die sich so reizend um das feine Köpfchen ringelten.

»So früh schon ausgeschlafen, Regina?«

Er nannte sie jetzt manchmal bei ihrem Vornamen, und das trieb ihr immer das Blut in die Wangen.

»Schon längst«, sagte sie.

Dann kam der Abschied. Er war kurz und wenn auch nicht schmerzlos, so doch von der Hoffnung auf baldiges Wiedersehen gemildert.

Regina und Frau Grabbe drängten ihre Gesichter an das Fenster, um ihm nachzusehen. Als wenn er es wüßte, winkte er zurück, und seine schlanke, noch so jugendliche Gestalt schritt rasch davon. Bis zum Bahnhof war es so nahe, daß es sich nicht lohnte, einen Wagen zu nehmen.

Sein Gepäck war schon gestern abend befördert worden.

Regina schluckte ein wenig, um ihrer Stimme Festigkeit zu geben, als Frau Grabbe sagte:

»Hoffentlich finden die beiden Herren ein recht schönes Gut, nöch? Ich freue mich schon darauf, daß wir nun auf dem Lande wohnen werden.«

Erstaunt sah Regina zu ihr hinüber.

»Sie werden mitkommen?«

»Ja, das soll wohl sein. Was denken Sie, Kindchen, ich kann meinen Herrn doch nicht allein lassen. Wer soll ihm denn alles in Ordnung halten?«

»Haben Sie schon mit ihm gesprochen?«

»Ach, Kindchen, was ist da viel zu besprechen, das versteht sich doch von selbst, nöch? Er hat mir gleich gesagt, daß der Herr Sehring tüchtige Leute auf seinem Gut brauchen kann und daß zwischen uns beiden alles beim alten bleibt. Mehr ist doch auch nicht nötig, nöch?«

Da mußte Regina lachen, und sie umarmte die alte Frau und sagte:

»So froh bin ich, daß Sie auch mitkommen.«

»Ja, das soll wohl sein, Kindchen, wir wollen doch zusammenbleiben, und mein Herr wird schon alles recht machen, wie es gut für uns ist, da seien Sie man ganz ruhig, nöch?«

Ja, Regina war wirklich ganz ruhig. Sie durfte bei ihm sein, und die gute Frau Grabbe durfte auch mitkommen, was wollte sie noch mehr?

XV

Zwei Wochen vergingen, ohne daß Regina oder Lissa etwas von den beiden Herren hörten. Sie trafen sich jeden Abend, in der Hoffnung, daß die eine von ihnen Nachricht bekommen haben könne, aber es war immer vergebens. Bei diesen täglichen Abendspaziergängen kamen sich die beiden jungen Damen immer näher, sie verstanden einander sehr gut, und zuweilen ging Regina noch auf ein Stündchen mit zu Lissa, sah ihr bei der Arbeit zu und plauderte von dem, was ihr am Herzen lag. Lissa hätte ihr nun wohl sagen können, daß sie dazu ausersehen war, Frau Gutsverwalter auf Rudolf Sehrings Gut zu werden, aber das wäre ihr wie ein Vertrauensbruch erschienen. Das sollte Heinz Arnold seiner kleinen blonden Regina nur selber sagen, wenn es an der Zeit war.

Frau Wendhausen kam dann auch mal ein Weilchen herein und brachte etwas Obst oder sonst eine kleine Leckerei für Lissa und ihren Gast. Dann wurde sie mit ins Gespräch gezogen, aber von den beiden Herren war dann nicht mehr die Rede.

Regina hatte Lissa auch berichtet, daß Frau Grabbe gleichfalls mit auf das Gut kommen sollte und in welcher drollig selbstverständlichen Weise sie ihr das gesagt hatte. Sie lachten beide darüber, aber Lissa wurde das Herz dabei wieder schwer. Alle diese Menschen durften bei ihm sein. Sollte nur sie dazu verurteilt sein, allein zurückzubleiben?

Dann rief sie sich seine Worte wieder ins Gedächtnis zurück, und das brachte doch einigen Trost für sie.

»Lissa Bernd, können Sie glauben, daß ich Sie je wieder aus meinem Leben lasse?«

So hatte er zu ihr gesagt. Sollte ihr das nicht einige Ruhe geben? War das nicht wie ein Versprechen? Und war Rudolf Sehring der Mann, der so etwas ohne besondere Bedeutung sagte?

Lissa arbeitete in dieser Zeit angestrengt, weil sie dann, wenn Rudolf zurückkam, etwas mehr freie Zeit haben wollte. Sie wurde mit ihren sechs Entwürfen fertig und fuhr eines Morgens wieder zu Luther & Sohn hinaus.

Und ihre Arbeiten wurden mit großer Begeisterung geprüft und begutachtet. Lissa bekam den Auftrag, fleißig weiterzuarbeiten, um möglichst bald mehr liefern zu können. Aber sie sagte gleich, etwas mehr Zeit müsse sie haben, sie habe nur diese Auswahl so rasch abliefern wollen. Das wurde ihr auch zugebilligt, und mit dem guten Honorar für ihre Arbeiten und einer Menge neuer Aufträge konnte sie wieder nach Hause fahren.

Lissa war froh, daß sie jetzt lohnende Arbeit hatte, aber in ihrem Herzen war nun ein Sehnen erwacht nach einem andern Glück, als ihr die Berufsarbeit bringen konnte. Gewiß, diese Arbeit befriedigte sie, befreite sie von allen Sorgen um das tägliche Leben, aber das, was das höchste Glück jeder Frau ausmachte, das war ihr versagt. Sollte das immer so bleiben? Würde Rudolf Sehring sie allein lassen mit ihrer Arbeit und mit Frau Wendhausen? Konnte es nicht auch für sie ein echtes Frauenglück geben?

Dann schalt sie sich ernsthaft aus. Wie glücklich konnte sie sich schätzen, daß sie Arbeit hatte, einen Beruf, der ihr Erfolg und Befriedigung gewährte. Wie froh war sie gewesen, als man ihr diese lohnenden Aufträge erteilte. Und nun wollte sie unzufrieden sein?

Es half nicht viel, daß sie so streng mit sich selbst umging. Aber als sie nach Hause kam, lag auf ihrem

Arbeitstisch eine Ansichtskarte vom Starnberger See; und auf der Rückseite stand in einer festen, klaren Männerhandschrift:

»Lissa Bernd! Hier gedeiht Melisse wundervoll, ganze Wiesenraine sind damit bedeckt. Deshalb kaufe ich dies Gut am Starnberger See. Es ist alles so, wie ich es mir wünsche. In einigen Tagen kommen wir zurück. Herzliche Grüße! Ihr ergebener Rudolf Sehring!«

Verträumt sah sie darauf nieder. Wieder dieser Hinweis auf das Gedeihen von Melisse. Das konnte doch nicht belanglos sein. Hatte dies Zusammenhang mit ihrem Namen? Dann waren seine Worte sehr bedeutungsvoll. »Hier gedeiht Melisse wundervoll!« Was sollte das heißen?

Sie wehrte sich dagegen, seinen Worten die Deutung zu geben, die er ihnen in Wirklichkeit gegeben hatte. Aber ein leises, süßes Hoffen wuchs immer stärker in ihrem Herzen heran.

Sie trug die Karte den ganzen Tag mit sich herum. Und als sie am Abend mit Regina zusammentraf, stellte sich heraus, daß auch diese eine Karte von Heinz Arnold bekommen hatte. Und darauf hatte er geschrieben: »Herr Sehring hat das Gut am Starnberger See gekauft. Es ist großartig und schön, und gottlob wird es viel Arbeit geben. Es wird in den nächsten Tagen alles abgeschlossen, dann kommen wir zurück, um uns zu holen, was wir am nötigsten haben müssen. Herzlichen Gruß auch an Frau Grabbe. Ihr Heinz Arnold.«

Sie tauschten ihre Karten aus, und Regina meinte naiv:

»Warum ist Herr Sehring so besorgt, daß Melisse dort gedeiht? Ist das so wichtig?«

Lissa stieg das Blut ins Gesicht, aber Regina merkte das zum Glück nicht. Diese wußte nicht einmal, daß Lissa eigentlich Melissa hieß. Endlich brachte es Lissa fertig, ganz ruhig zu sagen:

»Aus Melisse wird doch Melissengeist gewonnen, vielleicht ist es darum so wichtig.«

Jedenfalls freuten sich die jungen Damen sehr, daß die beiden Herren nun erst mal wiederkommen würden. Lissa hatte sehr wohl verstanden, was Heinz Arnold damit meinte, daß er holen wollte, was er am nötigsten haben müsse. Er meinte natürlich damit Regina. Aber sie verriet nichts davon, wagte aber auch nicht darüber nachzudenken, ob sich Rudolf Sehring auch holen wolle, was er am nötigsten haben müsse.

Das ging natürlich nur Herrn Arnold und Regina an.

So wehrte sie immer wieder jede Hoffnung von sich ab. Denn sie fürchtete, daß sie eine bittere Enttäuschung erleben müsse, wenn sie an ein so großes Glück zu glauben wagte.

Nun zählten die beiden Freundinnen aber die Tage, bis die Herren wiederkamen. Es trafen noch einige Postkarten mit kurzen Nachrichten über den Gang der Dinge ein, keine enthielt jedoch ein Wort über den Zeitpunkt der Rückkehr der Herren.

Eines Tages aber, als Frau Grabbe gerade zum Einholen ausgegangen war und Regina eifrig dabei war, Wäsche auszubessern, hörte sie die Flurtüre aufschließen. Sie blieb ruhig in Frau Grabbes Zimmer sitzen, wo die Nähmaschine stand, und meinte, Frau Grabbe sei zurückgekommen. Eifrig einen Saum umbrechend, rief sie nur:

»Schon wieder zurück, Frau Grabbe?«

Als sie keine Antwort erhielt, sah sie auf und wollte durch die offenstehende Tür in den Flur hinausspähen, aber diese Tür war durch eine hohe Männergestalt abgesperrt. Es war Heinz Arnold, der hier stand und mit heißen, sehnsüchtigen Augen auf Reginas blondes Köpfchen herabsah. Sie erschrak so, daß ihr das Wäschestück entfiel und die Arme schlaff heruntersanken. Sie wurde sehr bleich vor Erregung, aber in ihren braunen Augen leuchtete eine Glückseligkeit, die ihn ins Herz traf.

»Kleine Regina, warum erschrecken Sie so vor mir?« fragte er weich.

Sie strich sich die Locken aus der Stirn.

»Ach – ich –, ich dachte doch, es sei nur Frau Grabbe.«

»Nur Frau Grabbe? Gilt die Ihnen nicht so viel wie ich?«

»Ach, Herr Arnold – ich –, ganz verwirrt bin ich, ich habe doch nicht geahnt, daß Sie heute kommen. Und nun ist gar nichts gerichtet für Sie, und Frau Grabbe wird wohl noch eine ganze Weile fortbleiben.«

Und sie erhob sich und wollte an ihm vorüber aus der Tür. Aber er ließ sie nicht vorbei.

»Das hoffe ich, daß Frau Grabbe nicht so bald wiederkommt, Regina, ich kann sie jetzt gar nicht brauchen. Es ist sehr notwendig, daß wir einmal einige Zeit allein sind. Ich möchte nämlich eine brennende Frage an Sie richten.«

Etwas bang und unruhig sah sie zu ihm empor.

»Was denn für eine Frage?«

»Eigentlich mehrere. Zuerst – wollen Sie mir, bitte, einmal sagen, was das zu bedeuten hat, was hier auf diesem Briefbogen steht?«

Er hatte aus seiner Brieftasche den Bogen herausgenommen, den er damals im Papierkorb gefunden hatte. Sie sah darauf nieder, verständnislos und doch befangen durch die verhaltene Erregung, die sie an ihm spürte. Und plötzlich wurde ihr klar, was sie da in der Hand hielt. Ihr Gesicht bedeckte sich mit dunkler Glut, und sie ließ das Köpfchen sinken. Aber sprechen konnte sie nicht.

»Nun, Regina, bekomme ich keine Antwort?«

Sie sank noch mehr in sich zusammen und schüttelte nur leise den Kopf. Endlich sagte sie leise:

»Ich – ich kann nicht!«

Da hob er ihr Gesicht empor, sah ihr tief und sehnsüchtig in die Augen und sagte mit verhaltener Glut:

»Ich will es wissen, Regina, denn – ich liebe dich auch und nun gleich die zweite Frage: willst du meine Frau werden?«

Da erzitterte sie und sank haltlos vornüber, gerade in seine Arme hinein. Er umfing sie liebevoll und hielt sie fest.

»Mein süßes kleines Mädchen, ist es denn wahr, daß du den alten Heinz Arnold liebst?«

Da wagte sie endlich, zu ihm aufzusehen.

»Heinz – ach Heinz – Heinz – du bist ja so jung, du – ach Heinz, ich liebe dich –, ich liebe dich wie nichts auf der Welt. Kann es denn sein, daß du mich liebst, die arme, vom Leben hin und her geworfene Regina?«

Er neigte sich zu ihr herab und küßte ihren Mund mit so inbrünstiger Seligkeit, daß er damit bewies, wie jung er noch war. Sie hielt beseligt still in seinen Armen, an seinem Herzen und lauschte in sich hinein, wo es sang und klang, daß sie seine Frau werden sollte.

Lange standen sie so, innig umschlungen. Und dann hob er sie empor und trug sie auf seinen Armen ins Wohnzimmer hinüber, ließ sie dort sanft in einen Sessel gleiten und zog für sich einen andern heran. So saßen sie, Hand in Hand, und sahen sich an, wie zwei Menschen, deren Herzen sich entgegenschlagen in schrankenloser Ergebung. Und dann wollte Regina forschen und fragen, wie er nur so plötzlich erschienen war, da schloß er ihr den Mund.

»Sprich nicht, frage nichts, deine Augen sagen viel süßere Dinge, mein kleines Mädchen.«

So schwieg sie und ließ sich küssen und küßte wieder. Sie vergaßen alles um sich her, wie es das Recht jedes Liebespaares ist, das sich eben gefunden hat.

Wieviel Zeit dabei verging, wußten sie nicht. Sie hörten in ihrer seligen Versunkenheit auch nicht, daß Frau Grabbe wiederkam, erschraken nur, als diese die Tür öffnete. Erstaunt blieb sie einen Augenblick stehen, dann aber drehte sie sich stumm wieder um und ging hinaus.

Nun mußten die beiden Liebenden lachen und gingen ihr nach.

»Warum reißen Sie denn aus, Frau Grabbe?« fragte Heinz übermütig.

Sie zuckte seelenruhig die Achseln.

»Ich könnt' mich doch ärgern, daß ich so hereingeplatzt bin.«

»Und sind Sie gar nicht erstaunt?« fragte er weiter.

Sie schüttelte den Kopf.

»Das hab' ich schon am zweiten Tag gewußt, wie das Kind hier war. Und seither hab' ich ja oft genug gesehen, wie es in Ihren und dem Kind seinen Augen gebrannt hat. Da weiß man dann Bescheid, nöch? Und denn kann einer ja wohl gratulieren?«

Lachend sah Heinz ihr in das gleichmütige Gesicht.

»Und Sie haben sich nicht gewundert, daß so ein bejahrter Mann sich so eine junge Frau nehmen will?«

»Bejahrter Mann? Ja, davon hab ich nun noch nichts gemerkt, und wenn ich Regina wäre, ich nähme mir auch lieber einen gesetzten Mann. Ist schon recht, Kindchen, jetzt sind Sie in guter, treuer Hut, und das segne der Himmel!«

Regina fiel ihr um den Hals.

»Ich bin so glücklich, liebe Frau Grabbe!«

»Ja, das können Sie ja wohl auch, Kindchen, und nun kann es in Ihrem Leben nur noch gute Tage geben, so Gott will. Und jetzt will ich das Essen richten, und die Flickwäsche packe ich auch zusammen, damit wird ja doch nun heute nichts mehr.«

Heinz zog seine Regina wieder mit ins Wohnzimmer und da mußte er ihr nun erst mal erzählen, wie das mit dem Gut am Starnberger See sei. Dazwischen gab es aber immer wieder Küsse und zärtliche Blicke.

Und Regina war so von Herzen froh, daß ihr Heinz nun nicht mehr Detektiv sein wollte, wobei sie ihn immer von Gefahren bedroht gesehen hatte. Jetzt würde er Landwirt sein, und sie freute sich sehr, daß auch sie da unten auf dem schönen Gut ihre Kräfte regen konnte zum Gedeihen des Ganzen.

Endlich hatte Heinz auch einen Augenblick Zeit, an

andere zu denken, und er fragte Regina, ob sie sich heute abend wieder mit Fräulein Bernd an der alten Stelle treffen wollte. Sie bejahte und sagte, sie müsse wohl hingehen, damit Lissa Bernd nicht vergeblich auf sie warte.

Da lachte Heinz und erhob sich. Er trat an den Fernsprecher und ließ sich mit Rudolf Sehring verbinden, der mit ihm zusammen zurückgekommen war.

»Hallo, Herr Sehring, es ist alles in schönster Ordnung. Melde Ihnen vorläufig auf diesem Wege meine Verlobung mit Fräulein Regina Lüdersen. Wie bitte? Ob ich glücklich bin? Ganz unvernünftig, mein sehr verehrter Herr Sehring, wünsche Ihnen denselben Grad von Unvernunft. Heute abend also an derselben Stelle zu derselben Zeit. Alles Gute! Ja – sehr gern –, morgen mittag im Hotel – so Gott will. Er wird schon wollen, bin ganz zuversichtlich. Auf frohes Wiedersehen.«

So sagte er in das Telefon hinein und wandte sich dann zu Regina um, die mit erstaunten Augen zu ihm aufsah.

»Du hast mit Herrn Sehring gesprochen, Heinz?«

»Ja, mein Schatz.«

»Und du willst dich heute abend mit ihm treffen?«

»Bewahre, denkst du, ich lasse dich heute auch nur für fünf Minuten allein?«

»Aber ich muß doch zu Lissa gehen.«

»Das mußt du gar nicht, ich habe eben Herrn Sehring gesagt, daß er das für dich besorgen solle.«

»Ach Heinz, was bedeutet das alles?«

Er küßte sie zärtlich auf die fragenden Augen.

»Das bedeutet, daß wir sehr nötig noch eine Gutsherrin brauchen. Sonst ist alles da, nur die fehlt noch.«

Ihre Augen wurden noch größer.

»Nun und? Wo nehmen wir die her?«

»Das laß nur Herrn Sehrings Sorge sein. Ich denke, die wird er sich schon heute abend verschaffen.«

Ihre Augen leuchteten plötzlich verstehend auf.

»Heinz – Herr Sehring –, liebt er Lissa Bernd?«

»Das kann man wohl sagen. Er ist ebenso närrisch verliebt wie ich.«

Sie drückte die Hände aufs Herz.

»O Heinz, nun bin ich erst ganz glücklich. Nun kommt ja Lissa Bernd mit an den Starnberger See, nicht wahr?«

Er zuckte besorgt die Achseln.

»Ich hoffe es, ja, und er hofft es auch, aber kann man bei euch Mädeln immer wissen, woran man ist? Jede schreibt es nicht mit der Schreibmaschine auf.«

Sie lachte verschämt.

»Ach Heinz, sie liebt ihn doch und zeigte sich sehr betrübt, daß sie allein zurückbleiben müsse.«

Er schüttelte sie ein wenig an den Schultern.

»Liebes, hat sie dir das eingestanden?«

»Aber Heinz, was denkst du von ihr. Die stirbt lieber, als daß sie darüber spricht, wenn sie eben nicht von dem Richtigen gefragt wird.«

»Und du meinst, daß Rudolf Sehring der Richtige ist?«

»Selbstverständlich!«

»Woher bist du dann aber deiner Sache so sicher?«

Sie lehnte den Kopf an seine Brust.

»Heinz, das fühlt man doch, wenn man selber so ein übervolles Herz hat und vor lauter Liebe nicht aus und ein weiß.«

Da war es wieder eine ganze Weile mit Fragen und Antworten vorbei, und als sich Heinz wieder sattgeküßt hatte, sagte er bestimmt:

»Auf eine lange Verlobungszeit lasse ich mich aber nicht ein, ich habe durchaus keine Zeit zu verlieren.«

Mit der leisen Schelmerei, die ihn schon oft entzückt hatte, fragte sie:

»Und ich habe dabei gar nichts mitzureden?«

Übermütig funkelten sie seine Augen an.

»Nur ein einziges Wort: Ja! Aber das laut und deutlich.«

»Ach Heinz, so viel Glück kann es doch gar nicht geben.«

Er sah sie zärtlich an.

»Schweig still, mein Herz! Man muß das Glück nur festhalten. Und das wollen wir, ja?«

Sie umfaßte seinen Hals so fest sie konnte.

»So will ich's halten für alle Zeit, mein Heinz.«

Da hob er sie empor wie ein Kind, so, wie er sie getragen hatte, als er sie aus dem Wasser holte. Und da fühlte sie sich wundervoll geborgen und ließ seine zärtlichen Küsse über sich ergehen wie eine Flut von Glück.

Lissa war ahnungslos wieder zum Treffpunkt gekommen und hielt nach Regina ausschau. Aber statt dieser stand plötzlich Rudolf Sehring vor ihr.

»Guten Abend, Lissa Bernd!«

Sie zuckte zusammen, wurde rot und blaß und erzitterte leise.

»Ach – Herr Sehring, Sie –, Sie sind wieder zurück?«

»Ja, Lissa Bernd, und hier habe ich Ihnen vom Starnberger See selbstgepflückte Melisse mitgebracht. Sie duftet besonders schön, und es gibt dort sehr viel davon.«

Mühsam hatte sie sich gefaßt.

»Ich erwarte hier Fräulein Lüdersen«, sagte sie hastig ablenkend.

»Die wird nicht kommen. Ihr Verlobter läßt sie vermutlich nicht fort. Sie hat sich nämlich mit Heinz Arnold verlobt.«

Ein leiser Schatten huschte über ihr Gesicht. »Die glückliche Regina«, dachte sie, »wer's auch so gut haben könnte wie sie.«

Er hatte wieder seine Hand in ihren Arm geschoben und führte sie in die etwas abgelegenen Anlagen, wo sie um diese Zeit fast allein waren. Nur selten ging hier jemand vorüber.

»Also nun darf man Sie zu Ihrem Gutskauf beglückwünschen?«

»Ja, Lissa Bernd, und ich glaube, ich habe einen guten

Kauf abgeschlossen. Das Gut wurde wegen Erbteilung verkauft, der bisherige Besitzer ist vorigen Winter in Nizza gestorben, achtzig Jahre alt. Und er hat eine ganze Anzahl Erben hinterlassen, die nun möglichst schnell das große Gut zu Geld machen wollten. Ich habe alles gekauft, wie es steht und liegt, und im Verhältnis billig, da es den Erben um bares Geld zu tun war. Es ist ein herrliches Gut. Das Herrenhaus umfaßt dreißig große und mehrere kleine Räume, es ist vollständig und sehr gediegen und vornehm eingerichtet. Alles ist reichlich vorhanden. Auch gute tüchtige Beamte und Angestellte habe ich übernommen, worüber sie sehr froh waren. Nur der Verwalter wurde entlassen, weil er sich verheiratete und das Gut seines Schwiegervaters übernehmen mußte. So kam es mir herrlich zustatten, daß Heinz Arnold Gutsverwalter wird. Er hat mir sehr viel genützt, und ich bin fest überzeugt, daß er mir eine tüchtige Stütze sein wird.«

»Das glaube ich auch«, erwiderte Lissa, die mit großem Anteil zugehört hatte.

Er drückte ihren Arm ein wenig an sich und sah ihr mit brennenden Augen ins Gesicht.

»Also alles wäre gut und schön, Lissa Bernd, nur das Beste fehlt mir noch.«

»Was ist das?«

»Eine Gutsherrin! Für Heinz Arnold und seine Frau ist eine sehr geräumige und hübsche Dienstwohnung vorhanden in einem abseits liegenden Gebäude. Man kann das Gebäude aber vom Herrenhaus aus liegen sehen. Und ich will da nicht vereinsamt und neidisch hinüberschauen, wenn ich die beiden Menschen in ihrem Glück sehe. Ich will auch glücklich sein, Lissa, und dazu sollen Sie mir helfen. Ich habe meine Gefühle für Sie streng im Zaum gehalten, um Ihnen erst Zeit zu geben, sich über sich selbst klarzuwerden. Aber – nun kann ich es nicht mehr. Lissa, Sie müssen doch längst gefühlt haben, daß ich Sie liebe. Wie ich Sie liebe, wie sehr, wie innig und ausschließlich, das habe ich bisher in mich verschlossen. Aber nun habe ich doch zuweilen gemerkt, daß ich Ihnen nicht gleichgültig bin. Lissa – haben Sie mich lieb genug, um meine Frau werden zu können?«

Da blieb sie stehen, barg von ihrem Glück überwältigt das Gesicht in den Händen und weinte lautlos und erschüttert.

Erschrocken blieb er vor ihr stehen und zog sie in seine Arme.

»Lissa, warum weinen Sie?«

Da ließ sie die Hände sinken, sah mit einem unbeschreiblichen Blick zu ihm auf und sagte mit verhaltener Stimme:

»Vor Glück weine ich, Rudolf Sehring, nur vom Glück überwältigt. Ich hatte so große Angst, daß Sie fortgehen und mich allein lassen würden.«

Da zog er sie ganz fest an sich.

»Lissa – habe ich dir nicht gesagt, daß ich dich nie mehr aus meinem Leben lasse?«

Ihre feuchten Augen strahlten glückselig in die seinen.

»Das war mir zuweilen ein leiser Trost, Rudolf. Aber – ich konnte ja nicht an ein so großes Glück glauben. Ich liebe dich, ach, wie bald erkannte ich, daß eine Freundschaft dir gegenüber ein Unding war. Nur wollte ich es mir lange nicht eingestehen. Ich fürchtete mich vor der Liebe, weil ich nicht glaubte, daß du sie erwidern könntest. Zuweilen, ja – da fiel ein Hoffnungsstrahl in meine Herzensnot, aber ich konnte ja nicht an so viel Glück glauben.«

»Aber nun tust du es?«

Sie nickte ihm beseligt zu, und da fanden sich ihre Lippen im ersten Kuß. Die ganze Welt um sie her versank, sie wußten nicht mehr, daß sie sich in einer öffentlichen Anlage befanden, wo sie jeden Augenblick gestört werden konnten. Sie waren mit sich und ihrem Glück allein, und alles war gut und schön, alle Sorgen und Ängste verschwunden.

Als sie sich endlich in die Wirklichkeit zurückgefunden hatten, gingen sie Arm in Arm, eng aneinandergeschmiegt in den Anlagen auf und ab und tauschten noch manchen Kuß und viele liebe, zärtliche Worte. Aber auch vernünftige Dinge wurden erledigt. Lissa fiel ihr Abkommen mit Luther & Sohn ein, und sie sagte bedrückt:

»Sie rechnen so stark auf meine Entwürfe, Rudolf, und ich war doch so glücklich, daß sie mir Arbeit gaben. Soll ich sie nun im Stich lassen?«

Er sah sie lächelnd an.

»Da dir das sehr schwerfallen würde, will ich dich nicht dazu verleiten. Einige Wochen wird es noch dauern bis zu unserer Hochzeit, Lissa, bis dahin kannst du für Luther arbeiten. Unsere und Heinz Arnolds Hochzeit soll unten am Starnberger See gefeiert werden. Inzwischen müssen einige Änderungen unten im Herrenhaus und in der Verwalterwohnung vorgenommen werden. Bis das alles in Ordnung ist, vergehen Juni und Juli. Solange bleibst du und Fräulein Lüdersen noch hier. Heinz Arnold wird schon bald hinunterfahren, um sich einzuarbeiten. Ich folge ihm bald. Ihr beiden Bräute bleibt inzwischen noch hier, bis unten alles zur Hochzeit gerichtet ist. Dann komme ich und hole euch. Und wir werden an einem Tage Hochzeit feiern.«

Sie preßte die Hände aufs Herz. Der Duft der Melisse stieg zu ihr empor.

»Rudolf, wie kann man nur so ein großes Glück fassen?«

Schnell zog er sie nochmals an sich, und sie küßten sich wieder in seliger Versunkenheit.

Es wurde heute später als sonst, aber die Trennung wurde ihnen auch noch viel schwerer als sonst. Rudolf ging heute auch mit bis an Lissa Bernds Haustür. Und da blieb Lissa ein wenig betroffen stehen.

»Die arme Frau Wendhausen, nun wird sie wieder ganz allein sein.«

Mit seinen guten Augen sah er sie an.

»Wenn du ihr heute abend von unserer Verlobung sprichst, dann sage ihr gleich, daß sie uns jeden Sommer auf einige Wochen besuchen soll. Und – bald hätte ich das vergessen – morgen mittag feiern wir in meinem Hotel unsere Doppelverlobung. Bitte Frau Wendhausen, daran teilzunehmen. Frau Grabbe, Heinz Arnolds Haushälterin, soll auch dabeisein, damit wir zwei Ehrendamen für unsere Bräute haben. Und das sage ich dir gleich, Lissa, eine Stunde täglich genügt mir nun nicht mehr, solange ich noch hier bin. Du mußt mir viel länger und öfter Gesellschaft leisten.«

Schelmisch sah sie ihn an.

»Und was wird mit Luther & Sohn?«

»Die müssen sich begnügen mit der Zeit, die ich übriglasse, jetzt komme ich an erster Stelle. Aber ich will großmütig sein, du sollst ihnen auch als meine Frau zuweilen so einen entzückenden Entwurf anfertigen, wenn du das in deiner freien Zeit möchtest. Ich kann mir denken, daß du dich nicht ganz dieser dir liebgewordenen Beschäftigung entziehen willst.«

Nachdenklich sah sie ihn an. Dann sagte sie:

»Erst kommt meine Pflicht als deine Frau und als Herrin deines Hauses. Wenn ich aber ab und zu ein paar Stunden Zeit habe, würde ich gern diese mir wirklich liebgewordene Arbeit fortsetzen. Ich will mir Mühe geben, recht viel Vorrat zu schaffen in diesen Wochen, wo ich noch hier bin.«

»Gut! Aber du darfst nicht mehr so viel arbeiten wie bisher, mußt mehr Erholung haben. Dafür werde ich sorgen. Ich will eine gesunde, blühende Frau haben, meine Lissa, das mußt du zuerst bedenken.«

Sie nickte ihm zu. Wie süß war es, sich so umsorgt zu wissen.

»Ich glaube, das Glück macht stark und gesund, Rudolf.«

Er küßte sie noch einmal herzlich und innig. Dann vereinbarten sie die Zeit, da sie sich mit Frau Wendhausen im Hotel einfinden sollte, und endlich mußten sie sich trennen.

Am nächsten Tag wurde wirklich in ganz wundervoller Weise Verlobung gefeiert. Die beiden Brautpaare hatten viel Zeit für einander, denn Frau Wendhausen und Frau Grabbe fanden sich zu einer behaglichen Unterhaltung. Frau Wendhausen war freilich betrübt, daß sie Lissa wieder hergeben mußte, aber die Einladung zum Starnberger See munterte sie wieder auf. Und nun freute sie sich darauf, daß sie da unten auf dem Gut auch Frau Grabbe wiederfinden würde. Von der Hoffnung auf diese Wochen konnte man schon das ganze Jahr zehren.

Aber Rudolf schaffte ihr noch einen andern Trost, er kaufte ihr einen reizenden kleinen Zwergdackel, und dieser kleine, freche und doch drollige und anhängliche Kerl wurde Frau Wendhausen ein Herzenstrost. Er tyrannisierte sie zwar in der Zukunft unerhört, aber gerade das machte sie glücklich.

Es wurde alles so geordnet, wie es Rudolf geplant hatte. Und Ende Juli fand auf dem Gut am Starnberger See eine Doppelhochzeit statt, zu der auch Frau Wendhausen geladen war.

Zwei Paare fanden an diesem Tage die Vollendung ihres Glückes.

M